www.tredition.de

AF177043

Mart Schreiber

Halterberg

www.tredition.de

© 2021 Mart Schreiber
Umschlagentwurf:
germancreative(Fiverr) unter Verwendung eines Fo-
tos von depositphotos.com

Verlag und Druck:
tredition GmbH, Halenreie 40-44, 22359 Hamburg

ISBN
Paperback: 978-3-347-39022-5
Hardcover: 978-3-347-39023-2
e-Book: 978-3-347-39024-9

Hinweis:
An einigen Stellen in diesem Roman werden sexuelle Handlungen beschrieben und es wird rohe Sprache verwendet.

Prolog

Gustav erblickte in einer Kellerwohnung das Licht der Welt. Es geschah an einem späten Nachmittag im April, der nicht launisch und ausgesprochen trocken war. Die Verhältnisse waren düster, es drang wenig Licht durch die beiden Oberlichten in den Raum. Von den am Gehsteig Vorbeigehenden sah man kaum mehr als die Schuhe, die sich mit einem mehr oder weniger lauten Klacken und Klappern ankündigten. Während Gustavs Mutter in den Wehen lag und stöhnte, sah die Hebamme ab und an zu den Schuhen hinauf. Sie versuchte zu erraten, zu wem die Schuhe gehörten. Dann wandte sie sich wieder der Gebärenden zu und zeigte ihr, wie sie zu atmen habe, damit die Wehen leichter zu ertragen waren.

Der Vater war mit den beiden älteren Kindern in die Konditorei gegangen, die sich im selben Haus befand. Er arbeitete dort als Bäcker, die Kellerwohnung war ein Teil seines kärglichen Salärs. Die Geburt verlief unspektakulär, Gustav kam zwei Wochen später als errechnet zur Welt und wog fast viereinhalb Kilo. Er schrie erst, als er einen kleinen Klaps auf den Po bekam, dann aber umso kräftiger. Der erste Sohn war nach dem Vater benannt worden. Dessen strenger Stiefvater trug den Namen Gustav, da der Überlieferung nach dessen Mutter die Musik des Komponisten Gustav Mahler über alles geliebt hatte.

Nur ein Jahr später bemerkte Gustavs Vater rötlichen Pusteln an seinen Händen. Zunächst versuchte er es selbst mit einer Fettcreme, aber der unangenehme Ausschlag breitete sich immer mehr aus. Das Jucken wurde immer unerträglicher, er konnte nicht aufhören, sich blutig zu kratzen. Aus Angst den Arbeitsplatz zu verlieren, gelang es ihm fast einen Monat lang, den immer schlimmer werdenden Zustand seiner Hände vor dem Bäckermeister zu verbergen. Schließlich konnte er es nicht mehr verheimlichen, er wurde zum Arzt geschickt, der eine Mehlallergie diagnostizierte. Für Gustavs Vater hatte diese Diagnose schlimme Folgen, er wurde gekündigt. Mit seiner Familie durfte er aber in der Kellerwohnung bleiben. Um Frau und Kinder zu versorgen, nahm er eine Stelle als Tankwart an und hatte fortan durch diese Arbeit meist schmutzige Hände. Gegen Öl und Schmierfett war er zum Glück nicht allergisch.

Als Gustav in sein fünftes Lebensjahr eingetreten war, bekamen die Eltern eine Gemeindewohnung am Rande der kleinen Stadt zugesprochen. Bevor sie in die neue Wohnung zogen, verbrachte sein Vater dort eine Nacht, mit einer Axt bewaffnet. Gustav fand das seltsam, stellte aber keine Fragen, als er davon hörte. Er war auch nicht beunruhigt. Es erschien ihm nicht ungewöhnlich, dass man vor dem Einziehen in eine neue Wohnung dort mit einer Axt schlief. Noch spielten die Geschwister, Gustav hatte eine Schwester und einen Bruder, im Hinterhof der Kellerwohnung. Es war ein verwildertes Rechteck, in dem allerhand Gerümpel herumstand.

Als es dann so weit war, dass er mit seiner Mutter und den Geschwistern zum neuen Gemeindebau ging, während der Vater im VW-Bus seines Chefs mitfuhr, in dem der Hausrat der Kellerwohnung eingeladen worden war, ergriff ihn eine drückende Angst. Er erinnerte sich daran, dass sein Vater eine Nacht mit einer Axt bewaffnet in der neuen Wohnung verbracht hatte. War es dort so gefährlich? Musste man damit rechnen, überfallen und ausgeraubt zu werden? Ohne ein Wort zu sagen, begann er zu weinen. Seine Schwester, die drei Jahre älter als er war, versuchte ihn zu trösten. Sein Bruder ignorierte das Weinen und kaute stoisch an einer Semmel. Er solle nicht heulen, schimpfte seine Mutter. In der neuen Wohnung würden alle mehr Platz haben und sogar eine Badewanne gäbe es da. Sie müssten nicht mehr über einen kalten dunklen Gang zu einem Waschbecken oder Plumpsklo gehen, wo man manchmal Ratten begegnen konnte.

Die neue Wohnung bestand aus zwei Zimmern, einer Küche, einem kleinen Badezimmer und einem separaten WC. Das Fenster, eine Oberlichte, zeigte im WC, genauso auch im Badezimmer, in Richtung Küche. Deshalb roch es in der Küche nicht immer nach gekochtem Essen, sondern nach der Toilette und im Badezimmer wiederum nach gekochtem Essen. Im ersten Raum befand sich das Wohnzimmer. Hier stand ein Bett, das am Tag senkrecht an der Wand hochgeklappt war, bis auf den Kopfteil, der diente als Sofa. Im zweiten Raum waren ein großer Kasten und drei Betten für die Kinder untergebracht. Etwas eng war es hier, so blieb nicht viel Platz zum Spielen übrig. Da aber der Vater schon früh am Morgen mit dem Rad zur Tankstelle fuhr und erst zehn, manchmal sogar zwölf Stunden später wieder nach Hause kam, durften die Kinder im Wohnzimmer spielen. Vom französischen Balkon aus, im Kinderzimmer, konnte man eine Böschung sehen, die sich nach rechts zu einem, für diese flache Gegend beträchtlichen Hügel, hinaufzog. Zwei schmale Pfade führten gleich hinter dem Gemeindebau auf den Hügel und ein grasbewachsenes Plateau, von dem man weit in die ebene Umgebung blicken konnte. Viel interessanter als der Rundblick waren für die Kinder jedoch Lehmhöhlen, die am Rande des Plateaus oder etwas unterhalb auf ihre Entdeckung warteten. Zum größten Teil waren diese Höhlen nicht auf den ersten Blick zu sehen. Man musste schon durch dichtes Gestrüpp hindurch, um die Höhleneingänge zu finden. Gustavs älterer Bruder Jakob hatte schon bald das Interesse an den Höhlen und dem Gestrüpp verloren, an dem er sich mitunter durch dornige Zweige die Hände und Arme aufkratzte. Die Schwester wollte sich von Anfang an nicht schmutzig machen. Gustav jedoch brannte darauf, Höhle für Höhle zu erkunden. Er versuchte, sie mit einer kleinen Spielzeugschaufel zu erweitern, was ihm nicht gelang. Manchmal verbrachte er mehr als eine Stunde in einer Höhle. Die Rufe seiner Mutter, sofort nach Hause zu kommen, drangen nicht bis zu ihm. Wenn er schließlich die Wohnung betrat, waren Hände, Schuhe und die Hose voller Lehmspuren, besonders dann, wenn es kurz davor geregnet hatte. Seine Mutter war wenig begeistert, stellte ihn mitsamt der Kleidung in die Badewanne und duschte ihn mit kaltem Wasser ab. Gustav mochte das kalte Nass nicht, aber sein anfängliches Gezeter und Schreien verstummte schnell. Er ließ es einfach über sich ergehen. Schlimmer als das kalte Wasser war der Hausarrest, den die Mutter gegen ihn verhängte, denn er konnte nicht zu seinen Höhlen gehen. Zu seinem Glück vergaß sie oft schon am nächsten Tag darauf.

Der Halterberg zog auch einige andere Kinder in seinen Bann, aber nicht viele. Möglicherweise hatten die Eltern den Kindern verboten, in diese unberührte Wildnis hinaufzugehen. Die Kinder, denen es nicht verboten wurde oder die sich einfach über den Willen der Eltern hinwegsetzten, spielten Cowboy und Indianer, begaben sich in den Höhlen auf Schatzsuche oder bauten Lehmburgen. Gustav erzählte seiner Mutter nichts von den Höhlen am Halterberg, er befürchtete, sie würde auch ein Verbot aussprechen. Beim Spielen freundete sich Gustav mit einem gleichaltrigen Buben namens Toni an. Toni wohnte nicht in den drei neuen Gemeindebauten. Er lebte mit seinen

Eltern in einem schmucken Einfamilienhaus mit Garten, unweit vom Halterberg. Zum ersten Mal schmerzte es Gustav, dass seine Familie, also auch er, viel weniger Geld zur Verfügung hatte als andere. Er war noch nie in Tonis Elternhaus gewesen, aber das Auto davor reichte schon aus, damit sich Gustav arm, klein und unwichtig vorkam. Tonis Vater arbeitete in der Erdölförderung, die es damals noch in dieser Gegend gab. Gustav sah ihn ein einziges Mal. Bei der Gelegenheit erkundigte sich Tonis Vater nach Gustavs Familie und erwähnte dann, dass er seinen Vater gut kenne. Er sei ein sehr freundlicher Tankwart, sagte er. Gustav schämte sich und lief rot an. Sein Vater musste Tonis Vater bedienen, ihm die Scheiben putzen und für einen Schilling Trinkgeld einen Buckel machen. Gustav konnte nicht verstehen, warum sein Vater viel weniger Geld verdiente als andere Väter, die sich ein Auto leisten konnten und vielleicht sogar in einem Einfamilienhaus lebten. Beim Spielen mit Toni vergaß er aber schnell wieder seinen Kummer, auch dass seine Eltern kein Auto hatten. Seine Mutter erwähnte immer wieder, dass sie sparen müssten. Nie kaufte sie den Kindern beim Fleischhauer eine Wurstsemmel. Manchmal gab die nette Verkäuferin den Kindern ein dünnes Blatt der Extrawurst, die himmlisch schmeckte. Zu Hause wurden die Brote für die Kinder mit Margarine, manchmal auch mit Schmalz bestrichen, für den Vater wurde ein Achtel Butter im Kühlschrank bereitgehalten.

Über ihnen im ersten Stock wohnte eine Familie mit Namen Murer, die ebenfalls zwei Söhne und eine Tochter hatte. Das Auto von Herrn Murer parkte unter dem Klopfbalkon des Kinderzimmers. Es war ein großer Ford, Gustav kam er jedenfalls wie ein riesiger Straßenkreuzer vor und wesentlich eindrucksvoller als das Auto von Tonis Vater. Oft wurde Gustav vom Zuschlagen der Autotür und dem Starten des Motors am frühen Morgen aus dem Schlaf gerissen. So wurde ihm jeden Tag bewusst gemacht, dass seine Familie kein eigenes Auto hatte. Herrn Murers dunkelblaue Limousine war für Gustav etwas Unerreichbares, Überirdisches, aber Wünschenswertes. Der Straßenkreuzer war immer sauber und glänzte blank poliert. Der Wagen strahlte wie ein Schmuckstück. Wenn Gustav vom Balkon, der nur dreißig Zentimeter nach außen ragte, auf das Autodach schaute, spiegelte sich bei entsprechendem Sonnenstand sein Gesicht darin.

Kapitel 1

Er hatte seiner Mutter auf seinem Handy den Klingelton Homecoming zugeordnet. Die, nach einem Glockenspiel klingende, Melodie erinnerte ihn an ein Kinderlied. Den Ton wählte er vor einigen Jahren intuitiv, also ohne sich über seine Auswahl Gedanken zu machen. Erst viel später meinte er, die Melodie als Reminiszenz an seine Kindheit gewählt zu haben. Seine Mutter war die Einzige, für die er einen persönlichen Klingelton eingerichtet hatte. Seit einigen Jahren war sie im Pflegeheim und rief ihn mehrmals am Tage an, auch zu ungewöhnlichen Zeiten wie am frühen Morgen. Aber sie rief auch an, wenn er gerade aß oder am WC saß und das nervte ihn. Sie rief an, wenn er Sex hatte oder wenn er seine Morgenrunde lief. So auch dieses Mal. Wenn er trainierte, hielt er beim Joggen immer das Handy in seiner linken Hand. Das hatte er sich so angewöhnt, nicht um immer erreichbar zu sein, sondern eher für den Fall, dass er im Gelände stürzte. Das war ihm schon einmal passiert und wegen der Schwere der Verletzung konnte er nur mehr humpeln. Damals hatte er kein Handy mit und musste sich auf einen nahen Weg schleppen, der frequentierter war als der vom Wild ausgetretene Pfad, auf dem er sich befand.

Seine Mutter rief also an. Am Klingelton erkannte er sie und musste nicht aufs Display blicken, so konnte er konzentriert weiterlaufen. Nach dem Duschen würde er sie zurückrufen. Als sie wegen ihrer Stürze zu Hause im Pflegeheim aufgenommen wurde, hatte sie noch kein Handy. Für einen Anruf musste sie das Festnetztelefon, das in ihrem Zimmer stand, benutzen. Dazu musste sie natürlich aufstehen, was ihr oft viel zu beschwerlich war. Später hatte Gustav ihr ein Handy mit großen Tasten für Senioren geschenkt und es gleich wieder bereut. Nun konnte sie ihn auch vom Bett aus im Liegen anrufen. Der häufigste Grund für ihre Anrufe war die Frage, wann er sie wieder besuchen käme. Auch wenn er ihr sagte, dass es erst in zwei Wochen möglich sein werde, rief sie ihn trotzdem spätestens am nächsten Tag wieder an und stellte die gleiche Frage. Oder sie beschwerte sich am Telefon über die slowakische Pflegerin oder erzählte ihm, das Mittagessen schmeckte so schlecht, dass sie es stehen lassen musste. Fast immer klagte sie zusätzlich über ihre Schmerzen und erkundigte sich zu guter Letzt nach seinem Befinden. Sie mache sich Sorgen, sagte sie dann. Sie habe geträumt, dass er in einen Unfall verwickelt war und verletzt in einem Spital lag.

An ihrer Telefonrechnung, die Gustav regelmäßig beglich, konnte er sehen, dass sie mehrmals die Woche mit seiner Schwester in Teneriffa telefonierte. Diese war mit ihrem neuen Mann nach Teneriffa gezogen, zwei Jahre, nachdem die Mutter ins Pflegeheim musste. Nicht zum ersten Mal war sie zu Hause gestürzt und konnte nicht mehr alleine aufstehen. Dann musste sie viele Stunden am Boden verbringen und auf Hilfe warten. Er hatte seine Mutter gebeten, nur einmal in der Woche ihre Tochter in Teneriffa anzurufen, weil diese Gespräche recht teuer waren. Im Laufe der Zeit ließ er sie aber gewähren. Am Geld sollte das Glück seiner Mutter nicht scheitern. Er verdiente genug und hatte es zu einem ansehnlichen Wohlstand gebracht.

Am Joggen konnte er sich nicht mehr erfreuen. Gewissensbisse befielen ihn, er fürchtete, seine Mutter würde enttäuscht sein. Was war schon dabei, wenn er ein paar Worte mit ihr wechselte und ihr damit einen Gefallen tat. Allerdings war es nicht leicht, ein Gespräch mit ihr wieder zu beenden. Ständig fiel ihr etwas Neues ein oder sie wiederholte bereits Gesagtes, um ihn länger am Telefon zu beschäftigen. So manches Gespräch musste Gustav abrupt beenden, da sie einfach ignorierte, dass er das Telefonat wegen eines Termins nicht fortsetzen konnte. Wenn er sie auf seinen Job hinwies, in dem er auch viel telefonieren musste, redete sie einfach ohne Unterbrechung weiter. Er wollte sie doch nicht kränken, aber es blieb ihm nichts anderes übrig als »Mach's gut. Auf bald.« zu sagen und auf das rote Telefonsymbol zu klicken.

Er rief sie vor dem Duschen zurück.

»Du musst mich sofort hier herausholen«, sagte sie in
großer Aufregung.

»Warum denn? Was ist passiert?«

»Sie ist da!« sagte die Mutter aufgeregt.

»Wer ist da?«

»Der Teufel, du weißt schon.«

Gustav war verwundert und hatte keine Ahnung, wen
sie damit meinen könnte.

»Die Murer ist da. Sie muss gestern aufgenommen
worden sein.«

»Ja, und wo ist dein Problem?«

»Sie wird mich umbringen. Erinnere dich doch.« Die
Mutter konnte sich gar nicht beruhigen.

Die Murers waren damals aus dem Wohnhaus ausgezogen, noch bevor er die Schule in Wien begann. Niemand wusste, wo sie dann wohnten, aber das war
Gustav letztlich auch egal. Wichtig war nur, den Murers nicht mehr über den Weg zu laufen und ihren Gehässigkeiten und manchmal sogar Handgreiflichkei-
ten ausgeliefert zu sein. Weder die Kinder noch die
Eltern sah er jemals wieder.

»Das ist doch Jahrzehnte her, liebe Mutter.«

Sie mochte es nicht, wenn er Mutter zu ihr sagte. Mama wollte er sie aber nicht nennen. Das erschien ihm zu vertraut, zu intim, viel zu wenig distanziert.

»Aber jetzt ist sie da. Sie hat mich auch gesehen und nicht gegrüßt.«

»Hast du sie gegrüßt?«

»Nein, warum sollte ich. Schön dumm wäre ich, sie auf mich noch aufmerksam zu machen.«

»Hör doch auf mit den alten Geschichten, liebe Mutter«, sagte er.

»Hol mich sofort da raus!« Ihr Befehlston ärgerte Gustav.

»Wie soll das denn gehen? Du bist dort gut versorgt. Deine Tochter lebt in Teneriffa, sie kann sich nicht um dich kümmern und ich habe absolut keine Zeit für deine Pflege.«

»Dann wird sie mich zerstören und du schaust einfach zu. Dabei solltest gerade du wissen, wie gefährlich sie ist. Erinnere dich an die schwere Verletzung, die sie dir mit dem Eimer zugefügt hat.«

Gustav hielt inne. Er dachte an seinen Bruder Jakob, wie war es ihm gelungen, Distanz zu der Mutter zu wahren und sich rauszuhalten? Warum rief sie ihn nur selten an? Aus Angst, von ihm grob abgewiesen zu werden? Warum besuchte er sie bloß zweimal im Jahr, einmal um ihren Geburtstag herum und dann noch vor oder nach Weihnachten? Warum redete seine Mutter trotzdem nur nett über ihn? Es lag wohl daran, dass er seiner Mutter gegenüber konsequent geblieben war. Mehr als einige Anrufe im Jahr und die beiden Besuche konnte seine Mutter nicht von Jakob erwarten. Irgendwann hatte sie es akzeptiert.

»Ich muss jetzt Schluss machen«, sagte er unvermittelt und legte schnell auf. Er nahm sich vor, sie am frühen Abend nochmals anzurufen. Hoffentlich hatte sie sich bis dahin wieder beruhigt. Welche konkrete Gefahr sollte von Frau Murer ausgehen? Sie war eine alte Frau geworden und sicher nicht mehr in einem guten Gesundheitszustand. Andernfalls wäre sie nicht im Pflegeheim gelandet. Seine Mutter hatte schon immer zur Hysterie geneigt. Sie konnte – wie man so sagt – aus einer Mücke einen Elefanten machen, eine Nebensächlichkeit zur Bedrohung anwachsen lassen. Wenn jemand sie nicht grüßte, empfand sie das als Ablehnung oder Bösartigkeit. Dass diese Person in diesem Moment vielleicht nicht aufmerksam war und an etwas anderes gedacht haben konnte, kam ihr nicht in den Sinn.

Er frühstückte alleine, seine Freundin, eine Ärztin für innere Medizin, war noch im Nachtdienst. Sie arbeitete in einem Spital, das für die Hauptstadt Österreichs doch klein war. Komisch, dass die Murer wie aus dem Nichts wieder aufgetaucht war. Hatte die Familie weiterhin in der kleinen Stadt gewohnt und war sie nur ans andere Ende gezogen? Im Bezirk musste sie geblieben sein, sonst wäre die Murer nicht in diesem Pflegeheim gelandet. Vor dem Umzug der Murers war deren Tochter nicht mehr nach Hause gekommen und trotz intensiver Suche blieb sie verschwunden. Wie hieß sie gleich? Gustav wunderte sich, dass ihm der Name nicht sofort einfiel. Vera. Wollte ihm sein Gehirn helfen, nicht mehr an sie erinnert zu werden? Nur er wusste den Grund um Veras Verschwinden. Er hatte sie umgebracht. So war das, er hatte sie getötet und dann so getan, als wüsste er von nichts. Wie konnte er das nur vergessen oder verdrängen? Vielleicht einen Monat danach wurde sein Vater auf dem Weg zur Arbeit von einem Auto angefahren und schwer verletzt. Zur gleichen Zeit wurde Herrn Murers Auto als gestohlen gemeldet.

Viele Jahre quälte ihn der Gedanke an Veras Tod. Immer wieder überlegte er, zur Polizei zu gehen und ein Geständnis abzulegen. Aus Furcht vor Strafe blieb es bei der Überlegung. Er erzählte niemandem von seiner Tat, keiner Menschenseele.

Das schlechte Gewissen machte ihm sehr zu schaffen. Einige Jahre hatte er eine Therapie gemacht, um die Panikattacken und die Schlaflosigkeit in den Griff zu bekommen. Beim Therapeuten traute er sich nicht von Vera zu erzählen, nichts von seiner Tat, die er im Affekt begangen hatte. Sein eigenes Leben musste er retten, dieser Gedanke half ihm. Wenn er sich auf diesen Gedanken konzentrierte, fühlte er sich weniger schuldig. Mit seinem Therapeuten war er seine Kindheit rauf und runter durchgegangen. Es gab genügend Ereignisse, die als traumatische Erlebnisse gelten konnten. Der Therapeut arbeitete sich daran ab und glaubte, dass Gustav das Trauma seiner Kindheit überwinden konnte, wenn er es im Gespräch quasi noch einmal durchlebte. Nach zwei Jahren beendete Gustav die Therapie. Er hatte keine Panikattacken mehr und konnte mit einem schlaffördernden Antidepressivum leidlich gut durch die Nacht kommen. Vera war aus seinem Bewusstsein verschwunden. Er hatte seine Tat erfolgreich verdrängt. Zu den ersten Therapiesitzungen war er mit dem Vorsatz gekommen, ein Geständnis abzulegen und sein Gewissen zu erleichtern. Der Therapeut war gesetzlich zur Verschwiegenheit verpflichtet. Es würde keine negativen Konsequenzen haben, wenn er sein Herz bei ihm ausschüttete. Im Gegenteil, nur so konnten seine Schuldgefühle aufgearbeitet werden, nur so konnte er vom Therapeuten eine Absolution bekommen. Gustav hatte Gründe für seine Tat. Die damaligen Ereignisse waren mehr als dramatisch gewesen, er konnte nicht anders handeln. Mehr als einmal hatte er das Bedürfnis, dem Therapeuten von Vera zu erzählen, doch kein erstes Wort dazu kam über seine Lippen. Irgendetwas hielt ihn davon ab. Er war sich nicht sicher, wie der Therapeut reagieren würde. Vielleicht würde er Gustav überreden wollen, bei der Polizei ein Geständnis abzulegen. Vielleicht würde er Gustav damit drohen, die Therapie abbrechen zu müssen, wenn Gustav nicht zur Polizei ginge. Vielleicht würde er argumentieren, dass Veras Eltern ein Recht auf die Wahrheit hätten. Gustav war damals noch nicht strafmündig gewesen. Er konnte auch im Nachhinein nicht bestraft werden. Aber er konnte die Sache aufklären und so der Familie Murer helfen, mit dem Verlust ihrer Tochter und Schwester abschließen zu können. Im Laufe der Zeit traten Vera und die Tat immer mehr in den Hintergrund, wurden verdrängt. In der Therapie gab es auch vieles andere aufzuarbeiten. Beruflich war Gustav sehr erfolgreich. Das bedeutete Arbeit, viel Arbeit. So viel Arbeit, dass er sich kaum um etwas Privates, Persönliches kümmern wollte und konnte. Vielleicht hatte ihm die Arbeit mehr geholfen als die Therapie. Es könnte auch beides zusammen gewesen sein.

Am Abend rief er seine Mutter an. Sie erzählte ihm, dass Frau Murer ihren Kuchen gestohlen habe.

»Die stellen den Kaffee und den Kuchen vor meine Tür, wenn ich das Schild <Bitte nicht stören> an den Türgriff hänge. Ich habe mich hingelegt und wollte nicht aufgeweckt werden. Doch diesmal fehlte der Kuchen. Der Teller mit einigen Bröseln darauf stand noch auf dem kleinen Tablett, auch die kleine Gabel, um den Kuchen zu essen. Der Kaffee war da, aber nicht mehr der Kuchen. Noch nie ist das vorgekommen, nicht, seit ich hier bin. Stell dir vor, einfach weg.«

»Und warum soll Frau Murer den Kuchen genommen haben, Mutter?«

»Ich war vorne bei der Stationsleitung und habe nachgefragt, ob sie mir diesmal keinen Kuchen zum Kaffee gebracht haben. Aber selbstverständlich war auch der Kuchen auf dem Tablett, haben sie mir gesagt. Hundertprozentig. Und jetzt sag du mir, warum der Kuchen weg ist. Den Kaffee wollte die Murer wohl nicht, der war ja noch da. Wer weiß, ob sie überhaupt Kuchen isst, vielleicht hat sie ihn weggeworfen. Könnte doch sein, dass sie das nur aus Boshaftigkeit macht, so wie damals. Du weißt schon.« Ihre Worte klangen verschwörerisch.

»Liebe Mutter, du musst aufpassen. Sei vorsichtig mit solchen Beschuldigungen, für die es keinerlei Beweise gibt.«

»Du meinst, so wie damals, als sie das Attentat auf dich begangen hat.«

»Bitte vergiss doch, was einmal gewesen ist. Das ist alles ewig her.«

»Das Böse verschwindet nicht. Denn ein Mensch, der so böse ist wie die Murer, bleibt es das ganze Leben lang. Vielleicht kann es sich im Alter zum Besseren ändern, aber selbst die Hälfte dieser Bösartigkeit reicht noch aus, um Schlimmes anzurichten.« Die Hartnäckigkeit der Mutter war verblüffend.

»Du könntest doch einmal mit Frau Murer reden. Macht euch bekannt, vielleicht hat sie sich verändert. Die Zeit geht an Menschen nicht spurlos vorbei. Viele werden im Alter sanft und friedlich.«

»Bist du verrückt? Wenn du mich nicht herausholst, werde ich Jakob fragen.«

Gustav lachte. »Ausgerechnet Jakob, der sich kaum um dich kümmert. Wann hast du ihn das letzte Mal gesehen oder mit ihm telefoniert?«

»Das ist jetzt nicht wichtig und nicht der Punkt. Wenn ich ihn brauche, wird er da sein.«

Die Frau Murer entpuppte sich schon kurz nach dem Einzug in den Gemeindebau als Schrecken seiner Familie. Sein Bruder hatte davon wenig mitbekommen. Er war mit zehn Jahren in einem katholischen Knabenseminar aufgenommen worden und durfte in den Ferien oft bei Tante Rosi sein. Gustav war sich nicht sicher, ob er Frau Murer im Pflegeheim begegnen wollte, aber seine Neugier meldete sich. Er schwankte zwischen Neugierde und Angst hin und her. Würde er ihr in die Augen blicken können? Würde bei ihm nicht alles wieder aufbrechen? Er fürchtete es insgeheim und er spürte auch, dass der Aufbruch schon im Kopf begonnen hatte. Gustav konnte nicht verhindern, dass die Bilder von Vera dem Archiv seines Gehirns entstiegen. Sie breiteten sich förmlich vor seinen Augen aus, sie machten ihn unruhig.

Jakob meldete sich bei Gustav. Was das solle, fragte er. Warum er mit Kaffeetratsch belästigt werde. Was denn überhaupt passiert sei. Die Mutter habe wirres Zeug geredet, von einem verschwundenen Kuchen und von Frau Murer. Langsam zweifle er an ihrem Verstand. Ob Gustav nichts unternehmen könne. Mutter müsse ein Medikament gegen ihre Verwirrtheit bekommen. Er habe jedenfalls keine Zeit für solche Spompanadeln. Am Samstag spielt er ein Konzert im Musikverein. Darauf muss er sich nun konzentrieren.

Wieder der Morgenlauf. Die Mutter rief nicht an. Anstatt sich zu freuen, rätselte Gustav über den Grund. Glaubte sie, dass Jakob sie abholen würde? Da konnte sie lange warten. Vielleicht hatte sie sich einfach beruhigt. Es war nichts weiter passiert. Nichts jedenfalls, das man, selbst mit der blühenden Fantasie seiner Mutter, als eine Bösartigkeit von Frau Murer interpretieren konnte. Beim Frühstück mit seiner Freundin fragte er, ob sie ihn am Sonntag beim Besuch seiner Mutter begleiten könnte. Er hat sie doch erst vor einer Woche besucht. Ja, das stimmt. Nur jetzt ist etwas passiert, was die Mutter sehr beunruhigt. Er erzählte ihr, dass sie Frau Murer vor kurzem im Pflegeheim gesehen hatte, als neue Bewohnerin. Seine Freundin wusste, wer Frau Murer war. Er hatte ihr manchmal Bruchstücke aus seiner Kindheit erzählt, mehr um ihr Drängen, von ihm mehr aus seinem Leben zu erfahren, zu beschwichtigen als aus einem Mitteilungsbedürfnis heraus. Auch Veras Verschwinden war in seinen Erzählungen vorgekommen, nur seinen Anteil daran hatte er ausgespart. Seine Freundin musste lachen. Das sei wie im Film. Die verfeindeten Frauen begegnen einander im Pflegeheim wieder, stoßen zusammen. Das sei der Stoff für eine Komödie, meinte sie. Oder für eine Tragödie, sagte Gustav. Er möge sich nicht von seiner Mutter in den Streit hineinziehen lassen. Es sei doch nichts passiert. Ach ja. Und nein, sie könne am Sonntag nicht mitkommen, sie hätte Dienst. Leider. Eine Kollegin sei krank geworden.

Es vergingen zwei Tage, an denen sich seine Mutter nicht bei ihm meldete. Er hatte so viel um die Ohren, dass er es gar nicht bemerkte. Bis am Abend des zweiten Tages seine Freundin fragte, ob sich Gustavs Mutter wieder beruhigt habe. Er zuckte zerstreut mit den Schultern. Sie habe die letzten zwei Tage nicht angerufen, antwortete er. Ob das nicht komisch sei, da sie normalerweise täglich anruft, fragte seine Freundin. Und ob er nicht bei der Station anrufen wolle, um sich nach ihrem Befinden zu erkundigen. Gustav nahm sich vor, gleich nach dem Morgenlauf zuerst die Mutter und, wenn die sich nicht meldete, die Station anzurufen. Jetzt war es schon zu spät dafür.

Am nächsten Tag verzichtete er auf den Morgenlauf.

Sein Magen fühlte sich flau an, im Mund schmeckte er Reste von Magensäure. Am Abend davor hatte er einige Gläser Rotwein getrunken und eine unruhige Nacht verbracht. Auch sein dumpfer Kopf war keine gute Voraussetzung für Sport. Nach dem ersten Espresso rief er seine Mutter an. Nach längerem Läuten landete er in der Mailbox. Eine leichte Beunruhigung setzte bei ihm ein. Also jetzt die Station anrufen, sagte er leise zu sich. Er musste es lange läuten lassen, bis endlich eine Pflegerin abhob. Sie war verwundert, dass er über das Missgeschick der Mutter nicht informiert war. Die Mutter wäre vorgestern gestürzt und hätte sich den rechten Oberarm gebrochen. Zum Glück ein glatter Durchbruch direkt unter der Schulter. Jetzt läge sie meistens im Bett. Ob sie einen Gips habe, fragte Gustav. Nein, das sei in diesem Fall nicht möglich. Sie müsse einen Gilchristverband tragen. Gilchristverband? Damit fixiere man die Schulter und auch den Arm am Körper. Ob sie das Telefon nicht abheben könne? Das habe man ihr abnehmen müssen, damit sie die rechte Hand und den Arm nicht unnötig belaste. Gustav sagte, man möge ihr schöne

Grüße ausrichten. Am späten Nachmittag werde er sie besuchen. Die Pflegerin antwortete, dass ein Besuch gut für das Wohlbefinden seiner Mutter wäre. Sie müssten ohnehin unter vier Augen mit ihm reden. Warum denn? Gustav war verwundert. Die Pflegerin deutete an, dass seine Mutter eine andere Patientin verdächtigte, sie von hinten gestoßen und so zu Sturz gebracht zu haben.

Kurzerhand verschob er die Termine am Nachmittag und machte sich nach Mittag in die Stadt seiner Kindheit auf. Er rief aus dem Auto seine Schwester in Teneriffa an. Sie hob nicht ab. Er sprach ihr auf das Band. Er wollte mit jemandem sprechen, also dann mit Jakob, dachte er. Auch Jakob war nicht erreichbar und Gustav war sich sicher, dass er sich einfach nicht melden wollte. Irgendwann schnappte die Verbindung ab. Nicht einmal eine Nachricht auf der Mailbox konnte er hinterlassen. Seine Mutter hatte also sofort eine Schuldige gefunden, die ihren Sturz verschuldet hatte. Wenn an der Anschuldigung etwas dran wäre. Vielleicht doch?

In seiner Kindheit hatte es das Pflegeheim noch nicht gegeben. Erst vor ungefähr fünfzehn Jahren wurde das Heim auf einem Acker errichtet, zirka hundert Meter entfernt von einer Siedlung mit wenigen Einfamilienhäusern. Nun war nur mehr die Rückseite des

Heims unverbaut. Es verfügte über einen großen Garten, der, natürlich durch einen Zaun getrennt, an ein Maisfeld grenzte. Gleich neben dem Heim hatte man später eine Ambulanz hingestellt. Das Pflegeheim machte einen freundlichen, gepflegten Eindruck, sowohl die ansprechende Fassade als auch die inneren Räumlichkeiten. Das Entree war großzügig über zwei Stockwerke verteilt. So konnten darin zwei riesige Palmen fast ein Gefühl eines Urlaubshotels vermitteln. Wären da nicht alte und zum Teil gebrechlichen Menschen im Rollstuhl sitzend oder einen Rollator vor sich herschiebend gewesen. Die meisten von ihnen wirkten abwesend, manche aber grüßten laut und nickten mit dem Kopf, sichtlich erfreut, einem anderen Menschen zu begegnen. Gustav schien für die Bewohner des Heimes noch im Leben zu stehen. Mit ausladenden Schritten strebte er Richtung Stiegenaufgang. Er grüßte die Leute, die ihm begegneten, kurz zurück, konnte aber doch Enttäuschung in ihren Gesichtern sehen. Sie wurden nicht von ihm besucht, er hatte auch keine Worte des Zuspruchs oder der Aufheiterung für sie parat. Ohne sich umzusehen, nahm er rasch die Stufen in den zweiten Stock und ging direkt zum Zimmer seiner Mutter. Sie lag wie erwartet im Bett. Ihr rechter Arm war oberhalb des Bauches am Körper fixiert, der Oberarm seitlich nach unten und der Unterarm angewinkelt.

»Endlich holst du mich ab«, sagte sie forsch zur Begrüßung. Als sie versuchte sich aufzurichten, gelang es ihr nicht. Durch die Anstrengung keuchte und jammerte sie.

»Bleib doch liegen«, sagte er und beugte sich für einen flüchtigen Kuss über sie. Es kostete ihn Überwindung, ihren Atem zu spüren, ihr körperlich so nahe zu sein. Diese Frau war nicht mehr seine Mutter, vielleicht schon nicht mehr, als er Vera ermordet hatte. Eher hätte er sich damals einem Fremden anvertraut als ihr. Er hatte sich mutterseelenallein und verlassen gefühlt. An dieser Einsamkeit hatte sich im Laufe der Jahre für ihn wenig geändert. Der Mutter fiel die Stimmung des Sohnes nie auf, sie beanspruchte ihn und forderte seine Zuneigung. Er konnte sich nicht einfach davonstehlen. Mitleid, das war es, er hatte Mitleid mit ihr. Er hatte mit Jakob noch nie darüber geredet, ihn gefragt, wie er zur Mutter stand. Wie sollte er auch? Seine Gespräche mit Jakob waren immer kurz und oberflächlich geblieben. Mit wem waren seine Gespräche nicht oberflächlich? Hatte er jemals einer anderen Person sein Herz ausschütten können? Nicht einmal dem Therapeuten hatte er seine Tat, Veras Ermordung erzählt. Es gab keinen Menschen, dem er sich anvertrauen hätte wollen.

»Du machst ja Sachen.« Er zog einen Stuhl zum Bett der Mutter und setzte sich zu ihr.

»Die Murer war's«, sagte sie trotzig. »Sie hat mich von hinten gestoßen. Ich habe sie nicht gleich bemerkt, aber als ich schon am Boden lag, war sie ganz knapp hinter mir und hat Hoppala gesagt.«

»Aha. Du hast also nicht gespürt, dass sie dich gestoßen hat.«

»Doch. Aber realisiert habe ich es erst, als ich schon gestürzt war. Du kennst sie ja von früher. Wenigstens du musst mir glauben.«

»Hat es jemand gesehen?«

»Nein. Natürlich nicht. Die Frau ist raffiniert. Das weißt du doch noch.«

»Hm. Also, du hast keinen Stoß gespürt, oder?«

»Nicht direkt einen Stoß. Ich glaube, sie hat mich mit ihrem Stock zum Fallen gebracht. Den hat sie zwischen meine Füße geschoben und ich bin darüber gestolpert.«

»Wozu hat sie einen Stock dabei, wenn sie im Rollstuhl sitzt?«, fragte Gustav verwundert.

»Als Hilfe, wenn sie aufstehen muss.«

»Und führt sie den Stock am Schoß mit?«

»Nein, der steckt in einer Halterung des Rollstuhls, rechts hinten.«

»Das würde bedeuten, dass sie, während sie hinter dir hergefahren ist, den Stock aus der Halterung gelöst haben muss. Hör doch auf, liebe Mutter. Damit sie das bewerkstelligen kann, müsste sie stehenbleiben, um dich dann mit dem Stock in der Hand einzuholen.«

»Ich erfinde das nicht. Sie war so knapp hinter mir.« Offensichtlich empört über seine Zweifel zeigte sie mit Daumen und Zeigefinder der linken Hand einen Abstand von vielleicht fünf Zentimetern. Gustav wollte nicht weiter über ihre Anschuldigungen diskutieren. Mit logischen Argumenten war seine Mutter kaum zu überzeugen.

»Du hast Glück gehabt, dass es ein glatter Bruch ist. Mit deiner Osteoporose hätte es viel schlimmer ausgehen können.«

»Glück? Was wird mir die Murer als nächstes antun? Wenn du mich nicht bald mitnimmst, kannst du nur mehr meine Leiche abholen.« Die Stimme seiner Mutter bebte.

»Du hattest schon immer eine blühende Fantasie. Du bist dir doch gar nicht sicher, wie es wirklich passiert ist. Nur, weil die Murer knapp hinter dir war und Hoppala gesagt hat, glaubst du, dass sie dich zu Fall gebracht hat.«

»Leider kann ich den lieben Jakob nicht anrufen. Er würde mich verstehen. Stell dir vor, sie haben mir das Handy weggenommen.«

Ein Klopfen an der Tür, die Pflegerin trat gleich darauf ein. Sie bat Gustav, mit ihr zu kommen, die Stationsleiterin hätte jetzt Zeit für ein Gespräch. Er versicherte der Mutter, dass er gleich wieder bei ihr sein werde und ging hinter der Pflegerin her, die eine pummelige Figur hatte. Gemeinsam kamen sie am

Aufenthaltsraum der Station vorbei. Der Fernseher war eingeschaltet und ein alter Film wurde gezeigt. Gustav glaubte, die Stimme von Hans Moser zu erkennen. Wie lange der wohl schon tot war? Gustav ließ seinen Blick über die Gesichter der Anwesenden schweifen. Eine Frau im Rollstuhl, es gab deren drei im Raum, fiel ihm sofort auf. Sie schaute mit offenem Mund gebannt auf den großen Bildschirm. Das Gesicht sah kindlich, rund, etwas blass aus und erinnerte ihn an eine Kinderpuppe aus Plastik, trotz ihres fortgeschrittenen Alters. Das war also Frau Murer. Er erkannte sie, war sich sicher, so sah sie also jetzt aus. Sie hatte schon damals ihre Haare dunkelrot gefärbt, eigentlich nicht immer. Manchmal färbte sie diese auch strohblond. Jedenfalls hatte sie damals Unmengen an Haarspray verwendet, denn kein Windstoß konnte ihrer Frisur etwas anhaben. Die Schwester hatte bemerkt, dass er stehengeblieben war und die Frau im Rollstuhl beobachtete. Das ist Frau Murer, flüsterte sie.

Gustav kannte die Stationsleiterin, die ausgesprochen groß gewachsen war und den Körper einer Amazone hatte. Ihre langen Haare fielen gerade nach unten, sie waren schlohweiß. Kaum hatte sie sich in ihrem Zimmer Gustav gegenübergesetzt, legte sie schon los. Für eine Frau hatte sie eine dunkle Stimme. Das gehe so nicht, sagte sie mit Nachdruck. Wenn seine

Mutter ihre Beschuldigung nicht zurückzöge, müssten sie den Verdacht auf Fremdverschulden in den Bericht schreiben. Es gebe aber weder Zeugen noch irgendeinen Hinweis, dass Frau Murer seine Mutter gestoßen habe. Eigentlich sei das denkunmöglich. Frau Murer sitzt im Rollstuhl und könne sich gar nicht so weit nach vorne beugen, um jemanden, der vor ihr steht, mit den Händen zu erreichen. Das müsse ihr erst jemand zeigen. Frau Murer sei mit aller gebotenen Vorsicht befragt worden, ob sie jemanden versehentlich von hinten berührt habe oder ob sie mit ihrem Stock auf etwas gezeigt habe und es dabei passiert sei. Er müsse wissen, dass Frau Murer an Alzheimer leide, und zwar in einem fortgeschrittenen Stadium. Sie habe nur gelächelt und gefragt, wann sie wieder nach Hause dürfe. Diese Frau sei gar nicht fähig, jemandem etwas anzutun und wenn eine Berührung stattfand, dann nur unabsichtlich. Seine Mutter habe schon vor einigen Tagen behauptet, dass Frau Murer ihren Kuchen gestohlen habe. Das sei ein Blödsinn, Frau Murer habe ihren eigenen Kuchen gar nicht angerührt, da sie nie Kuchen esse. Lieber esse sie Schokolade. Warum, um Gottes Willen, solle sie dann einen Kuchen stehlen, den sie gar nicht mag. Was hat ihre Mutter gegen Frau Murer, kennen die Frauen einander? Gustav erzählte, dass seine Familie und die Familie Murer während seiner Kindheit in einem Haus wohnten und verfeindet waren. Frau Murer und auch ihre Kinder seien damals sehr gemein zu ihm gewesen. Aber das sei doch kein Grund, sagte die

Stationsleiterin. Das müsse doch Jahrzehnte her sein. Sie habe von Frau Murer noch kein einziges böses Wort gehört. Sie spreche kaum, schaue meistens fern oder schlafe. Nur manchmal versuche sie, das Haus zu verlassen. Aber da sie ein Armband trüge, das sofort Alarm schlägt, wenn sie sich dem Eingang nähert, sei das auch kein Problem. Was er dazu sage? Ob er nicht auf seine Mutter einwirken könne, dass sie mit diesen Beschuldigungen aufhört. Wenn das so weiterginge, müsse man sie in den ersten Stock verlegen. Dort seien aber viele Männer, was – da kenne sie seine Mutter schon gut genug – zu den nächsten Problemen führen könnte. Gustav schlug vor, ob man nicht die beiden Damen miteinander ins Gespräch bringen sollte. Vielleicht würde das die Situation entkrampfen. Das habe sie schon angeregt, sagte die Stationsleiterin resignierend. Seine Mutter habe sich buchstäblich mit Händen und Füßen gewehrt.

Am Rückweg zum Zimmer seiner Mutter blieb Gustav wieder beim Aufenthaltsraum stehen. Frau Murer hatte den Mund immer noch offen und starrte gebannt auf den Fernseher. Gustav glaubte zu sehen, dass Speichel aus ihrem Mund lief, da ihre Bluse beim Hals fleckig war. Er überlegte, ob er zu ihr hingehen und sich vorstellen sollte. Hallo, Frau Murer, könnte er sagen. Erinnern Sie sich noch an mich? Gustav Mösa. Da fiel ihm ein, dass sein Nachname, besonders von den Murer Kindern, verspottet worden war.

Das Wort hatte er noch nie gehört, daher fragte er seine Mutter, was eine Möse sei. Das sagten die Kinder zu ihm, oder sie sangen, Gustav hat eine Möse, Gustav ist eine Möse. Als er erfuhr, was das Wort Möse bedeutete, schämte er sich sehr und kränkte sich. Wir heißen nicht Möse, sagte seine Mutter zu ihm. Die könnten nur den Namen nicht richtig aussprechen, geschweige denn schreiben, mit dieser Begründung wollte sie ihn beruhigen.

Frau Murer drehte den Kopf zu ihm, als er am Aufenthaltsraum vorbeiging. Gustav war kurz davor, ihr zu winken. Er unterließ es, blieb jedoch wie gelähmt stehen und spürte eine tiefe Abneigung in sich aufsteigen. Der Hass, den diese Frau gegen ihn und seine Familie versprüht hatte, war für ihn wieder zu spüren. Damals hatte er Angst vor ihr gehabt. Nun schien sie harmlos zu sein, unfähig, sich ohne Rollstuhl zu bewegen, unfähig, ihre wirren Gedanken zu einer Hasstirade zu bündeln oder Pläne gegen seine Mutter zu schmieden. Nach einigen Sekunden sah sie wieder auf das Fernsehbild. Sie hatte keinerlei Regung gezeigt, als sie ihn sah.

Er trat wieder ins Zimmer seiner Mutter, sie schlief jetzt. Ihre Gesichtszüge wirkten entspannt. Sie sah so friedlich aus. Gustav betrachtete lange ihr Gesicht. Er wollte ein wenig warten, ob sie aufwachte und er mit ihr über die Alternative eines Wechsels in die Fast-nur-Männerabteilung sprechen konnte. Wenn sie röchelte, erwartete er, dass sie gleich die Augen öffnen würde. Doch sie schlief weiter und atmete wieder ruhig. Warum konnte er seine Mutter nicht lieben? Er fühlte sich bloß für sie verantwortlich, im Grund war sie aber ein Überbleibsel aus seiner Kindheit, das ihm oft lästig war. Er konnte sich nicht erinnern, war sie jemals herzlich und fürsorglich zu ihm gewesen, als er ein Kind war? Er konnte sich an keine Situation erinnern, in der sie ihm Mutterliebe zeigte. Überhaupt erschienen ihm seine Kindheit und frühe Jugend eine Abfolge trauriger Ereignisse gewesen zu sein.

Seine Familie hatte bereits im Gemeindebau gewohnt, als die Mutter mit seiner Schwester das Haus verließ. Er wusste nicht mehr den Grund dafür. Jakob und er blieben zu Hause und um sich die Zeit zu vertreiben, durchsuchten sie in der Küche die Schubladen und Regale. Sie gingen nicht so weit, einen Sessel heranzurücken, um die Kredenz auch oben zu inspizieren. Es gab auch im unteren Teil genug zu entdecken. Die Messer ließen sie in der Lade. Das ist gefährlich, hatte ihnen die Mutter immer wieder eingeschärft. Stattdessen spielten sie mit den Kochlöffeln. Mal dienten sie als Schwert, dann schlugen sie damit auf einen Topf, als sei er eine Trommel. So entdeckten sie, dass große Töpfe anders klangen als kleine. Sie wurden immer ausgelassener und vergaßen, dass die

Mutter jeden Augenblick in der Tür stehen konnte. In einer Schublade fanden sie eine Schere. Hatte die Mutter nicht gesagt, dass sie bald zum Friseur müssten, weil die Haare schon viel zu lang waren? Beide hassten es, zum Friseur gehen zu müssen, denn ihre Haare wurden so kurz geschnitten, dass man die Kopfhaut darunter sehen konnte.

Aus Spargründen sollte es möglichst lange dauern, bis sie wieder zum Friseur mussten. Schließlich kostete der Friseurbesuch einiges. Gustav kam die Idee, sie könnten sich gegenseitig die Haare schneiden und der Mutter so das Geld für den Friseur ersparen. Jakob zögerte, Gustav musste ihn dazu überreden. Gesagt, getan. Gustavs blonde Locken fielen zu Boden und mischten sich mit den schwarzen Haaren seines Bruders. Irgendwann beschlich sie das Gefühl, dass es keine besonders gute Idee war, sich gegenseitig die Haare zu schneiden. Aber es war zu spät, die Haare lagen bereits am Boden. Sie kamen nicht mehr dazu, sie aufzukehren und Schere, Topf und Kochlöffel wieder einzuräumen. Die Mutter stand plötzlich in der Küchentür und stieß einen Schrei des Entsetzens aus. Sie schimpfte und drohte den beiden. Man könne sie keine fünf Minuten allein lassen. Wer nicht hören will, muss fühlen, drohte sie. Jakob und Gustav begannen gleich zu weinen. Der Kochlöffel lag griffbereit, um die Kinder damit zu bestrafen. Sie bekamen damit so lange Schläge auf ihre nackten Hintern, bis

der hölzerne Kochlöffel zerbrach. Den zweiten Koch-
löffel verwendete sie nicht mehr, der wanderte zum
Glück ungebraucht in die Lade zurück. Die beiden
Buben rutschten mit ihrem Hinterteil heulend auf
dem kühlen Linoleum des Küchenbodens herum. Das
Gemisch aus schwarzen und blonden Haaren blieb an
ihnen kleben. Die Mutter befahl ihnen, die Haare vom
Hintern des jeweils anderen zu entfernen und auch
die Hände und das Gewand zu säubern. Am Abend
bekamen sie zur Strafe nichts zu essen, obwohl sie
Hunger hatten. Immerhin erzählte die Mutter dem
Vater nichts davon.

Gustav schlich zur Tür, hinaus aus Mutters Zimmer.
Er ging noch einmal zur Stationsleitung und fragte,
ob man seiner Mutter beim Telefonieren nicht behilf-
lich sein könnte. Wenn sie einen Anruf bekäme,
müsste man ihr nur das Handy in die linke Hand drücken. Die freundliche Pflegerin mit dem slowakischen
Akzent stimmte zu. Es werde nicht immer möglich
sein, weil sie viel zu tun hätten. Dann müsse er halt
etwas später noch einmal anrufen. Die Stationsleiterin kam zur Tür heraus und fragte, ob Gustav seine
Mutter von diesen unbegründeten Vorwürfen abbrin-
gen konnte. Sie habe geschlafen, sagte Gustav. Er
werde aber am Sonntag wiederkommen.

Kapitel 2

Die ersten Monate in der neuen Umgebung waren für Gustav wie ein Aufbruch in ein anderes spannendes Leben. In Toni fand er seinen ersten Freund. Davor hatte er nur mit den Geschwistern gespielt. Am Halterberg konnte man Abenteuer ohne Ende erleben. Auch der nahe Weidenbach lud zum Spielen am und im Wasser ein. So schön war es nicht für alle, seine Mutter kam mit den anderen Bewohnern nicht gut zurecht. Sie fühlte sich als Fremde. Durch ihre Arbeit als Hausbesorgerin mussten sie zwar keine Miete zahlen, ihr kam es jedoch wie eine Sisyphusaufgabe vor. Kaum hatte sie das Stiegenhaus gekehrt und aufgewaschen, sorgten vor allem die Kinder der Bewohner und deren Freunde dafür, dass man oft schon wenige Stunden danach von der Reinigung nichts mehr sah. Um die Familie zu versorgen, musste sie für die anderen putzen, Gustavs Vater die Autos der anderen betanken, den Ölstand kontrollieren und die Scheiben reinigen. Gustavs Mutter tat sich schwer, mit den Bewohnern der Gemeindebauten ins Gespräch zu kommen. Sie stammte nicht aus dieser Gegend und betonte ihre Herkunft wohl zu oft vor den anderen. In den Bergen sei es viel schöner, sagte sie, die Luft sei rein und klar. Im Sommer werde es nicht so drückend heiß und im Winter könne man Rodeln und Schifahren. Die Menschen seien freundlich und grüßen je-

den. Das Verhalten der Mutter kam in dieser brettel-
ebenen Gegend nicht gut an. Sie fühlte sich minder-
wertig und stellte ihre Person vielleicht deshalb als etwas Besonderes dar.

Zwischen den Häusern standen Bänke, die von den
Frauen aus den Gemeindebauten häufig zu einem
Tratsch genutzt wurden. Die meisten der Frauen auf
den Bänken waren übergewichtig. Sie trugen weite
luftige Hauskleider mit einer durchgehenden Knopf-
leiste vorne, die im Sommer teils oben und unten offen war und ihre feisten Oberschenkel zeigten. Wenn
sie nicht miteinander tratschten, gaben sie den Kindern Anweisungen. Sie schimpften mit ihnen, wenn
sie zu laut waren oder mit dem Ball in ihrer Nähe
spielten. Gustavs Mutter traute sich nicht, sich zu
ihnen zu setzen. Sie seien zu primitiv für sie, gab sie
vor. Die Kinder wies sie an, die besetzten Bänke zu
meiden, einen Bogen um sie zu machen. Es waren nur
wenige Menschen, mit denen die Mutter einen enge-
ren Kontakt pflegte. Im Haus gab es eine alte Dame,
bei der Gustavs Mutter, manchmal auch die Kinder,
eingeladen waren. Dann gab es Kuchen, hin und wieder auch Schokolade. Die Wohnung war voll von Pu-
deln in vielen Arten, auch solche, die über eine Flasche gehäkelt worden waren. Oben in der Mansarde
wohnte eine Frau, die immer in Schwarz gekleidet
war. Sie grüßte Gustavs Mutter freundlich zurück und
wechselte hin und wieder ein paar belanglose Worte.
Und im dritten Gemeindebau wohnte eine dickliche

Frau mit einem sudentendeutschen Akzent. Gustav war sich nicht sicher, ob Klausi, so nannte sie ihren Schützling, ihr Sohn, ihr Enkelkind oder ihr Neffe war. Klausi war ein Jahr älter als Gustav und trug eine Brille mit dicken Gläsern. Gustav sah ihn nie draußen spielen. Seine alte Mutter - lassen wir es dabei - sagte, dass sie mit dem Gesindel, das hier in dem Wohnbau wohnte, nichts zu tun haben wolle. Das Großartigste bei ihr war der Fernseher, damals noch mit einem Schwarz-Weiß-Bild, der in ihrer Wohnung stand. Manchmal durften Gustav und seine Geschwister für ein oder zwei Stunden bei ihr fernsehen. Was für ein Erlebnis. Sie sahen Sendungen wie Fury, Rin-Tin-Tin oder Lassie. Warum hatten wir keinen Fernseher, dachte Gustav. Kein Auto und keinen Fernseher. Als Kind fragte er sich, konnte man noch ärmer sein? Seine Mutter erzählte ihm, dass so ein Fernseher immens teuer sei und Klausis Mutter das Gerät bei einem Preisausschreiben gewonnen habe. Dann sollte doch auch seine Familie an allen nur möglichen Preisausschreiben teilnehmen, meinte Gustav. Seine Mutter winkte ab. Sie habe noch nie Glück gehabt, stellte sie fest. Klausis Mutter konnte aber auch lästig sein. Zu allem und jedem hatte sie etwas zu sagen. Sie wusste, was das Richtige für seine Mutter war und wie sie ihre Kinder erziehen sollte. Man müsse in der Sache hart und konsequent sein, aber nicht nachtragend. Erledigt ist erledigt, sagte sie. Wenn der Klausi etwas anstelle, dann sage sie zu ihm »Augengläser runter, Pitsch, Patsch.« Damit meinte sie die Ohrfeigen, die sie ihm gab. Und zum Schluss drückte sie aus, dass es damit erledigt war. »Ist gewesen, war gewesen, eins zum andern.« Gustav verstand diesen Satz nicht. Er klang wie ein Kinderreim, so wie >Ich und du, Müllers Kuh, Müllers Esel, draus bist du!<. Nach der Nationalratswahl, bei der sie Gustavs Mutter überreden wollte, für die Partei der Schwarzen, also der Konservativen, zu stimmen, schlief der Kontakt ein.

Die anderen Bewohner wirkten eher abweisend, spöttisch und irgendwie auch überheblich. Der Vater bekam wenig davon mit, da er von früh bis spät arbeitete und am Abend in der Wohnung blieb. Die Mutter und ihre Kinder fühlten sich fremd, seine Mutter sagte manchmal sogar wie Aussätzige, in der neuen Umgebung. Gustavs Mutter erzählte den Kindern, dass sie abgelehnt werde, nur weil sie aus einem fernen Bundesland käme und nicht den gleichen Dialekt spräche. Mit den Murers entspann sich ein immer größer werdender Konflikt. Wenn Gustavs Mutter das Stiegenhaus gewaschen hatte, trampelten die Murerkinder mit schmutzigen Schuhen in den ersten Stock. Gustavs Mutter schrie ihnen daraufhin nach oben nach, was für ein Gesindel ober ihnen wohnte. Kurz danach beschwerte sich Frau Murer, dass das Stiegenhaus verdreckt sei. Sie werde es bei der Gemeinde melden. Wenn sich Gustavs Mutter am

Abend darüber aufregte und den Vater bat, etwas zu unternehmen, winkte dieser ab. Es sei viel besser, den Mund zu halten, dann würde sich die Sache schon legen. Er traue sich gar nichts, schimpfte die Mutter. Er stehe nicht zu ihr, würde nur buckeln und freundlich grüßen, wenn er Herrn oder Frau Murer sah. Das sei er wohl von seiner Arbeit als Tankwart gewöhnt. Der Vater schlug zornig mit der Faust auf den Tisch und sagte den Kindern, sie sollten sofort ins Zimmer gehen. Als Maria, Gustavs Schwester fragte, ob sie noch aufessen dürfe, bekam sie eine Ohrfeige vom Vater. Die Wände waren dünn, im Kinderzimmer konnten sie jedes Wort des heftigen Streits mithören. Meist sprach die Mutter, vom Vater kam nur ein »Aufhören«, »Halte endlich den Mund«, oder »Ich bringe das Geld heim«. Plötzlich war es still. Dann war das leise Weinen der Mutter zu hören. An diesem Abend gingen die Kinder nicht mehr zum Zähneputzen ins Bad. Sie legten sich alleine ins Bett und schliefen rasch ein.

Zu den über ihnen wohnenden Nachbarn änderte sich das angespannte Verhältnis kaum. Mit ihrem Mann redete Gustavs Mutter nicht mehr darüber. Bei ihren Kindern weinte sie sich ihren Kummer von der Seele und drohte damit, in ihre Heimat zurückzukehren. Wenn Gustav fragte, ob sie mitkommen dürften, wenn die Mutter weggeht, schüttelte sie nur den Kopf. Das sei nicht möglich, denn sie habe dort keine

Wohnung und auch keine Arbeit. Gustav schmeichelte daraufhin seiner Mutter, indem er sie lobte, wie gut sie denn in Allem sei und dass sie sich nicht von den anderen unterkriegen lassen solle. Er bat sie inständig, bei ihnen zu bleiben, und ihre Drohung nicht zu verwirklichen. Auf ihn könne sie sich verlassen. Er würde immer zu ihr stehen, bekräftigte Gustav.

Gustav bekam immer mehr Angst vor den Kindern der Murers. Der jüngere Sohn, er hieß Willibald und wurde Willi gerufen, war in etwa so alt wie Gustav. Er machte sich einen Spaß daraus, mit Steinen nach Gustav zu werfen, ihn mit einem Ast zu bedrohen oder ihn als dummes Hausmeisterkind zu beschimpfen. Willis Geschwister standen ihm um nichts nach. Hatten sie Gustav anfangs weitgehend in Ruhe gelassen, steigerten sich nun ihre Gehässigkeiten. Die Streitigkeiten der Mütter waren vermutlich die Ursachen dafür.

Gustav achtete darauf, dass er nicht in die Nähe der Murer- Kinder kam. Verächtliche Worte schmerzten ihn noch mehr als Schläge. Als er beim Laufen hinfiel, verspottete ihn die Tochter der Murers als Tollpatsch und Stolperer. Sie war knapp zwei Jahre älter als er, schlug Räder und konnte sogar einen Salto springen, von der Oberkante der Banklehne stehend.

Gustav blieb nun oft in der Wohnung. Mit dem Schuleintritt seiner Schwester, der ein Jahr später als üblich erfolgte, tauchte Gustav in eine neue Welt ein. Ihre Schulaufgaben interessierten ihn mehr als sie. Er blätterte durch ihre Bücher und hörte genau zu, wenn sie der Mutter vorlas. Er saß dabei neben seiner Schwester, die mit dem Finger das Gelesene entlangfuhr. Sie mühte sich ab, die Buchstaben und Wörter laut auszusprechen. Nach einigen Wochen begann Gustav, das Wort schon vor ihr zu sagen, wenn sie dabei an einzelnen Buchstaben hängenblieb. Auf diese Art und Weise lernte Gustav das Lesen, wenige Monate nachdem er fünf Jahre alt geworden war. Und einige Zeit danach konnte er die gelesenen Wörter auch schreiben. Die Schwester weigerte sich nun, ihre Hausaufgaben zu machen, wenn Gustav anwesend war und ihr ständig dreinredete, doch die Mutter fand nichts dabei. Sie hoffte wohl, dass Maria durch Gustav angespornt wurde. Das Gegenteil war der Fall.

In dieser Zeit zog ein Ehepaar ohne Kinder in den Gemeindebau ein. Sie waren elegant gekleidet und sprachen Hochdeutsch. Der Mann fand an Gustav Gefallen, vielleicht, weil Gustav ihn immer freundlich grüßte und fragte, wohin er ginge. Meist war die Antwort, zur Arbeit oder einkaufen. Auch die großgewachsene blonde Frau mochte Gustav. Sie steckte ihm Süßigkeiten zu und flüsterte in sein Ohr, dass er seinen Geschwistern nichts davon sagen dürfe.

Manchmal kam der Mann nicht mit Anzug und Krawatte, sondern mit einer dunkelgrünen Hose und einer noch dunkelgrüneren Jacke nach Hause. Wieder fragte ihn Gustav, woher er denn käme. Aus dem Wald war die Antwort. Er sei Jäger und schaue nach dem Wild. Gustav fragte, ob er einmal mitkommen dürfe. Wenn die Mama es erlaube, sei es ihm recht, sagte der Jäger und strich Gustav über das Haar.

Der Mann musste Gustavs Mutter direkt darauf ansprechen, da sie Gustav nicht glaubte. Gleich am nächsten Tag holte der Jäger Gustav ab und sie gingen am Sportplatz vorbei in den Wald hinein. Der Mann hatte ein Gewehr dabei, versprach aber Gustav, dass er es heute nicht gebrauchen werde. Nur im Notfall würde er schießen, also wenn sie zum Beispiel auf ein weidwundes Tier stoßen sollten. Sie saßen sehr lange schweigend am Hochstand. Gustav hätte gerne Fragen gestellt, alles war neu für ihn, aber er spürte, dass dies nicht der richtige Zeitpunkt war. Es begann schon zu dämmern, als tatsächlich zwei Rehe aus dem Dickicht traten. Der Jäger beobachtete sie durch einen Feldstecher. Er bot auch Gustav an durchzuschauen, dieser konnte aber nichts damit sehen. Alles war verschwommen. Beim Heimgehen fragte Gustav, ob die Rehe bald erschossen werden würden. Der Mann schüttelte den Kopf. Nur in der Jagdzeit, meinte er. Er lächelte Gustav an und versprach ihm, dass er wieder mitkommen dürfe, solange keine

Jagdzeit war. Außerdem werde er in Zukunft jeden Morgen ein Nusskipferl zum Frühstück bekommen. Wenn er unbedingt wolle, könne er seinen Geschwistern die Enden geben, da dort nur wenig Nussfülle zu finden sei. Es war das erste Mal in seinem Leben, dass sich Gustav als etwas Besonderes fühlte. Zwar holte ihn der Mann nicht mehr ab, wenn er in den Wald ging, das machte Gustav aber nichts aus. Gönnerhaft gab er jeden Morgen die Enden des Nusskipferls seinen Geschwistern ab. Wann immer er auf den Mann oder dessen Ehefrau traf, hatten sie freundliche Worte für ihn über. Sie lobten ihn, weil er schon lesen und schreiben konnte. Die Frau sagte, sie würde ihn am liebsten adoptieren, so süß fände sie ihn. Aber er habe ja schon fürsorgliche Eltern und eigentlich hätte sie zu wenig Zeit für ein Kind. Gustav hätte seine Eltern sehr gerne gegen dieses Ehepaar getauscht. Sie gaben ihm das Gefühl, talentiert und wichtig zu sein.

Zu Weihnachten durfte Gustav zum Ehepaar in den zweiten Stock kommen, wo unter dem hell erleuchteten Weihnachtsbaum ein kleines Paket für ihn lag. Es war sein erstes Buch und trug den Titel „Peter und Ulla im Märchenwald". Dreimal hintereinander las er das Buch. Das Ehepaar zog bald danach aus dem Gemeindebau aus. Sie hatten jedoch mit dem Bäcker vereinbart, dass Gustav noch einen weiteren Monat das Nusskipferl bekam, was ihn besonders freute. Allerdings trat nun das Gefühl, weniger wert zu sein als die anderen Kinder, wieder in den Vordergrund.

Etwas Besonderes waren auch die Besuche bei den zwei Schwestern seines Vaters. Sie wohnten mit ihren Familien in unterschiedlichen Orten, die jeweils in etwa zwanzig Kilometer von der Gemeindewohnung entfernt lagen. Ohne Umsteigen konnte man diese Orte mit dem Bus nicht erreichen. Der Fahrplan war auch nicht so abgestimmt, dass man bald einen Anschlussbus hatte. Es dauerte also mehr als zwei Stunden, um die kurze Strecke zurückzulegen. Manchmal benützten daher Gustavs Eltern das Fahrrad für den Verwandtenbesuch. Auf Vaters Fahrrad war vorne und hinten jeweils ein Kindersitz montiert. Die Mutter musste nur die Schwester, vorne sitzend, mitnehmen. Allerdings war Maria auch die Schwerste. Die Anstrengungen der Anfahrt wurden mit einem guten Mittagessen, gefolgt von einer reichlichen Jause von der Verwandtschaft belohnt. Beide Tanten hatten ein Schwein im Stall. Auch Hasen und Hühner wurden gehalten. Gustav mochte den Besuch bei Tante Traude sehr. Die Kinder durften mit zum Hühner- und Hasenstall. Wenn man Gustav nicht zum Essen gerufen hätte, wäre er auch stundenlang bei den Tieren geblieben. Anders verhielt es sich bei Tante Rosi. Sie hatte Gustavs Bruder ins Herz geschlossen und schlug den Eltern im Halbernst vor, ihn zu adoptieren. Gustavs Bruder blieb allerdings große Teile der Ferien bei Tante Rosi und legte einige Kilos zu. Viel schlimmer war aber, dass es bei Tante Rosi einen Kettenhund gab, der sich wild gebärdete, wenn jemand beim Gartentor hereinkam. Die Kette war genau so lange, dass man nur eng an die Hausmauer gedrückt zum Hauseingang gehen konnte. Gustav hatte große Angst vor dem schwarzen Hund. Einmal passierte ihm ein kleines Missgeschick. Er ließ einen schön gezeichneten Stein aus der Hand fallen, als er die Hauswand entlang ging. Der Stein rollte ein wenig in die Richtung des an der Kette zerrenden Hundes. Gustav wollte ihn aufheben und wurde von den Krallen des Hundes am Arm verletzt. Den Stein musste er liegen lassen und Tante Rosi schimpfte noch mit ihm, dass er nicht einmal die Hausmauer entlang gehen könne. Zwar beneidete Gustav seinen Bruder um das gute Essen bei der Tante, es gab jeden Tag Fleisch, aber er hätte nicht bei Tante Rosi übernachten wollen.

Es kam aber auch vor, dass die Fahrräder nicht benutzbar waren, weil jemand die Ventile abgeschraubt oder sogar den Reifen aufgestochen hatte. Gustavs Mutter war sich sicher, dass die Murers das getan hatten. Es konnte nur jemand vom Haus sein, da die Fahrräder in einem verschlossenen Raum, der nur den Hausbewohnern zugänglich war, abgestellt waren. Gustavs Vater schimpfte zwar auf das Gesindel, aber das meinte er eher allgemein. Er wollte jeden Konflikt mit der Familie Murer vermeiden. Die Räder reparierte er, verklebte vorsorglich die Ventile mit großen Mengen an Isolierband. Damit konnte er die Täter nicht abschrecken, die nun umso öfter die Reifen aufstachen.

Die Streitigkeiten zwischen Gustavs Mutter und Frau Murer nahmen kein Ende. Sie versuchte lautstark, deren Kinder vom Hauseingang zu verscheuchen, da sie sicher war, dass diese oft unnötigerweise an ihrer Wohnungstür läuteten und absichtlich Blätter und Zweige, manchmal auch Steine und Erdreich ins Haus trugen. Sie ging sogar so weit, sich auf der Gemeinde darüber zu beschweren, stieß aber auf kein Verständnis. Dort beschied man ihr, wenn sie nicht Frieden mit den Hausbewohnern halten könne, müsse man halt jemand anderen für den Posten des Hausbesorgers suchen. Nach dieser Beschwerde beim Gemeindeamt wurde es im Haus nur noch schlimmer. Wenn Gustav von den Murer-Kindern am Halterberg, wo er sich nur mehr selten hinwagte, erwischt wurde, schlugen sie ihn und verlangten, dass er Erde oder auch Regenwürmer aß. Auch Vera beteiligte sich an diesen Quälereien und spuckte Gustav in den offenen Mund. Wenn er die Spucke nicht hinunterschluckte, droschen sie so lange auf ihn ein, bis er sich schließlich überwand. Einmal musste er sich nackt ausziehen. Sie versteckten dann sein Gewand und machten sich davon. Gustav war verzweifelt. Er wagte sich nicht nackt nach Hause. Es war schon dunkel, als er schließlich seine Unterhose und das Hemd fand. Hose, Socken und Schuhe waren an einem anderen Platz versteckt worden. Seine Mutter war maßlos verärgert, wollte die Gendarmerie rufen. Gustavs Vater verbat es ihr aber mit lauten Worten und der Drohung, nie wieder nach Hause zu kommen, wenn sie es täte.

Gustav wagte sich nicht mehr auf den Halterberg, wo er jederzeit von den Söhnen der Murers entdeckt werden konnte. Er spielte nur mehr vor dem Haus, wo ihn die Mutter hören und sehen konnte. Wenn Toni dabei war, ließen ihn die Murers in Ruhe. Bücher wurden für Gustav immer wichtiger. Beim Lesen vergas er die Murers und das karge Dasein, seinen mürrischen Vater und die jammernde Mutter. Immerhin ging sie einmal die Woche mit ihm in die Bücherei, wo er sich ein Buch ausborgen durfte. Mehr als ein Buch erlaubte sie nicht, obwohl die Leihgebühr eher symbolisch war und Gustav weniger als einen Tag brauchte, um das neue Buch auszulesen. Er las es daher mehrmals und konnte am Ende der Ausleihzeit große Teile davon auswendig aufsagen. Außerhalb seiner Traumwelt beim Lesen wurde es immer ungemütlicher. Wenn Gustav Frau Murer über den Weg lief, rief sie ihm zu, er solle sich verziehen, sonst würde noch etwas passieren. Sie drohte ihm mit der

Faust und stieß Flüche wie „der Teufel soll dich holen" aus. Anfangs suchte Gustav schnell das Weite. Er fürchtete sich vor Frau Murer und machte einen Bogen um sie, wenn er sie rechtzeitig bemerkte. Mit der Zeit überwand er seine Angst vor ihr. Jetzt machte es ihm Spaß, sie zu reizen. Grüß Gott, Frau Murer, sagte er zu ihr und drückte sich ohne Hast im Stiegenhaus an ihr vorbei. Einmal packte sie ihn am Arm und ließ ihn gleich darauf wieder los, da eine andere Partei in Sichtweite war. Die Begegnungen wurden seltener, da Gustav kaum mehr draußen spielte. Irgendwann schien sie sich auch beruhigt zu haben, sie ging nur mehr wortlos und mit abgewandtem Gesicht an ihm vorbei. Gustav blieb dabei, sie freundlich zu grüßen.

Wann würde er endlich auch zur Schule gehen können? Gustav brannte darauf, in der Schule zu glänzen und die Anerkennung der Lehrer einzuheimsen. Sie würden ihn genauso loben, wie es das Ehepaar im zweiten Stock getan hatte. Er konnte doch schon lesen und schreiben und auch ein wenig rechnen. Aber er musste sich noch mehr als ein Jahr gedulden. Sein Vater erzählte, dass auch er schon vor dem Schuleintritt lesen konnte. Gustav war in seiner Gunst gestiegen, da er begabt zu sein schien. Die Mutter erzählte, dass der Papa sehr gescheit sei, aber leider nach Abschluss der Hauptschule eine Bäckerlehre beginnen musste, da seine Eltern in großer Armut gelebt hatten. Das Wohlwollen des Vaters erschöpfte sich schnell, sein Interesse an Gustav ließ bald nach. Meist saß er stumm am Tisch und las in der Zeitung. Hatte er Gustav anfangs gefragt, welches Buch er gerade lese und ihn sogar daraus vorlesen lassen, interessierte es ihn nun nicht mehr. Er spielte so gut wie nie mit den Kindern. Die Mutter erklärte ihnen, dass der Papa von der Arbeit einfach so müde sei und seine Ruhe brauche, wenn er zu Hause war. Er habe auch Schmerzen, die von Granatsplittern herrührten, die nach dem Krieg in seinem Bein geblieben waren. Er lachte nie, er lobte die Kinder nicht. Manchmal rutschte ihm die Hand aus. Als er zum Beispiel einen Bodenbelag aus Plastik beim Versandhaus Quelle bestellt hatte und dieser nicht passte, weil er sich vermessen hatte, fing sich Gustavs Bruder eine kräftige Ohrfeige ein. Danach blutete Jakob aus dem Mund. Der linke Mundwinkel war durch den brutalen Schlag eingerissen. Die Mutter tröstete die Kinder, denn nach jedem gewalttätigen Zornesausbruch des Vaters begannen sie alle zu weinen, auch wenn es nur einen von ihnen getroffen hatte. Grundsätzlich sagte sie aber nichts Böses über ihren Mann. Er habe es als Kind sehr schwer gehabt, erklärte sie dann. Und der Krieg sei auch so schrecklich gewesen, für ihn besonders schlimm. Und jetzt arbeite er nur für seine Kinder, damit sie es einmal besser haben sollten.

Die Murer Buben konnten es nicht lassen. Sie stießen den Kübel mit dem schmutzigen Wasser um, als Gustavs Mutter während der Reinigung des Stiegenhauses kurz in die Wohnung ging. Die graue Brühe ergoss sich über die Stufen bis in das Kellergeschoß. Ob die Murer Buben den Schmutzkübel umgestoßen hatten, konnte man nicht beweisen, denn niemand hatte sie dabei gesehen. Aber wer sollte es sonst gewesen sein, schrie die Mutter erzürnt in den ersten Stock hinauf. Die Türe der Murers öffnete sich. Prompt schrie Frau Murer zurück, dass sie nicht ihre Kinder beschuldigen solle, wenn sie selbst den Kübel umgestoßen habe. Sie werde dafür sorgen, dass Gustavs Mutter den Hausbesorgerposten verliere, weil das Haus nicht ordentlich geputzt sei und die Mutter auch keinen Frieden geben könne. Sie setzte nach, vielleicht sei es bei den Bergbewohnern, wo sie herstammte, üblich, mit jedem Streit anzufangen. Das passe nur nicht in diese friedliche Gegend. Sie solle hingehen, wo der Pfeffer wächst. Gustavs Mutter beschimpfte die Murers als bösartiges Gesindel und als Zigeuner. Das brachte Frau Murer erst recht in Rage. Sie kam schreiend und schimpfend die Stufen herunter. Gustavs Mutter flüchtete in ihre Wohnung. Nur Gustav verharrte unentschlossen vor dem Hauseingang. Der Weg in die Wohnung war ihm durch die wütende Frau versperrt, er hätte einfach weglaufen können, blieb aber wie angewurzelt stehen. Frau Murer packte den Kübel und schlug damit auf Gustav ein. Er sank zu Boden. Der Wucht dieses Angriffs war er nicht gewachsen. Frau Murer schleuderte den Kübel in hohem Bogen weg und ging fluchend wieder nach oben. Die ganze Zeit über hatte sie laut über Gustavs Mutter und deren Mistgeburt, damit meinte sie Gustav, geschimpft. Erst als sie die Tür hinter sich geschlossen hatte, wurde es still. Still, bis auf das Wimmern von Gustav, er war verletzt. In seinem Gesicht spürte er das feuchte Blut herabrinnen. Es rann ihm bis in seinen Mund und schmeckte süßlich. Die Mutter kam aus der Wohnungstür herausgestürzt. Sie war entsetzt, half Gustav auf die Beine und nahm ihn in ihre Arme. Als sie die tiefe Platzwunde auf Gustavs Schläfe entdeckte, schrie sie auf. Mörderin, rief sie und fragte, Richtung Bank auf dem Grünstreifen gewandt, ob jemand gesehen habe, wie diese Furie versucht habe, ihren Sohn zu töten. Eigenartigerweise war die Bank nun leer. Waren hier nicht zuvor die Weiber aus dem gegenüberliegenden Bau gesessen? Nun kam Vera pfeifend die Stiegen herunter. So ein armes Kindlein, sagte sie spöttisch und schlug vor ihnen ein Rad auf dem Grünstreifen.

Der Kinderarzt setzte drei Klammern, um die Wunde zu schließen. Die Tetanusspritze wollte sich Gustav nicht geben lassen und wehrte sich nach Leibeskräften. Er entkam dem starken Griff der Mutter und rutschte mit nacktem Hintern durch das Ordinationszimmer. Unter dem ausladenden Schreibtisch des

Arztes glaubte er, Zuflucht zu finden. Schließlich schaffte es der Arzt, Gustav unter dem Tisch hervorzuziehen. Die Mutter umklammerte seine Beine, er konnte sich nicht mehr gegen die Injektion in seinen Po wehren. Sein hysterisches Schreien war so laut, dass die Ordinationshilfe bei der Tür hereinsah und fragte, ob etwas passiert sei. Einige Kinde im Warteraum hätten zu weinen begonnen und wollten nicht mehr bleiben.

Die Mutter erzählte dem Kinderarzt, wie es zu dieser Verletzung gekommen war. Sie berichtete von Frau Murers Angriff auf ihr unschuldiges Kind. Nach ihrem Bericht betonte der Mediziner, wenn sie bei dieser Darstellung bliebe, müsse er als behandelnder Arzt eine Anzeige wegen Fremdverschulden machen. Um gleich nachzusetzen, ob sie wisse, was das rechtlich nach sich zöge. Wenn es zu einer Gerichtsverhandlung käme, würde sie einen Anwalt brauchen. Und wenn es keine Zeugen gebe, wären ihre Chancen bei einer Klage nicht besonders groß und sie könnte auf den Kosten sitzen bleiben. Er könne auch nicht beurteilen, ob die Wunde von einem Eimer stamme, geschweige denn, wer mit dem Eimer auf Gustav eingeschlagen habe. Gustavs Mutter wollte es sich nicht nochmals in Ruhe überlegen. Sie bestand darauf, dass der Arzt eine Meldung über Fremdverschulden machte. Damit setzte sie eine Spirale an Feindseligkeiten in Gang, die Gustavs Leben, aber auch ihr eigenes, noch schwieriger machte, als es ohnehin schon war.

Im Laufe des Nachmittags konnte Gustav, durch den Vorfall sensibilisiert, die Angst seiner Mutter sogar riechen. Mit niemandem konnte sie über ihre Furcht sprechen. Sie reagierte unwirsch, wenn eines der Kinder etwas fragte oder ihr – so sagte sie das ärgerlich - im Weg stand. Die Kleinen, die an den meisten Wochentagen auch das Wohnzimmer zum Spielen nutzen durften, flüchteten in das Kinderzimmer. Sie beschäftigten sich leise. Instinktiv ahnten sie, dass der weitere Tag nicht gut verlaufen würde. Gustav, dessen Kopf weiß eingebunden war, las in einem Buch, das er schon dreimal gelesen hatte. Seine Schwester fragte flüsternd, was mit der Mutter los sei. Die Ungewissheit setzte ihr zu. Gustav zuckte mit den Schultern. Er wollte nicht über die Attacke und den Besuch beim Arzt sprechen, gleichwohl er ahnte, dass es um die mögliche Anzeige gegen Frau Murer ging. Vater würde schweigend wüten, wenn er von den Ereignissen des Tages und den Plänen seiner Frau, vor Gericht zu gehen, erfuhr. Er wollte Ruhe haben und nicht auffallen. So manches Mal hatte er den Kindern aufgetragen, alle Erwachsenen, denen sie begegneten, freundlich zu grüßen, damit er keine Beschwerden über sie hören müsse. Wenn man mit allen gut auskäme, hätte man keine Schwierigkeiten zu erwarten. Gustav hatte nur ungefähre Vorstellungen, was ein Gerichtsprozess war und wie es dort zuging. Er wusste nur, dass man ins Gefängnis kommen konnte, wenn man vom Richter schuldig befunden und verurteilt wurde. Wenn Frau Murer ins Gefängnis käme, hätten sie endlich Ruhe vor ihr. Nur, was würde mit ihren Kindern passieren? Würden diese aus Rache nicht noch gemeiner und hinterhältiger werden? Oder vielleicht würden sie in ein Heim kommen? Das wäre schön, dachte Gustav und malte sich sein Leben ohne Murer-Kinder aus. Obwohl, ein Heim war etwas Schreckliches für ihn. Seine Mutter hatte ihm immer wieder angedroht, dass sie ihn in ein Heim brächte, wenn er ihr nicht folgte.

Es war schon dunkel, als der Vater nach Hause kam. Gustav hörte das Schlagen der Wohnungstür. Sein Vater fluchte laut, weil es regnete und ihn ein Auto, auf seinem Weg nach Hause, angespritzt hatte. Sommers wie winters fuhr er mit dem Rad zur Arbeit, denn die Tankstelle lag gute zwei Kilometer von ihrer Wohnung entfernt. Gustavs Schwester Maria ging ins Wohnzimmer, um den Vater zu begrüßen. Sie kehrte aber schnell wieder ins Kinderzimmer zurück und hatte Tränen in den Augen. Der Papa habe sie verscheucht und gesagt, dass man nur Sorgen mit den Kindern habe. Sie seien allesamt Gfraster und wären besser nicht geboren worden. Gustav ängstigte der

Gedanke, nicht auf dieser Welt zu sein. Wo sonst konnte er leben? Laute Stimmen drangen aus der Küche. Gustav hörte den Vater schreien, aber auch die Mutter wurde immer lauter, die Kinder im Kinderzimmer konnten die Schimpftiraden mithören. Sie nannte ihren Mann einen Feigling und sagte, dass man sich nicht alles gefallen lassen könne. Plötzlich öffnete sich die angelehnte Tür zum Kinderzimmer und die Mutter zerrte Gustav heraus. Da könne er, der Vater, sehen, was die Murer angerichtet hat, sie zeigte ihm Gustavs bandagierten Kopf. Gustav hätte auch sterben können, eine klaffende Wunde sei es gewesen und Gustav habe sogar eine Spritze bekommen. Der Vater wandte sich zu Gustav, besah seinen Kopf und fragte ihn, ob er noch Schmerzen habe. Seine Stimme klang in der Frage nicht freundlich, es war eher ein Bellen als ein ruhiger menschlicher Ton. Gustav traute sich nicht zu sagen, dass es natürlich noch weh tat. Er drehte vorsichtig den Kopf hin und her, denn eine plötzliche Bewegung zog ein heftiges Stechen an seiner Stirn nach sich. Also, sagte der Vater, es sei doch alles wieder gut. Die Wunde werde heilen und Gustav solle in Zukunft der Frau Murer aus dem Weg gehen. Ein Prozess koste Geld, das sie nicht hätten. Und überhaupt, wenn es keine Zeugen gäbe, hätte man ohnehin keine Chance. Immerhin war der Herr Murer ein guter Kunde auf der Tankstelle, immer freundlich und auch spendabel. Wenn der sich wegen einer Anzeige bei seinem Chef beschwerte, konnte er seinen Job schnell los sein. Und was dann? Würde die

Mutter dann das Geld verdienen? Wenn das so weiterginge, würden sich alle das Maul über sie zerreißen und sie müssten die Stadt verlassen. Gustavs Mutter sagte, dass der Kinderarzt bereits die Anzeige veranlasst habe. Man könne sie trotzdem zurückziehen, schrie der Vater. Nur über meine Leiche, schrie die Mutter zurück, sie lasse sich scheiden, wenn er wieder so ein Duckmäuser wäre. Sein Kind werde vorsätzlich schwer verletzt und er wolle so tun, als wäre nichts geschehen. Da mache sie nicht mehr mit. Die Murer gehöre eingesperrt, ja, eingesperrt. Ob sie vollkommen verrückt geworden sei, entgegnete der Vater. Er meinte damit seine Ehefrau und nicht die Murer. In dieser Nacht schlief die Mutter im Kinderzimmer. Zuerst legte sie sich zu Gustav. Er stöhnte und zappelte nach einer Weile, denn es war ihm zu eng, gemeinsam mit der Mutter im Bett zu liegen. Daraufhin wechselte sie zu Jakob, den es nicht zu stören schien.

Das Fenster des Kinderzimmers zeigte nach Osten. Der dünne Vorhang konnte das Licht der Sonnenstrahlen nicht abhalten. Gustav hatte sich früher auf gutes Wetter gefreut. Nun wollte er trotzdem nicht im Freien spielen, weder vor dem Haus noch sonst wo. Er blieb im Kinderzimmer und las, lernte praktisch das neu ausgeliehene Buch auswendig. Zu Mittag konnte er bereits jedes Wort, jede Zeile aufsagen, ohne im Buch nachschauen zu müssen. Er drückte der Mutter das Buch in die Hand, damit sie nachlesen konnte, ob er sich auch alles gemerkt hatte und nun richtig aufsagte. Sie habe keine Zeit dafür, sagte sie, blieb aber noch lange in der Küche sitzen, ohne einen Finger zu rühren. Beim Mittagessen erzählte sie den Kindern, dass sie am Nachmittag einen Termin bei einem Anwalt habe. Die Kinder konnten das Wort nicht einordnen, sie wussten nicht, was ein Anwalt machte. Der vertrete den Kläger oder den Angeklagten vor Gericht, sagte die Mutter. Wenn man im Recht sei, brauche man keinen Anwalt, meinte Jakob. Er verstehe das nicht, stellte die Mutter fest. Das sei eine Vorschrift und vor Gericht wäre es besser, wenn man einen Rechtsbeistand habe. Ob so ein Anwalt Geld koste, wollte Gustav wissen. Das müsse alles die Murer bezahlen, war die Mutter überzeugt und zeigte mit dem Zeigefinger nach oben. Wenn die Murer ins Gefängnis kam, würde zumindest sie nicht mehr über ihnen wohnen, dachte Gustav.

Sein Vater sagte schon immer wenig, wenn er zu Hause war. Wenn er mit den Kindern sprach, dann war es überwiegend eine Zurechtweisung oder eine Herabwürdigung. Er lobte sie so gut wie nie. Seit dem vorangegangenen Abend, als seine Frau von der Anzeige erzählt hatte, was ein Schreiduell zur Folge hatte, sprach er mit ihr kein Wort mehr. Nicht mit ihr und nicht mit den Kindern, er schwieg lange. Erst zwei Wochen später begann er wieder mit ihnen zu reden. Meist handelte es sich um banale Fragen, wie,

wo dies und das zu finden sein und dass Butter nach-
gekauft werden müsste. Als der Brief mit dem Gerichtstermin auf dem Küchentisch lag, schob er diesen demonstrativ zur Seite. Damit habe er nichts zu
tun, betonte er. Diese Suppe müsse sie alleine auslöf-
feln.

Der Gerichtstermin war für den 18. Oktober angesetzt. Ab September begann für Jakob das erste
Schuljahr. Gustav war nun jeden Vormittag ohne Geschwister in der Wohnung. Jakobs Schulbücher und
seine Hausaufgaben interessierten Gustav nicht
mehr. Er kannte das alles schon von seiner Schwester, die in die zweite Klasse aufgestiegen war. Nach
wie vor kämpfte sie mit dem Schulstoff. Wenn sie einen Aufsatz schrieb, machte Gustav sie auf die Fehler
aufmerksam. Sie schlug dann mit dem Lineal nach
ihm und wollte sich nicht beruhigen. Sie weigerte
sich, ihre Hausaufgaben zu machen oder zu lernen,
wenn sich Gustav neben sie setzte. Also verbannte die
Mutter Gustav aus der Küche, wo Maria oft stundenlang mit ihren Aufgaben beschäftigt war. Gustav begann, in der Wochenzeitung, die sein Vater nach
Hause brachte, zu lesen. Viele Wörter darin kannte er
noch nicht. Er fragte die Mutter nach deren Bedeutung. Schon bald wurde es ihr zu viel und sie verbat
ihm, die Zeitung anzurühren. Er las sie im Geheimen
weiterhin. Wenn er ein Wort oder einen ganzen Satz

nicht verstand, reimte er sich eine Bedeutung zusammen, die ihm gerade in den Sinn kam.

Auf Gustavs Schläfe war eine Narbe zurückgeblieben. Sie war glatt, ein dünner rötlicher Strich, der im Sommer bereits etwas verblasst war. Toni wollte nicht mehr mit ihm spielen. Gustav sah ihn mit anderen Kindern. Wenn er fragte, ob er mitspielen dürfe, drehte Toni den Kopf weg und die anderen Kinder schimpften, er möge sich verziehen. Es musste etwas mit Mutters Anzeige zu tun haben, war Gustav überzeugt. Sein Radius war ohnehin beschränkt. Er passte höllisch auf, keinem der Murer Kinder über den Weg zu laufen. Der geliebte Halterberg war zu einer verbotenen Zone geworden. Immerhin durfte er seine Mutter in die Stadtbibliothek begleiten und sich nun selbst jede Woche ein neues Buch aussuchen. Zuvor hatte ihm die Mutter eines mitgebracht. Sie beklagte sich, dass viele Leute sie „schneiden" würden, so nannte sie das. Besonders die Bewohner aus den Gemeindebauten. Früher hatten sie ihren Gruß noch erwidert, jetzt taten sie so, als wäre sie Luft. Eine Frau, die im dritten, etwas weiter entfernten Gemeindebau wohnte, beugte sich zu Gustav und sagte beschwichtigend, dass man ohnehin fast nichts mehr sehe. Sie meinte die verheilte Wunde. Deshalb vor Gericht zu gehen, zahle sich doch wirklich nicht aus, war sie überzeugt. Auch der Kaplan redete ihr zu, dass Vergebung für einen selbst, also für die Seele des Vergebenden, heilsam und wohltuend sei. Er kam regelmäßig auf Besuch. Die anderen Bewohner, die überwiegend Sozialisten waren und ein Parteibuch hatten, verspotteten die Mutter als Kerzenschluckerin. So nannte man Personen, die regelmäßig zur Kirche gingen. Einmal wurde ein Zettel durch den Briefschlitz ihrer Wohnungstür gesteckt, auf dem „Pfaffenhure" stand. Gustav, der den Zettel fand, wollte wissen, was eine Pfaffenhure sei. Seine Mutter gab ihm eine Ohrfeige, weil sie glaubte, dass Gustav das irgendwo aufgeschnappt hatte. Als sie den Zettel gelesen hatte, entschuldigte sie sich aber auch nicht bei ihm.

Gustavs Vater hatte auch das Parteibuch der Sozialistischen Partei. Er glaubte fest, dass sie nur deshalb die Gemeindewohnung bekommen hatten. In die Kirche ging er nie mit, schimpfte aber nicht darüber. Dem Kaplan begegnete der Vater nie. Er kam immer unter der Woche zu Besuch, meistens am Nachmittag. Mutter servierte ihm Kaffee und gute Kekse, die sie vor den Kindern versteckt hatte. Sie waren mit Schokolade gefüllt. Für die Kinder waren die Fredi-Kekse vorgesehen, billige und einfache Kekse, die langweilig schmeckten, aber trotzdem gegessen wurden. Jakob setzte sich neben den Kaplan und horchte dem Gespräch die ganze Zeit still zu. Auch Gustav war am Anfang dabei und hing an den Lippen des Priesters. Er hielt es nur nicht bis zum Ende des Besuchs aus, verschwand im Kinderzimmer und kam erst nach einer halben Stunde wieder. Er ist halt unser Springinkerl, sagte die Mutter und strich über Gustavs Haar. Zur vom Kaplan angeregten Vergebung meinte die Mutter, dass man nicht immer auch die andere Wange hinhalten könne, auch wenn es so in der Bibel stünde. Er bete für sie, sagte der Kaplan und hoffe, dass nach dem Prozess wieder Frieden einkehren möge. Nachdem der Kaplan wieder gegangen war, blieben zwei Kekse am Teller liegen. Einen davon aß die Mutter, den zweiten teilten die Geschwister untereinander auf.

Der Tag der Gerichtsverhandlung kam näher. Die Verschmutzungen im Stiegenhaus wurden mehr, vor dem Kellerabteil der Mösas hatte jemand Kot hinterlassen. Gustavs Mutter musste den stinkenden Haufen, um den sich Fliegen tummelten, entfernen. Ihre Wut und ihren Frust bekamen die Kinder zu spüren, besonders Gustavs Schwester, die durch ungeschickte Fragen die Mutter provozierte. Maria wurde von der Mutter als dumm und minderbemittelt beschimpft. Jakob brachte nur Einser nach Hause und Gustav konnte schon schreiben und lesen, obwohl er erst in einem Jahr zur Schule gehen durfte. Die Buben würden dem Vater nachgeraten, sagte sie. Wir war das dann mit Maria? Diese Frage stellte sie sich nicht. Aufgewachsen auf einem hochgelegenen Bauernhof musste die Mutter vor allem arbeiten. Die Schule konnte sie nicht regelmäßig besuchen. Das war doch etwas anderes, als zu dumm für die Schule zu sein, sagte sie.

Am Vortag des Gerichtstermins war die Mutter mit den Nerven derartig am Ende, dass sie sich nicht um das Mittagessen für die Kinder kümmerte, sondern im Bett liegenblieb. Die meiste Zeit sah man nichts von ihr, sie wollte nichts hören und sehen, hatte die Decke über den Kopf gezogen. Gustav hörte sie »ich will weg von hier«, »das ist kein Leben« und »ich bringe mich um« stöhnen. Als Maria von der Schule nach Hause kam und die Mutter schluchzen hörte, begann sie zu weinen und zu betteln. »Bitte, bitte, Mama«, jammerte sie. Die Mutter trat mit den Füßen nach ihr, als sich Maria zu ihr ins Bett legen wollte. Am Nachmittag stand Gustavs Mutter unvermittelt auf und sagte den Kindern, dass sie alle ins Gasthaus gehen würden. Gustav hatte, so wie seine Geschwister auch, großen Hunger, aber er wollte nicht mitgehen. Auch Jakob drückte herum. Die Mama müsse nicht kochen. Man könne auch ein Brot mit Rama darauf essen. Die Mutter schnitt den Kindern sechs Schnitten Brot und stellte die Dose mit der Margarine auf den Küchentisch. Sie legte sich wieder ins Bett und schlief ein. Kurz bevor ihr Mann nach Hause kam, stand sie auf, klappte das Bett die Wand hoch und deckte den Tisch mit Brot, Butter und Krakauer.

Die Gendarmerie hatte Gustav wenige Tage nach der Anzeige einvernommen. Auch der Anwalt, ein schmächtiger Mann mit einer runden Brille, hatte mit Gustav gesprochen, der jede Frage knapp beantwortete, aber nichts von sich aus erzählte. Wer ihm die Wunde zugefügt habe? Die Frau Murer. Und womit? Mit dem blechernen Kübel seiner Mutter. Ob er davor etwas zur Frau Murer gesagt habe. Nein, habe er nicht. Ob Frau Murer etwas gesagt habe? Sie habe geschimpft. Was denn? Mistgeburt, verdammte Mistgeburt. Was Frau Murer angehabt habe? Eine blaue Hausschürze. Sicher? Ja. Wo er getroffen worden sei? Hier, an der linken Schläfe. Gustav zeigte mit dem Finger darauf. Ob die Frau Murer nur einmal zugeschlagen habe? Er wisse es nicht mehr, da er ohnmächtig wurde. Aber bevor er das Bewusstsein verloren habe? Schlug sie einmal zu. Mit welcher Hand? Das wisse er nicht mehr. Vielleicht mit der rechten? Achselzucken. Was dann passiert sei? Als er wieder aufgewacht war, beugte sich die Mutter über ihn.

Gustav konnte sich an diesen Vorfall, der im Juni passiert war, noch gut erinnern, auch an seine Aussagen. Am Tag der Gerichtsverhandlung wurde er in seinen hellgrauen Anzug gesteckt. Sein Bruder hatte den gleichen. Bei beiden waren die Hosen schon beim Kauf zu kurz gewesen. Seitdem waren die beiden Buben um einiges gewachsen, vor allem Gustav. Die Hose bedeckte nun nicht einmal die Knöchel. Gustav wusste, dass man Hochwasserhose dazu sagte. Er schämte sich, eine Hochwasserhose tragen zu müssen, aber die Mutter bestand darauf. Er müsse bei Gericht einen gepflegten Eindruck machen. Einen anderen Anzug habe er nicht. Die Unruhe der Mutter übertrug sich auf Gustav. Ihm war übel, am liebsten wäre er davongerannt und hätte sich versteckt. Auf dem knappen Kilometer zum Bezirksgericht, den sie zu Fuß zurücklegten, hielt die Mutter seine linke Hand fest umklammert. Gustav sagte immer wieder weinerlich, dass die Hand schmerze. Er versuchte seine Hand aus dem Griff zu befreien, doch dann verstärkte die Mutter den Druck noch mehr, er kam nicht los von ihr. Vor dem Eingang des Gerichtsgebäudes parkte das Auto der Murers. Gustav dachte, wie schön es wäre, mit dem Auto hierher zu fahren und nicht unter den dumpfen Blicken der Menschen, denen sie begegneten, zu Fuß gehen zu müssen. Warum konnte sich sein Vater kein Auto leisten? Er arbeitete doch jede Woche sechs Tage, manchmal sogar am Sonntag, trotzdem hatten sie zu wenig Geld. Der Anwalt wartete vor dem Saal. Nicht nervös werden, sagte er zur Mutter. Und ob sie für Gustav nicht eine andere Hose gehabt habe, die sei doch viel zu kurz. Gustav schloss die Augen. Er zog seine Hose, so weit wie möglich nach unten damit sie länger aussah. Dadurch rutschte das Hemd heraus. Verzweifelt stopfte er es wieder in die Hose, aber es hielt nicht. Es gab nur die beiden Möglichkeiten: viel zu kurze oder eine weniger kurz erscheinende Hose, aber das Hemd nicht in der Hose.

Wie von vielen erwartet, Frau Murer wurde mangels an Beweisen freigesprochen. Niemand hatte gesehen, dass sie mit dem Kübel gegen Gustavs Kopf geschlagen hatte. Auch die Mutter nicht, sie war ja in ihre Wohnung geflüchtet. Aber war die Verletzung nicht Beweis genug? Der Arzt hatte die Wunde mit Klammern schließen müssen und sogar jetzt noch war die dünne Narbe zu sehen. Frau Murer sagte aus, dass sie den Kübel nicht einmal in der Hand gehabt habe. Es sei schließlich der Kübel der Hausmeisterin, also der Kübel von Frau Mösa. Vielleicht habe seine Mutter selbst den Kübel gegen Gustavs Kopf geschleudert. Sie habe es nicht gesehen, aber wer sollte es sonst gewesen sein. Gustav wurde nicht befragt, nur seine Aussage bei der Gendarmerie wurde verlesen. Seine Mutter protestierte während der Befragung von Frau Murer und wurde zweimal ermahnt, still zu sein. Beim dritten Mal sprach das Gericht eine Strafe von hundert Schilling gegen sie aus und drohte ihr den Verweis aus dem Gerichtssaal an. Sie ließ die Schultern hängen, genauso wie den Kopf. Es schien, als wäre jede Energie aus ihr gewichen. Nach dem Verlesen des Urteils blieb sie sitzen, obwohl sich der Gerichtssaal leerte, sie hatte keine Kraft mehr. Der Anwalt ermahnte sie, endlich aufzustehen, weil schon bald der nächste Prozess beginnen würde. Draußen fragte er sie noch, ob sie in Berufung gehen wolle. Man könne einen Sachverständigen beauftragen, der unter Berücksichtigung von Gustavs Körpergröße und natürlich der Täterin den Schlag mit der Unterkante des Kübels begutachten könnte. Sie, Gustavs Mutter, sei doch um einiges größer als Frau Murer. Als Antwort bekam er nur ein Kopfschütteln. Gustav und seine Mutter schlichen über Nebengassen nach Hause. Er zog die Hose soweit es nur ging nach unten. Fast rutschte die Hose über den Po, das komplette Hemd hing heraus. Die Mutter bemerkte es gar nicht oder es war ihr egal.

Schon auf der Tankstelle hatte es Gustavs Vater erfahren. Als er nach Hause kam, torkelte er, roch nach Alkohol. Die Kinder hatten sich im Kinderzimmer verkrochen. Aus der Küche hörten sie ein leises Schluchzen. Sie solle aufhören, sagte er mit einem deutlichen Lallen zu ihr, doch sie schien ihn nicht zu hören. Im Gegenteil, sie weinte nur noch mehr und lauter. Er sagt es noch einmal und noch einmal, er war schon sehr erregt. In ihrer Verzweiflung rutschte sie auf die Knie und umfasste seine Beine. Schluss jetzt, befahl er. Sie solle endlich Wurst und Käse auf den Tisch stellen. Er schaltete das Radio ein und erhöhte die Lautstärke. Kurz danach war ein Klopfen von oben zu hören, daher stellte er das Radio wieder leiser. Alle drei Kinder huschten eng hintereinander in Richtung Badezimmer, dabei mussten sie durch das Wohnzimmer und gerieten so in das Blickfeld des Vaters, der zum Glück nicht reagierte. Sie putzten sich die Zähne, gingen aufs WC und verschwanden wieder im Kinderzimmer. Gustav war viel zu aufgeregt, er konnte nicht einschlafen. Früh am Morgen hörte er wie immer das Starten des Motors von Herrn Murers Auto. Vater musste schon in der Arbeit sein. Er war stets früher dran als Herr Murer.

Gustav hoffte, dass seine Mutter sich von dem Schrecken erholte und wieder zur Ruhe käme. Vielleicht würde sie wieder so werden wie vor dem schmerzhaften Zwischenfall mit Frau Murer. War es in der Kellerwohnung nicht besser gewesen? Sie hatten zwar wenig Platz, dafür aber mit niemandem Ärger. Und Vater hätte es auch viel näher zur Tankstelle. Gustav ahnte, dass sie nicht zurückkonnten. Mit den Murers über ihnen mussten sie in der Hausmeisterwohnung bleiben. Und wenn man so tat, als wäre nichts geschehen? Kein Kübel, kein Geschimpfe, keine Drohungen und kein Prozess. Doch jede Begegnung mit den Murers würde seine Mutter und ihn wieder an all das erinnern. Er hatte keine rechte Vorstellung von Gott, aber er betete zu ihm. Lieber Gott, bitte hilf der Mama, dass sie nicht mehr weinen muss, sich beruhigt und lieb zu uns ist. Sie soll bitte nicht mehr schimpfen und auch wieder ein Mittagessen für uns kochen. Das Essen schmeckte ihm zwar in der Regel nicht, aber es hatte etwas Beruhigendes, gemeinsam am Tisch zu sitzen. Und, vielleicht durch sein Gebet, es kam so. Die Mutter redete nicht mehr vom Prozess, sie bereitete für Jakob und Maria ein Brot für die Schule vor. Zu Mittag gab es Eiernockerl. Diese schmeckten beim ersten Mal nicht so schlecht, obwohl sie aus Spargründen wenig Eier nahm, daher mehr grau als gelb aussahen. Allerdings bereitete sie immer eine so große Menge zu, dass die aufgewärmten Nockerl noch zweimal auf den Tisch kamen. Manchmal schob Gustav Bauchschmerzen vor, nur damit er nicht noch einmal davon essen musste. Aufbewahrt wurden die Nockerl im Badezimmer unter der Badewanne, abgedeckt durch einen Vorhang aus Plastik. Da die Eiernockerl keinen besonderen Geruch verströmten, störten sie dort nicht. Erst wieder aus dem Versteck genommen, wurden sie für Gustav zur Gefahr.

Auf eine fast gespenstische Weise kehrte eine ungewohnte Ruhe im Gemeindebau ein. Frau Murer war selten zu sehen. Wenn Gustavs Mutter ihr begegnete, setzten beide ein starres Gesicht auf und sahen aneinander vorbei. Zwischen ihnen fiel kein Wort, kein Fluch wurde gemurmelt und kein Gruß wurde gehaucht. Den Murer Kindern wich Gustav so wie bisher aus. Sie machten aber auch keine Anstalten, ihm nachzustellen oder ihm aufzulauern. Einzig Vera war um ein spöttisches Wort nie verlegen. Ihr fiel allerlei ein, sie zeigte Gustav die Zunge oder sie versteckte sich hinter der Haustüre, um Gustav zu erschrecken, wenn er vorbeikam. Viel mehr passierte nicht. Verglichen mit der Zeit vor dem Prozess gab es keine körperlichen Übergriffe, es war jetzt harmlos. Gustavs Vater sprach genauso wenig wie auch vor dem Prozess. Das Gerichtsurteil und die Kosten, die ihnen daraus erwuchsen, waren verbotene Themen. Das Verbot wurde nicht direkt ausgesprochen, war ein von der ganzen Familie akzeptiertes Übereinkommen. Die Eltern verloren kein Wort darüber und die Kinder wagten es nicht, eine Frage dazu zu stellen. Gustav fühlte sich zunehmend sicherer und verbrachte mehr Zeit im Freien. Er wagte sich nach langem wieder auf den Halterberg, wo er Toni traf. Sie spielten miteinander, als hätte es nie eine Unterbrechung ihrer Freundschaft gegeben. Toni zeigte ihm eine Höhle, die fast senkrecht nach unten führte und immer enger wurde. An einem nahen Ast war ein Seil verknotet, das in die Höhle hing. An diesem Seil ließ sich Gustav mutig nach unten. Er spürte erst Grund unter sich, als der Ausgang der Höhle für seine hochgestreckten Hände ohne Seil unerreichbar war. Toni erzählte, dass er das Seil von seinem Vater bekommen hatte. Es sei drei Meter lang, hatte sein Vater gesagt. Zum Spaß zog Toni das Seil ein. Gustav schaffte es nicht ohne Hilfe, auch nur einen halben Meter hochzukommen. Die Wände waren nahezu senkrecht, glatt und hart. Selbst mit dem Seil war es anstrengend, wieder hinaufzuklettern, um aus der Höhle zu gelangen. Den weiteren Verlauf der Höhle wollten sie nicht erkunden. Vom Boden des fast senkrechten Eingangs führte ein schmaler Gang waagrecht weiter nach innen. Der Gang war so eng, dass selbst Kinder sich nur liegend hineinschieben konnten. Gustav hatte Angst, darin stecken zu bleiben. Sie deckten gemeinsam die Höhle mit Zweigen ab und versteckten das Seil im Gebüsch. Nur sie sollten von dieser Höhle wissen, es war ihr Geheimnis.

Kapitel 3

Auf der Rückfahrt vom Pflegeheim rief Gustav seine Schwester Maria an. Sie hob sofort ab.

»Hallo Schwesterherz. Wie geht's bei euch so?«

»Bestens. Wir sitzen gerade auf der Terrasse und genießen einen Martini.«

Martini? Die beiden fangen aber früh an, dachte Gustav. In Teneriffa würde es durch die Zeitverschiebung erst in einer Stunde so spät sein wie hier.

»Unsere Mutter hat sich leider die Schulter gebrochen.«

»Was! Wie ist das passiert? Mit ihrer Osteoporose müsste sie viel mehr aufpassen.«

»Sie behauptet, dass Frau Murer sie von hinten gestoßen hat.«

»Die Murer? War die dort auf Besuch?«

»Nein, sie ist vor kurzem ins Pflegeheim gekommen, ist dement und sitzt im Rollstuhl.«

»Schräg. Ist der Bruch glatt oder gesplittert?«

»Zum Glück ist es ein glatter Durchbruch.«

»Ja, zum Glück, wenn man das so sagen kann. Ich würde gerne zur Unterstützung kommen, aber im Moment komme ich hier nicht weg. Der Rudi schüttelt schon den Kopf.«

»Nur über meine Leiche.« Das war Rudi.

»Ich wollte dich nur informieren. Wir können nicht viel tun. Jakob lässt wie gewohnt voll aus. Ist immer das Gleiche mit ihm. Die Stationsleitung ist sauer auf unsere Mutter, weil sie die Vorwürfe gegen die Murer aufrechterhält. Sie sagen, dass die Murer dement ist, also eigentlich haben die gesagt, dass sie Alzheimer hat.«

»Ich trau der Murer alles zu. Selbst noch aus dem Rollstuhl.«

»Sag das bitte nicht zu Mutter, falls du sie anrufst.«

»Nein, ich werde sie beruhigen.«

Und wieder spricht Rudi dazwischen: »Sie ruft besser gar nicht an, denn eure Mutter jammert so viel und bettelt immer, dass Maria kommen soll. Und ich muss mich dann mit ihrem schlechten Gewissen herumraufen.«

Die Verbindung war weg. Rudi ist ein egoistisches Arschloch, dachte Gustav. Er hatte keine Lust mehr, noch einmal anzurufen, es wurde bereits alles besprochen. Er versuchte es bei Jakob und ließ es lange läuten, wie so oft hob er nicht ab. Nach einer guten Minute legte Gustav auf. Und noch so ein egoistisches Arschloch, dachte er. Seine Schwester konnte er irgendwie verstehen. Sie hatte sich lange um die Mutter gekümmert und die Pflege erst aufgegeben, als sie mit Rudi nach Teneriffa gezogen war. Drei oder viermal im Jahr kam sie nun auf Kurzvisite in die alte Heimat. Natürlich besuchte sie während ihres Aufenthalts die Mutter, oft sogar täglich. Die beiden, also Maria und seine Mutter, verband eine Art von Hassliebe. Maria hatte sich für die Mutter aufgeopfert, bevor sie nach Teneriffa gezogen war. Sie suchte Kleidung für sie aus, räumte in ihren Kästen und Schubladen auf, wenn die Mutter alles nur hineingeworfen hatte. Sie kämmte sie und ging mit ihr im Garten spazieren. Doch bei all ihrer Zuwendung ließ sie die Mutter deutlich spüren, dass jetzt sie das Heft in der Hand hatte. Sie bestimmte über ihre Mutter, auch wenn diese manches anders haben wollte. Sie schimpfte auch mit ihr, wenn sie unordentlich gewesen war oder wenn sie Weinflaschen im Kasten oder in Schubladen, immer schön unter der Kleidung, versteckte. Sie nahm ihr das wenige Bargeld ab, wenn sie meinte, dass der Alkoholkonsum überhandnahm. Die Mutter hatte Maria als Kind selten gut behandelt. Besonders schlimm wurde es, als Maria eine Lehre beginnen sollte. Maria durfte sich nicht aussuchen, welche. Die Mutter bestand darauf, dass sie in einem Schuhgeschäft ihre Lehre begann. Das Verkaufen lag Maria, die damals zu schüchtern dafür war, aber nicht. Sie war in der Pubertät, trug kürzere Röcke, blieb länger weg, trug Lippenstift auf und schminkte sich für das Wochenende. Wenn Maria so aus dem Haus gehen wollte, stellte sich ihr die Mutter in den Weg, beschimpfte sie als Flittchen. Sie riss an ihren Haaren und machte durch heftiges Zerren den kurzen Rock kaputt. Der Vater war ganz auf Mutters Seite. Zum Schämen sei es, sagte er, am besten wäre es, wenn sie gar nicht wieder nach Hause käme. Mit siebzehn heiratete Maria ihren ersten Freund, um von zu Hause wegzukommen. Die Eltern stimmten nur widerwillig zu. Es war ihnen peinlich, dass ihre Tochter in einem so jungen Alter heiratete. Wenigstens war sie noch nicht schwanger.

Seine Mutter saß im Rollstuhl, als Gustav sie am Sonntag besuchte. Er konnte sich nicht erinnern, sie jemals zuvor im Rollstuhl gesehen zu haben. Wie konnte sie sich mit dem am Körper fixierten linken Arm bewegen? Konnte sie eben nicht. Eine Schwester hatte sie in den Aufenthaltsraum mit dem großen Fernseher geschoben. Keine drei Meter von ihr entfernt befand sich Frau Murer, die auf den Schirm starrte. Gustav glaubte, den Film aus seiner Kindheit zu kennen. Es ging um Pferde, der Titel fiel ihm nicht mehr ein.

»Du musst mich von hier wegbringen«, flüsterte seine Mutter. Sie verzichtete auf eine Begrüßung.
»Schieb mich durch die Gänge und dann ins Zimmer. Dann können wir ungestört reden.«

Sie deutete mit dem Kopf zu Frau Murer und hob den Mund seitlich in die Höhe. In diesem Moment wendete Frau Murer ihren Kopf Gustav zu. Ihr Mund stand offen. Sie nickte und sagte: »Der Gustav. Na so was.«

Die Mutter sah Frau Murer für eine Sekunde an und drehte dann den Kopf hastig zu Gustav. »Fahren wir doch endlich«, zischte sie aufgeregt.

In dem Augenblick stieg in Gustav die Szene auf, die ihn jahrelang durch viele Träume begleitet hatte. Er zog das Seil schnell aus der Höhle, in der Vera schreiend und schimpfend am Grund der Höhle lag. Ohne sie zu beachten, löste er das Seil vom Ast und rollte es zu einem Knäuel. Er sammelte seinen Speichel im Mund und spuckte zu Vera hinunter, blöde Sau, murmelte er triumphierend. Sein T-Shirt und Teile seiner Hose waren nass. Blöde Sau, sagte er noch einmal und spuckte wieder auf sie. Vera drohte mit ihrer Faust nach oben, das werde er bereuen, schrie sie empört. Wenn ihre Brüder davon erführen, wäre er tot. Und sie werde auf seine Leiche pissen. Ja, das werde sie. Ha, noch besser, sie werde auf ihn scheißen.

»Du bist ein feiner Herr geworden«, sagte Frau Murer. Der Versuch eines Lächelns entglitt ihr.
»Wie geht es Ihnen, Frau Murer?«
»Jetzt schieb mich doch von hier weg«, zischte seine Mutter noch einmal. »Bitte.«

Frau Murer zuckte mit den Schultern. Ihre Augen waren wieder auf das Fernsehbild gerichtet, so als hätte es dieses Intermezzo nie gegeben.

»Dass du mir das antust«, sagte die Mutter, als sie weit genug entfernt waren. »Statt, dass du der Murer die Meinung sagst, grüßt du sie freundlich.«

„Beruhige dich. Sie wird das bald wieder vergessen haben. Vielleicht weiß sie es jetzt schon nicht mehr", entgegnete Gustav.

»Dass du mir das antust.«

»Was denn? Sie hat mich zuerst gegrüßt.«

»Gegrüßt nicht.«

»Dann halt angesprochen. Ist doch egal.«

»Der Jakob hätte das nicht getan.«

»Weil er gar nicht gekommen wäre. Wann hat er dich denn zuletzt besucht?«

»Gestern. Er war gestern da. Obwohl er am Abend das Konzert hatte.«

»Wer's glaubt, wird selig.«

»Er hat mich sogar durch den Garten geschoben.«

Gustav war sich absolut sicher, dass sie Jakobs Besuch nur erfunden hatte, um ihn zu ärgern, um ihm zu zeigen, dass er sich mehr bemühen sollte.

»Wir können nicht in den Garten, weil es draußen nieselt.«

»Immer deine Ausreden.«

Am liebsten hätte Gustav seine Mutter im Rollstuhl einfach am Gang stehen lassen und wäre zurückgefahren. Soll sie doch weiter von Jakobs angeblichem

Besuch zehren, dachte er, blieb stehen und ließ den Rollstuhl aus.

»Was machst du denn? Fahr doch weiter.«

Im Zimmer angelangt, wollte sie wieder ins Bett. Es war nicht leicht, sie aus dem Rollstuhl zu hieven, da er ihre rechte Seite nicht berühren durfte. Unter ständigem Stöhnen aus ihrem Mund gelang es ihm, sie ins Bett zu hieven. Die Kopfseite war hochgestellt, also saß sie fast aufrecht im Bett. Er reichte ihr die Teetasse und den Teller mit einem Kuchenstück darauf.

»Hast du deine Beschuldigung endlich zurückgezogen?«, fragte Gustav.

„Warum sollte ich?".

„Weil deine Sturheit nur Unfrieden bringt. Du kannst es nicht beweisen.«

»Du redest wie dein Vater. Immer nur ducken. Immer den Schwanz einziehen.«

»Jetzt hör doch auf. Die nehmen dich eh nicht ernst.«

»Und warum wollen sie dann, dass ich die Wahrheit verleugne?«

»Welche Wahrheit! Du hast es nicht einmal gespürt, geschweige denn gesehen.«

»Ich habe sehr wohl etwas gespürt. Und sie war direkt hinter mir.«

»Es gibt keine Zeugen.«

„»Und deshalb kann sie machen, was sie will?«

»Nein, du bildest dir das ein.«

»Und damals hab ich's mir auch eingebildet? Deine Narbe sieht man noch heute.« Sie deutete auf seine Schläfe.

»Damals war damals. Und heute ist heute.«

»Jakob sucht ein neues Heim für mich.«

»Jetzt hör doch mit dem Schwindeln auf.«

»Er hat es gestern gesagt.«

»Liebe Mutter, du hast seinen Besuch bloß erfunden.«

Einzelne Tränen traten aus ihren Augen, dann begann sie zu schluchzen. Mit einem Taschentuch trocknete Gustav ihr Gesicht. Warum tat er das eigentlich? Er empfand keine Zuneigung zu ihr, es war sein pures Pflichtgefühl. Man könne doch seine Mutter nicht im Stich lassen. Seine Geschwister konnten es, besonders Jakob. Für ihn wäre es der gleiche Aufwand wie für Gustav, sie zu besuchen. Aber er redete sich auf seine Konzerte aus. Dabei hatte er es erst vor kurzem geschafft, von der zweiten Geige zu den sechzehn ersten Geigen im Orchester aufzusteigen. Gut, er spielte auch noch in einem Streichquartett. Er tat so, als müsste er acht Stunden am Tag üben und dürfte Tage vor und nach einem Konzert nicht gestört werden, keine psychische Belastung an sich heranlassen, um beim Spielen in der notwendigen Stimmung zu sein. Nach dem Konzert brauche er die Tage zur Erholung, sagte er.

Gustav nahm die linke Hand der Mutter und streichelte diese. Er tat es auf eine mechanische Art und

Weise, ohne ein besonderes Gefühl. Immerhin hörte die Mutter zum Schluchzen auf.

»Ich habe dir ja gesagt, dass sie mich erkannt hat.«
»Wie meinst du?«
»Dich hat sie erkannt, also kennt sie auch mich. Sie weiß, wer ich bin und sie wird nicht aufhören, mich zu verfolgen.«
»Womit denn? Grad vorhin war sie friedlich und freundlich.«
»Sie ist eine falsche Schlange.«
»Eine Schlange im Rollstuhl.«
Gustav seufzte, wie sollte er seine Mutter davon überzeugen, dass sie von jemandem im Rollstuhl nichts zu befürchten hatte. Es war Jahrzehnte her, dass die Murers aus dem Gemeindebau weggezogen waren. Danach gab es keine Begegnungen mehr. Nichts. Warum sollte die demente Frau im Rollstuhl wieder mit den alten Geschichten beginnen?
»Bekommt sie Besuch?«, wollte Gustav wissen.
»Einmal war der Willi da, genau habe ich ihn nicht erkannt. Es könnte aber auch der ältere Sohn gewesen sein. Wie hat der noch geheißen?«
»Werner, glaube ich. Schon komisch, beide Vornamen haben mit W begonnen.«
»Und die Tochter mit V.«
»Dabei sind sie immer einen Ford und nie einen VW gefahren«, sagte Gustav und lächelte über das Wortspiel.

Die Mutter lächelte auch. Zum ersten Mal, seit er gekommen war, schaute sie nicht griesgrämig drein. Sie drückte Gustavs Hand, so fest sie konnte. Ihm fiel das Schmähgedicht ein, das er als Kind leise vor sich hingesagt hatte, manchmal auch nur dachte, wenn er Willi sah: „Willibald, die Hose knallt, das Hemd zerreißt, der Willi scheißt".

»Du warst schon immer ein Scherzbold. Schon als Baby hast du komische Grimassen gezogen, die uns zum Lachen gebracht haben«, sagte die Mutter.

Bevor Gustav das Pflegeheim verließ, schaute er noch beim Stützpunkt der Station vorbei. Nein, gestern sei niemand zu Besuch gewesen. Die Beschuldigung seiner Mutter würden sie nicht weiter ernst nehmen. Sie hätten nichts Schriftliches vermerkt, damit gebe es die Beschuldigung gar nicht. Er solle seine Mutter nicht mehr darauf ansprechen.

Im Auto versuchte er, Jakob zu erreichen. Diesmal hob er ab. Als Gustav ihm vom eingebildeten Besuch erzählte, lachte er und meinte, dass er gar nicht kommen müsse. Er täte der Mutter auch aus der Entfernung Gutes. Ja, er werde sehen, ob es sich in der nächsten Zeit einmal ausginge. Gustav wusste, dass er sich frühestens zu Weihnachten aufraffen würde. Ein Kurzbesuch, mehr würde es wieder nicht werden. Eine CD würde er ihr schenken, auf der er mitspielte. Die Mutter hatte zwar einen CD-Player, aber sie kam damit nicht zurecht. Damit sie in den Genuss der Musik kam, müsste er wieder die CD einlegen und sie starten. Die Mutter würde Tränen in den Augen haben und so tun, als würde sie den ganzen Tag nichts anderes hören wollen. Doch schon nach zehn Minuten würde sie Gustav bedeuten, dass sie eine Pause machen wolle. Beim nächsten Besuch würde sie die Existenz der CD vergessen haben.

Seine Gedanken wanderten wieder zu Vera, der verschwundenen Tochter der Murers. Die Gendarmerie hatte alle Bewohner der Gemeindebauten befragt, ob und wann sie Vera zuletzt gesehen hatten. Drei Weiber, so nannte sie Gustav, behaupteten, dass Gustav Vera an dem Tag gefolgt sei, an dem sie zuletzt gesehen worden war. Sie sei in Richtung Kellergasse gegangen. Gustav folgte vielleicht eine Minute danach. Die Gendarmerie befragte ihn daraufhin noch einmal. Ja, er habe Vera in der Kellergasse gesehen, aber nur von hinten. Sie sei weit vor ihm gewesen, er sei dann aber in Richtung Kirche abgebogen. Wohin sie gegangen war, habe er nicht mehr gesehen. Ob er sie nicht eingeholt habe, um mit ihr zu reden? Schließlich sei Vera eine hübsche junge Frau und Burschen in seinem Alter entwickelten erste Gefühle zum anderen Geschlecht. Gustav verneinte mit rotem Kopf, außerdem wären sie alles andere als Freunde gewesen. Vera war zwei Jahre älter und hätte sich für Gleichaltrige oder noch Ältere interessiert. Er, Gustav, sei zuerst zur Kirche und später zum Weidenbach gegangen, dabei blieb er. Dort habe er nach Toni gesucht. Er war leider nicht zu finden. Also sei er nach einer Stunde wieder nach Hause gegangen und hätte gelesen. Die Murers glaubten offensichtlich nicht, dass er etwas mit Veras Verschwinden zu tun haben könnte. Warum auch? In ihren Augen war Gustav ein schwächliches Bürschlein. Jedenfalls ließen ihn die Söhne in Ruhe, wenn er ihnen nicht zu nahe kam. Das änderte sich eine Woche später schlagartig. Eine andere Frau sagte aus, dass sie Vera und Gustav auf halber Höhe des Halterbergs, dort, wo der Anstieg kurz abflachte, gesehen hätte. Sie wären ganz nahe beisammen gestanden. Es hätte so ausgesehen, als würden sie sich küssen. Gustav blieb bei seiner Version. Er sei schon lange nicht mehr am Halterberg gewesen und mit Vera habe er nur auf der Bank vor dem Haus gesprochen, danach nicht mehr. Niemand traute Gustav zu, dass er Vera geküsst hatte oder dass sie es zugelassen hätte, von Gustav geküsst zu werden. Gut, die Frau konnte sich geirrt haben. Sie war nicht sehr nahe dran gewesen. Bedenklich war nur, dass Vera danach von niemandem mehr gesehen worden war. Nur Gustav kannte den Grund. Er hatte sie getötet. Das durfte niemand erfahren. Niemand und niemals. Kurz darauf erzählte seine Mutter, dass sie den Halterberg durchgekämmt hätten und nichts anderes als ein drei Meter langes Seil gefunden hätten. Gustav war froh, dass sie nicht die Grube gefunden hatten, wunderte sich andererseits darüber. Er hatte Angst, dass es die

Murers aus ihm herausprügeln könnten, denn sie hatten nach der Aussage der Frau Verdacht geschöpft. Gustav müsse etwas wissen, glaubten sie. In den seltenen Fällen, wenn er Frau Murer begegnete, sah sie ihn scharf an und zischte, er solle endlich sagen, was er wisse. Wohin war Vera verschwunden? Mit wem war sie mitgegangen? Seine Mutter freute sich, dass Vera nicht mehr auftauchte. Sie glaubte, dass Vera irgendwo als Prostituierte arbeitete. Das Wort Prostituierte verwendete sie nicht. Sie verwendete stattdessen Hure und dass Vera „am Strich" gehen würde. Sie habe sich vor ihrem Verschwinden mit Burschen herumgetrieben und sei wie eine Nutte angezogen gewesen. Das Höschen sei unter dem kurzen Rock hervorgeblitzt. Den Busen habe sie heraushängen lassen und die Lippen habe sie dick mit rotem Lippenstift beschmiert. Gustav konnte sich gut daran erinnern. Wenn er Vera begegnete, erregte es ihn. Er war damals fast vierzehn Jahre alt gewesen.

Kapitel 4

So sehr hatte er diesen Tag herbeigesehnt. So sehr hatte er sich darauf gefreut, endlich in die Schule gehen zu dürfen. Er hatte sich ausgemalt, dass die Lehrerin oder der Lehrer erstaunt und voll des Lobs sein würden, was er beim Schuleintritt schon alles konnte. Flüssig lesen und fast genauso richtig schreiben. Er hatte vor einem Jahr von der Blockschrift zur Druckschrift mit Groß- und Kleinbuchstaben gewechselt. Die ersten Bücher waren noch in Blockschrift gedruckt. Er schrieb sie in der für ihn neuen Schrift ab und achtete auf Groß- und Kleinschreibung. Das größte Problem war, genug Papier zur Verfügung zu haben. Seine Mutter fand es unnötig und zu teuer, Papier dafür zu vergeuden, um ein Buch abzuschreiben. Warum sollte man dafür Geld ausgeben?

Anfang September des Jahres, in dem Gustav sechs Jahre alt geworden war, begleitete ihn seine Mutter zur Volksschule, die nahe der Pfarrkirche hinter dem Pfarrhof lag. Auch Toni ging in seine Klasse. Aber der saß schon neben einem Mädchen, als Gustav einen Platz suchte. Ihm blieb nur die letzte Reihe neben einem Buben, der nach Stall roch und wulstige Finger hatte. Gustav war enttäuscht, dass er nach dem ersten Schultag keine Hausaufgabe bekam, auch die ganze erste Woche nicht. Die Lehrerin, sie hieß Frau Matuschek, war eine zierliche Frau mit einem Pagenschnitt aus dunkelblonden Haaren. Sie lobte Gustav nicht, wenn er in kürzester Zeit MIMI und MAMA geschrieben hatte. Ganz im Gegenteil. Sie schalt ihn wegen seiner schlampigen Schrift. Die Buchstaben waren krumm und schief, die Linien schossen übers Ziel hinaus. Er bekam eine Strafaufgabe, bei der er schöne Is, Ms und manch andere Buchstaben schreiben musste. Sie mussten genau ausgerichtet sein und exakt in die untere und obere Zeilenlinie passen. Gustav hatte nicht gelernt, auf die äußere Form zu achten. Er konnte es nicht. Er hatte dafür auch keine Geduld. Das Wort drängte aufs Papier, das nächste wartete schon in seinem Kopf. Die senkrechten Linien seiner Buchstaben strebten nach links oder rechts. Manche bekamen kurz vor dem Ende einen leichten Bug, andere hielt es nicht in der Zeilenbegrenzung. Sie brachen nach oben und unten aus, nicht sehr viel, aber genug, dass ihm die Frau Fachlehrerin Matuschek, so wollte sie von den Kindern genannt werden, kein Sternchen gab, sondern mit dem Rotstift alle Stellen markierte, die nicht ihren Vorstellungen entsprachen. Im Unterricht verwendeten sie einen Setzkasten, den man aufklappen konnte, so dass der Deckel schräg nach hinten ragte, in etwa wie ein Lesepult. Darauf setzte man die Buchstaben, die im unteren Teil geordnet standen, in den vorgegebenen Stegen zu Wörtern zusammen. Gustav war so schnell, dass er oft mehr als eine Minute warten musste, bis der Großteil seiner Mitschüler eine Zeile oder einen Satz fertig hatte. Er langweilte sich und begann auf einem Falz herumzudrücken, ihn nach vorne und nach hinten zu pressen, bis schließlich der Falz nachgab und eingedrückt blieb. Die Lehrerin ging durch die Reihen, um den Fortschritt der Kinder zu beobachten und den Langsamsten unter ihnen zu helfen. Otto, der Bauernbub, der neben Gustav in der letzten Reihe saß, war ein besonders langsamer Schüler. Er suchte nach den passenden Buchstaben, vergaß den einen oder anderen und verlor oft den Faden. Dann sah er zu Gustav hinüber. Anfangs hatte ihm Gustav gerne geholfen und es war eine gute Gelegenheit, die Zeit bis zum Ende der Aufgabe zu überbrücken. Zweimal wurde er dabei von Frau Matuschek erwischt. Sie drohte ihm an, dass er beim dritten Mal nachsitzen müsse und in Betragen eine schlechte Note bekäme. Die Lehrerin war bereits in der vorletzten Reihe, Gustav beugte sich über seinen Setzkasten, um den eingedrückten Falz zu verbergen. Damit lenkte er erst recht die Aufmerksamkeit auf sich. Sie forderte ihn auf, sich gerade hinzusetzen. Theatralisch schlug sie die Hände vors Gesicht. Spielte sie nur ihr Entsetzen über den eingedrückten Falz? Was habe er nur angerichtet, sagte sie. Seine Eltern hätten wenig Geld und müssten nun einen neuen Setzkasten kaufen, weil Gustav ihn ruiniert habe. Wie könne man nur so dumm sein, rügte sie ihn. Gustav musste aufstehen und die Lehrerin zeigte auf ihn, alle Blicke waren auf ihn gerichtet. Er bilde sich so viel auf seine Schreibkenntnisse ein, sagte sie. Dabei sei er aber so dumm, dass er seinen Setzkasten in weniger als einem Monat unbrauchbar gemacht habe. Die Mitschüler lachten über ihn, Gustav war als Streber nicht besonders beliebt in der Klasse. Er wirkte auf die anderen eingebildet, er war ihnen im Lesen, Schreiben und Rechnen weit voraus. Einige riefen ihn Gustav-Dummkopf, spotteten über ihn und die Lehrerin ließ sie gewähren. Heute müsse er nachsitzen und er dürfe erst nach Hause gehen, wenn er vor der Klasse, in die sie ihn mitnehmen müsse, zugebe, dass er ein Dummkopf sei. Um zwölf Uhr war Unterrichtsschluss. Sie nahm Gustav in die zweite Klasse mit. Dort sah er Vera, die auch schon im Jahr davor die zweite Klasse besucht hatte. Sie zeigte ihm die Zunge und mit den Händen eine lange Nase. Die Lehrerin übersah auch das. In der letzten Reihe waren zwei Tische leer. Gustav musste sich zu den, am rechten Rand befindlichen, Tisch setzen. Der Tisch links von ihm war also unbesetzt. Gustav fühlte sich isoliert und war doch froh, dass er in der letzten Reihe nicht den ständigen Blicken der Zweitklässler ausgesetzt war. Wenn er seine Dummheit einsehe, solle er die Hand heben, sagte die Lehrerin. Dann begann sie mit dem Unterricht. Ihm fiel auf, dass sich Vera nie meldete, wenn die Lehrerin eine Frage an die Klasse stellte. Und wenn die Lehrerin sie direkt ansprach, wusste sie keine Antwort. Sie rutschte auf ihrem Sessel herum, stieß den neben ihr sitzenden Buben in die Seite und tuschelte mit ihm. Nach einiger Zeit drehte sich Veras Sitznachbar um, und spannte einen kleinen Stein in eine Gummischleuder. Er zielte auf Gustav und traf ihn. Gustav gab einen Laut von sich und ging in Deckung. Die Lehrerin ermahnte ihn, Ruhe zu geben, bis er endlich einsehe, was er getan habe. Kurz vor Ende der Stunde befahl ihm die Lehrerin, er solle aufstehen und zugeben, dass er dumm gewesen sei. Gustav sagte nichts. Daraufhin forderte sie die Klasse auf, Gustav zu sagen, dass er dumm gewesen sei. Die ließen sich nicht bitten und skandierten Dummkopf, Dummkopf, Dummkopf. Vera tat sich besonders laut hervor. Sie steigerte sich regelrecht hinein in den Chor. Wenn sie ihn Dummkopf und Idiot nannte, zeigte sie dabei, wie bei einer Gymnastikübung, mit den ausgestreckten Armen nach ihm. Einmal links, dann wieder rechts, dann beide zusammen. Als die Stunde endete, war er alleine mit der Lehrerin in der Klasse. Sie schrieb eine Nachricht an Gustavs Mutter in das Mitteilungsheft. Er könne jetzt gehen, sagte sie. Gustav rannte nach Hause, er rannte an Vera vorbei, die ihn von hinten mit Steinchen bewarf. Was würde seine Mutter sagen, wenn er um so viel zu spät kam.

Jakob durfte Ministrant werden. Dies war ein zusätzlicher Tiefschlag für Gustav und machte ihn neidisch auf seinen Bruder. Auch er wäre schon gerne neben dem Kaplan oder neben dem Pfarrer, in einen weißen Talar gekleidet, gestanden, um sich von den Kirchgängern bewundern zu lassen. Der Pfarrer besuchte sie zu Hause und war voll des Lobs über Jakob. Er könne schon die lateinische Messe auswendig, sein Gesicht sei ernst und feierlich. Die anderen jungen Ministranten, aber auch die älteren, grinsten manchmal oder schnitten Grimassen während der Messe. Er selbst könne es nicht sehen, aber die Gläubigen, welche in den vorderen Reihen saßen oder knieten, berichteten ihm von den Übeltätern. Über Jakob habe sich bisher noch niemand beschwert, ganz im Gegenteil. Er werde ausdrücklich gelobt, mit wieviel Ernsthaftigkeit er seinen Dienst versehe. Der Pfarrer deutete auch an, dass er Jakob einen Platz in einem erzbischöflichen Knabenseminar verschaffen könne, wenn er die Volksschule beendet hatte. Jakob nickte beflissen, als ihn die Mutter fragte, ob er das auch wolle. Gustav kam sich neben Jakob klein und unbedeutend vor. Das war bisher nicht so gewesen. Auch wenn Jakob etwas älter war, stach er nicht durch besondere Leistungen hervor. Im Gegenteil, Gustav konnte schon lesen, bevor Jakob in die Schule kam. Jakob war ein stilles Kind, das nicht herumtollte und mit anderen Kindern spielte. Die Mutter sagte zum Pfarrer, dass ihr Jakob manchmal wie ein Heiliger erschiene. Gustav wäre dagegen ein kleiner Lauser, sehr aufgeweckt, aber auch sehr gescheit. Der Pfarrer wandte sich Gustav zu und sagte, dass er im nächsten Jahr auch als Ministrant beginnen könne, wenn er denn wolle. Gustav nickte so wie Jakob zuvor. Seine Freude war getrübt, denn es blieb das Gefühl, Jakob auch dann nachzustehen. Seine naive Vorstellung von einem erzbischöflichen Knabenseminar war, dass man dort den ganzen Tag ministrierte und neben dem Erzbischof stand, nicht bloß neben dem Pfarrer. Irgendwann würde man dann selbst Erzbischof werden und könnte sogar dem Pfarrer sagen, was er zu tun habe.

Jakob kam kurz vor Weihnachten mit einem Geschenk des Pfarrers nach Hause. Er stellte eine kleine Monstranz aus Messing, ein ebensolches Kreuz, sowie einen Kelch und eine Karaffe auf den Tisch. Keines der Teile war größer als zwölf oder dreizehn Zentimeter. Anfangs postierte Jakob die heiligen Gegenstände wie auf einem Altar. Einmal stand die Monstranz hinten, dann wieder das Kreuz. Neben den Kelch legte er ein Stofftaschentuch, das ihm die Mutter borgte. Gustav durfte nichts davon berühren und gab es bald auf, so wie Jakob minutenlang das Arrangement zu beäugen. Doch dann begann Jakob zu Hause eine Messe zu spielen. Ihm assistierte Gustav als Ministrant, der die meiste Zeit nichts anderes zu tun hatte, als neben seinem Bruder zu knien und die lateinischen Texte zu murmeln. Das Kyrie Eleison, das Gloria in excelsis Deo, das Credo in unum Deum und das Agnus Dei gehörten bald auch zu Gustavs Sprachschatz. Sie überredeten die Mutter, ihnen Fredi-Kekse als Hostien und stark verdünnten Spitz Orangensaft als Messwein zu geben. Das Zuckerwasser mit Orangengeschmack wurde zuerst in der Karaffe vorbereitet und während der Messe in den kleinen Kelch gegossen. Gustav durfte nicht davon trinken, denn er war nicht der Priester. Als Ministrant durfte er nur die heilige Kommunion in Form eines geviertelten Fredi-Kekses empfangen. Sie verkleideten sich mit Stoffresten, die sie über die Schultern legten oder über den Bauch banden. Jakob lehnte es strikt ab, die Rollen ausnahmsweise zu tauschen, so dass er der Ministrant war und Gustav der Priester. Trotzdem spielte Gustav weiterhin mit, aber nur so lange, bis er selbst in der Kirche ministrieren durfte. Es machte ihm nichts aus, für die Morgenmesse früh aufzu-stehen und bei den Begräbnissen langsam hinter dem Sarg herzutrotten. Für die eineinhalb Kilometer von der Kirche zum Friedhof benötigte der Trauerzug mehr als eine halbe Stunde. Die Blasmusik gab mit ihren getragenen Stücken den Takt der Schritte vor. Als der Pfarrer bei einem Begräbnis bemerkte, dass sich bei Gustavs rechtem Schuh die Sohle löste, ging er anschließend mit ihm ins nächste Schuhgeschäft. Gustav durfte Wanderschuhe probieren, denn die würden länger halten als normale Schuhe, meinte der Pfarrer. Die alten Schuhe musste er im Geschäft zu-rücklassen. Mit den dunkelbraunen Wanderschuhen fiel er wegen seiner notorisch zu kurzen Hosen beson-ders auf. Aber er gewöhnte sich an die „schweren Bock", wie der Kaplan die Schuhe bezeichnete. Im-merhin blieben seine Füße bei Regen und Schnee lange trocken. Ein entscheidender Nachteil der neuen Schuhe war, dass sie zu groß gekauft worden waren, damit der Bub hineinwachsen konnte. Mit doppelten

Socken konnte man die Übergröße etwas ausgleichen, in der warmen Jahreszeit war diese Adjustierung aber unerträglich heiß.

In der zweiten Klasse bekam Gustav einen neuen Lehrer. Frau Matuschek war schwanger geworden und konnte deshalb die Klasse nicht weiter unterrichten. Der Lehrer war ein großer und hagerer Mann. Er galt als besonders streng und ging mit dem gefürchteten Rohrstock durch die Klasse. Wenn ein Schüler tratschte, bekam er Schläge mit dem Rohrstock auf die Finger, was sehr weh tat. Auch bei anderen kleinen Vergehen schnalzte der Rohrstock aus Bambus gern auf den Übeltäter nieder. Der Lehrer begleitete seine Schläge nur mit »Ruhe« oder »Schluss jetzt«, ein »wenn du nicht« oder »beim nächsten Mal« ersparte er sich. Gustav fiel durch seine Leistungen positiv auf und wurde zum Lieblingsschüler des Lehrers. Vom Rohrstock blieb er verschont. Die äußere Form seiner Arbeiten ließ zwar immer noch zu wünschen übrig, der Lehrer legte aber keinen großen Wert auf schönes Schreiben

Nun entdeckte Gustav das Geld für sich. Als Ministrant bekam er für ein Begräbnis fünf Schilling und bei einer Hochzeit einiges an Trinkgeld von den Gästen. Auch bei einer Messe wurde sein Mitwirken mit wenigen Groschen vergütet. Besonders lohnend war das

„Ratschengehen" zu Ostern. Die Ratschen, die die Glocken in der Karwoche symbolisieren, wurden vom Pfarrer zur Verfügung gestellt. Die Ministranten bekamen eine große Ratsche, die man vor sich herschob und die großen Lärm machte. Die anderen Kinder mussten eine Ratsche mit der Hand schwingen, was auf Dauer ziemlich anstrengend werden konnte. Am letzten Tag des Ratschens wurde Geld für die Ratschenbuben gesammelt. Bei der Aufteilung bevorzugte der Pfarrer die Ministranten. Jedenfalls hatte Gustav damit stets ein kleines Einkommen. Er sparte das Geld, weil er sich nicht entscheiden konnte, was er dafür kaufen sollte. Für Süßigkeiten war es ihm zu schade. Er sammelte die Münzen, Geldscheine waren selten dabei, in einer Dose, die er unter dem Bett versteckte. Fast täglich zählte er nach, wieviel er schon gespart hatte. Es waren am Ende des Schuljahres mehr als hundertfünfzig Schilling in seiner Dose, das machte ihn sehr stolz. Dieser Betrag erschien Gustav wie ein kleines Vermögen. Doch eines Tages fiel ihm beim Zählen auf, dass fast fünfzig Schilling fehlten. Er war sich sicher, dass zwei Tage davor um diesen Betrag mehr in der Dose war. Er zählte noch einmal nach, das Ergebnis blieb gleich. Wer hatte ihm das Geld gestohlen? Er verdächtigte zuerst seinen Bruder, ohne es auszusprechen, aber vielleicht war es auch Maria, die schon die erste Klasse der Hauptschule besuchte. Sie hatte nie Geld zur Verfügung, Taschengeld gab es weder für sie noch für die Brüder. Gustav erzählte seiner Mutter bekümmert, dass Geld in seiner Spardose fehlte. Sie meinte, dass sich Gustav das nur einbilde, Jakob habe sicher nichts genommen, sagte sie entschieden. Sie werde mit Maria reden, aber er solle sich nicht viel erwarten. Wie wäre es, wenn er den gesparten Betrag aufschriebe, dann könne er sich nicht mehr einbilden, dass Geld fehlte. Noch besser sei es, wenn er das Geld auf ein Sparbuch bei der Sparkasse lege. Dort sei das Geld auf jeden Fall sicher und zum Weltspartag bekäme er ein Geschenk. Am nächsten Tag wunderte er sich, der fehlende Betrag war wieder in Gustavs Dose. Maria behauptete, sie wüsste von nichts. Gemein sei es, dass er sie verdächtigt habe und nein, die Mutter hätte nicht mit ihr gesprochen.

Gustav durfte ab der dritten Klasse alleine in die Stadtbücherei gehen. Die Kinder- und Jugendbücher waren nach Alter gruppiert. Er borgte sich jede Woche drei Bücher aus. Die Bücher für Kleinkinder interessierten ihn schon lange nicht mehr. Die für ihn erlaubten Bücher, also bis zum Alter von zehn Jahren, hatte er bald alle gelesen. Er schaute vermehrt das Regal mit den Büchern ab zehn Jahren durch. Fast die Hälfte des Regals war mit den Bänden von Karl May belegt. Winnetou, Durchs wilde Kurdistan, Der Schatz im Silbersee waren Titel, die ihn besonders reizten. Er nahm einzelne Bücher aus dem Regal und las darin im Stehen. Das blieb vom Personal nicht unbemerkt. Der strenge Herr Lobner, der die Bücherei leitete, verbot ihm, hier zu stöbern und Bücher aus diesem Regal zu nehmen. Er müsse halt noch zwei Jahre warten. Als Gustav ihm erklärte, schon alle Bücher, die bis zehn Jahre geeignet sind, gelesen zu haben, drückte er ein Auge zu. Er durfte aber nur ein Buch je Woche mitnehmen. Diese Bücher hatten mehr Seiten und die Druckschrift war kleiner als bei den Kinderbüchern, die er davor gelesen hatte. Gustav faszinierten nicht nur die Bücher, auch den Autor Karl May selbst bewunderte er. Wie konnte ein einzelner Mensch nur so viele Bücher schreiben und vor allem, wie konnte ein einzelner Mann in so vielen Ländern gewesen sein und dort unzählige Abenteuer erlebt haben. Auch er, Gustav, würde ein Buch nach dem anderen schreiben, das nahm er sich fest vor. Er fragte Toni, welchen Beruf er ergreifen werde, wenn er erwachsen war. Wie sein Vater wolle er bei der Ölgesellschaft arbeiten, sagte dieser. Davon könne man gut leben und ein großes Auto fahren. Als Gustav ihm stolz berichtete, dass er Schriftsteller werden wolle, lachte ihn Toni aus. Das werde er nie erreichen. Außerdem hätten Schriftsteller kein regelmäßiges Einkommen, dadurch werde er später also ärmer als seine Eltern sein. Es sprach sich bei den Kindern herum, dass Gustav Schriftsteller werden wollte. Vera nannte ihn Bücherwurm und Schreibhengst. Er solle bis morgen eine Geschichte schreiben und sie dann vorlesen. Dann werde man sehen, ob er es könne. Denen werde ich es zeigen, dachte Gustav und nahm sich vor, eine lange Geschichte zu schreiben, voller

Abenteuer und Überraschungen. Bis spät am Abend saß er vor seinem Schreibheft. Ihm fiel ein, dass sein Vater im Krieg schwer verwundet worden war, aber er wusste keine Details, wie es dazu kam. Nur wenige Zeilen brachte er zu Papier. Ihm kam die Idee, die Geschichte von Peter und Ulla im Märchenwald mit seinen Worten zu erzählen. Damit würde er sich vielleicht lächerlich machen, denn es wäre ein Buch für Kindergartenkinder. An diesem Tag hatte er keine zündende Idee und gab auf. Am nächsten Tag traute er sich nicht zum Spielen hinaus, ging am späten Nachmittag doch noch nach draußen, es fragte ihn niemand nach der Geschichte, auch Vera nicht. Sie beachtete ihn nicht einmal.

Das langgestreckte Bauwerk mit seinem markanten schwarzgrünen Glockentürmchen in der Mitte war das mit Abstand größte Gebäude, das Gustav bisher in seinem jungen Leben gesehen hatte. Es war vier Stockwerke hoch und in einem freundlichen beigen Farbton gehalten. Die Sonne stand hoch am Himmel und bestrahlte das Haus, als er mit dem Pfarrer, seiner Mutter und seinem Bruder dort ankam. Auf der Autofahrt war Gustav zweimal übel geworden, sodass sie stehen bleiben mussten. Jakob schnaubte ungeduldig, wenn Gustav wieder ins Auto stieg, nachdem er mit vorgebeugtem Oberkörper, die Hände auf seine Knie gestützt, am Straßenrand gestanden war und seinen Magen entleert hatte. Schließlich war er die Hauptperson und nicht Gustav. Seine Mutter entschuldigte sich beim Pfarrer, dass Gustav solche Umstände machte. Dieser blieb ruhig und sagte, dass Gustav nichts dafürkönne, wenn ihm schlecht werde, das sei halt angeboren. Trotzdem verringerte er das Tempo nicht, wenn er in eine Kurve fuhr, von denen es auf der Strecke einige gab. Als sie vor dem Erzbischöflichen Knabenseminar ausstiegen, hatte Gustav weiche Knie und jede Farbe war aus seinem Gesicht gewichen. Das imposante Bauwerk ließ ihn schnell die Qual der Fahrt vergessen. Das Seminargebäude war von einem mehr als zwei Meter hohen Zaun aus festen eisernen Stäben umgeben, die am oberen Ende spitz zuliefen und wie Speere wirkten. Das erinnerte Gustav an ein Fort im Wilden Westen. Karl May hatte solche Palisaden als zugespitzte Pfähle, die manchem Indianer zum Verhängnis wurden, beschrieben. Sein Bruder ging mit dem Pfarrer voran. Gustav wollte der Mutter nicht die Hand geben. Er sei alt genug, allein zu gehen, betonte er. Gleich beim Eingang wurden sie von einem Geistlichen empfangen, der sich als Pater Hermann vorstellte und für die Betreuung der neuen Schüler zuständig war. Sie gingen hinter ihm die breite Stiege in den zweiten Stock hinauf. Die langen Gänge im Inneren, die Kreuzgewölbe und die breiten Türen, welche drei Meter hoch und Ehrfurcht gebietend waren, schienen der Beschreibung eines Schlosses entnommen. Die Geistlichen in ihren schwarzen Talaren lächelten freundlich, eine Gruppe von jungen Seminaristen ging in artiger Zweierreihe an ihnen vorbei. Manche winkten vorsichtig, die Hand blieb in Hüfthöhe stecken. Pater Hermann hatte seine Hand auf Jakobs Schulter gelegt. Er sprach so leise zu ihm, Gustav konnte nichts verstehen. Sie durften einen Blick in einen Schlafsaal werfen, in dem gut zwanzig Betten in einer Reihe standen. Im großen Speisesaal setzten sie sich an einen der langen Tische. Sie aßen gemeinsam, bekamen eine Nudelsuppe, die Gustav sehr gut schmeckte und seinen leeren Magen füllte. Sie war kräftig und die Nudeln waren dick, leider aber auch sehr lang. Gustav hatte Mühe, sie zu zerteilen. Dann ging Pater Hermann mit Jakob weg. Der Pfarrer trank Kaffee aus einer großen Tasse und fragte Gustav, ob er auch gerne nächstes Jahr hierherkommen wolle. Gustav wusste es nicht, zuckte mit den Schultern. Ob er traurig sei, dass sein Bruder mit Beginn des neuen Schuljahrs nicht mehr zu Hause sein werde. Wieder nur ein Schulterzucken, aber die Mutter ermahnte ihn, dem Pfarrer zu antworten. Sie möge es gut sein lassen, sagte dieser beschwichtigend. Es seien wohl zu viele Eindrücke für den kleinen Sohnemann, meinte er. Mit der Mutter sprach er noch einmal, sie hatte schon im Auto gefragt, über die Kosten. Die Pfarre werde den Großteil übernehmen, versicherte er. Das wäre bei Gustav nicht mehr möglich. Er wolle sowieso nicht hierher, warf Gustav trotzig ein. Der Pfarrer lächelte ihn an. Es wäre ohnehin schwierig gewesen, zwei Kinder aus einer Familie und so kurz hintereinander unterzubringen. Der Andrang sei sehr groß. Er habe Jakob schon vor zwei Jahren angemeldet, um auf der sicheren Seite zu sein. Gustav wurde klar, dass er gar keine Wahl hatte. Sein Bruder hatte ihm die Möglichkeit vor der Nase weggeschnappt. Als er bei der Heimfahrt erfuhr, dass Jakob ein Instrument lernen durfte und sich für Violine entschieden hatte, begann Gustav zu weinen. Warum dürfe er kein Instrument lernen? Er solle jetzt den Mund halten und Jakob nicht diesen schönen Tag verderben, sagte seine Mutter.

Nachdem sein Bruder nicht mehr dabei war, stieg Gustav in der Hierarchie der Ministranten auf. Zudem hatten einige ältere Ministranten keine Lust mehr, ihren Dienst weiterhin zu versehen. Bei Begräbnissen musste Gustav nun nicht mehr zum weit entfernten Friedhof mitgehen. Er blieb in der Kirche und war dafür verantwortlich, eine dreiviertel Stunde nach Aufbruch der Trauernden, die hinter dem Sarg hergingen, und der Blasmusikkapelle, die immer die gleichen Lieder spielte, die Glocken zu läuten. Da er noch keine eigene Uhr hatte, musste er die Wanduhr in der Sakristei im Blick behalten. Um die Glocken erklingen zu lassen, brauchte er nur zwei Schalter betätigen, zuerst den für die kleine und kurz danach den für die große Glocke. Beim Abschalten war es genau umgekehrt. Mehr hatte Gustav nicht zu tun. Das war langweilig, aber auch bequem. Auch dafür bekam er die fünf Schilling. Außerdem konnte er in aller Ruhe

einige Hostien verspeisen und ein wenig vom Messwein trinken, natürlich nur so viel, dass es nicht auffiel. Wenn er das Gefühl hatte, es übertrieben zu haben, verdünnte er den Wein mit etwas Wasser.
Schlechtes Gewissen hatte er keines. Der Reiz des
Verbotenen ließ ihn aber erschauern, wenn er ein Geräusch hörte. Es war schon passiert, dass der Kaplan
überraschend in die Sakristei kam oder der Pfarrer,
wenn der Kaplan beim Begräbnis dabei war. Die fünf
Schilling wurden sofort nach dem Begräbnis an die
Ministranten ausbezahlt. Der Pfarrer hatte ihm einen
Zwanziger zum Wechseln gegeben. Er ging dafür zur
nahen Bäckerei und kam mit den Münzen in der
Hand zurück. Am Rückweg bemerkte er, dass ihm
Willi und Vera folgten und ahnte schlimmes. Er be-
schleunigte seinen Schritt und begann schließlich zu
laufen, als die beiden immer näherkamen. Dadurch
stolperte er über die Gehsteigkante bei der Kirche
und vermied knapp einen Sturz. Mit den Händen fing
er sich ab und musste dabei die rechte Hand öffnen.
Die Münzen rollten auf ein Kanalgitter mit breiten
Schlitzen zu. Gustav sah ihnen entgeistert nach, wie
sie in den Kanal rollten. Die Murer Kinder waren verschwunden. Hatte er sich nur eingebildet, dass sie ihn
sekkieren wollten? Er schaute durch die Stege des De-
ckels und konnte weit unten ein Gemisch aus Wasser,
Schlamm und kleinem Unrat erahnen. Keine der
Münzen blitzte zu ihm herauf. Was sollte er nur tun?
Ohne es auch nur zu versuchen, wusste er, das

schwere Kanalgitter konnte er nicht anheben und beiseite schieben. Dem Pfarrer zu gestehen, was ihm soeben passiert war, erschien ihm denkunmöglich. Es blieb ihm nichts anderes übrig, als das verlorene Geld aus der eigenen Tasche zu ersetzen. Er lief so schnell er konnte nach Hause und nahm Münzen im Wert von zwanzig Schilling aus seiner Sparbüchse. Er war sich nicht sicher gewesen, ob in der Büchse genug Geld war, denn er hatte den Großteil davon vor kurzem auf sein Sparbuch eingezahlt.

Die beiden Ministranten erhielten bei ihrer Rückkehr ihre fünf Schilling. Um den Schein zu wahren, den Zwanziger des Pfarrers aufgeteilt zu haben, steckte er seinen Anteil ein und gab dem Pfarrer das Restgeld. Von seinem Missgeschick erwähnte er nichts.

Kapitel 5

Wenn Gustav etwas nicht leiden konnte, dann waren es überraschende Veränderungen. Das Auftauchen von Frau Murer im Pflegeheim war so eine, der Sturz der Mutter auch. Er war sich sicher, dass es damit noch nicht erledigt war. Überraschungen, von denen er ahnte, dass sie irgendwann passieren würden, waren das Schlimmste für ihn. Ein Gefühl beschlich ihn, es würde etwas Unangenehmes geschehen, nur wann und was genau würde es sein? Seine Mutter würde nicht aufhören, Tätlichkeiten und verbale Übergriffe von Frau Murer zu erfinden. Andererseits war es nicht gänzlich auszuschließen, dass sich hinter der unschuldigen Fassade einer vermeintlichen Alzheimer Erkrankung das Böse dieser Frau versteckte. Alle Last und alle Entscheidungen, die seine Mutter betrafen, lasteten auf ihm. Auch von seiner Partnerin konnte er keine Unterstützung erwarten. Sie hatte oft Dienst, wenn er seine Mutter besuchte, auffällig oft sogar. In Gustav kam der Verdacht hoch, sie würde es sich absichtlich so einteilen, damit sie eine Ausrede hat. Ihre Eltern lebten noch, sie waren rüstig und konnten sich gut selbst versorgen. Wenn er bei ihnen zu Besuch war, kochten sie groß auf und gaben sich aufgeschlossen und waren humorvolle Menschen. Sie jammerten nicht und machten einmal im Jahr eine große Reise. Was für ein Gegensatz zu seiner Mutter, die ihm im Vergleich wie ein Häufchen Elend erschien, ein Elend, das er seit seiner Geburt miterleben musste. War sie jemals glücklich gewesen? Gustav wusste es nicht. Sie hatte sich auch in jüngeren Jahren nie zufrieden gezeigt. Wenn ihr eine Speise schmeckte, dann jammerte sie wenig später über Blähungen. Wenn sie sich freute, dass ihr Lieblingskind Jakob nach langer Überlegung doch ins Priesterseminar ging und das Studium der Theologie begann, sah sie schon die Nachteile voraus. Sie würde ihn noch seltener sehen und Enkelkinder konnte sie bei ihm als Priester auch nicht erwarten. Als Jakob nach einem Jahr das Priesterseminar wieder verließ, weil er eine Freundin gefunden hatte, war ihr auch das nicht recht. Ein Priester in der Familie wäre schon schön gewesen. Sie hatte es auch schon stolz herumerzählt. Ihre glücklichste Zeit war vielleicht, als sie ihren Mann nach seinem Unfall über Jahre zu Hause pflegte. Einige Wochen nach Veras Verschwinden wurde er auf seinem Fahrrad auf dem Weg zur Arbeit, von einem Auto von hinten angefahren. Die Verletzungen waren so schwer, dass er nicht mehr arbeiten konnte und im Rollstuhl landete. Fortan wurde er von seiner Frau hingebungsvoll gepflegt. Sie war stolz, es alleine zu schaffen. Gustavs Vater veränderte sich zum Positiven. Er beteiligte sich an den Gesprächen und zeigte manchmal sogar ein Lächeln. Über den Besuch seiner Tochter Maria mit ihren beiden Kindern freute er sich besonders. Er spielte mit seinen Enkeln, soweit ihm das aus dem Rollstuhl möglich war und las ihnen geduldig vor. Seine Frau lobte er und drückte ihre Hand, wann immer sich die Gelegenheit dazu ergab, Er schien mit sich und der Welt Frieden geschlossen zu haben.

Der Unfallfahrer hatte Fahrerflucht begangen, den verletzten Vater einfach liegen gelassen. Die Nachforschungen verliefen ergebnislos, obwohl es deutliche Hinweise auf die Murers gab. Welch ein Zufall, am selben Tag wurde Herrn Murers Auto als gestohlen gemeldet, es wurde nie gefunden. Man vermutete, dass der Wagen ins Ausland gebracht worden war. Auf Vaters Fahrrad wurden keine Lackspuren gefunden. Möglicherweise war er nur von einer Stoßstange, die damals noch aus einem schwarzen Gummigemisch bestand, touchiert worden. Jedenfalls konnte kein Zusammenhang zwischen Herrn Murers gestohlenem Wagen und Vaters Unfall hergestellt werden. Außerdem war es ein Samstag, an dem Herrn Murer nicht zur Arbeit fuhr. Allerdings war Werner, sein älterer Sohn, schon einmal, als er mit dem Auto seines Vaters unterwegs war, erwischt worden, obwohl er noch keinen Führerschein besaß. Kurz nach dem Unfall war Gustavs Mutter so geschockt und so sehr mit den Spitalsbesuchen bei ihrem Mann beschäftigt, dass sie gar nicht auf die Idee kam, dass möglicherweise Werner ihren Mann angefahren hatte. Für Gustav war es eindeutig Rache wegen Veras ungeklärtem Verschwinden. Das Motiv lag auf der Hand. Die Murers schöpften Verdacht, er könnte an Veras Verschwinden beteiligt sein, denn zwei Wochen vor dem Unfall sagte eine Frau aus, dass sie Gustav mit Vera auf halber Höhe des Halterbergs gesehen hatte. An diesem Tag war Vera nicht mehr nach Hause gekommen. Damit, dachte Gustav, war er indirekt schuld, dass sein Vater viele Jahre im Rollstuhl verbringen musste. Es gab keine genauen Nachforschungen, ob es wirklich Diebstahl war oder vielmehr der Wagen etwas mit dem Unfall und der Fahrerflucht zu tun haben könnte. Herr Murer hatte ein Alibi. Er wollte erst gegen Mittag bemerkt haben, dass sein Auto nicht wie immer unter dem Fenster des Kinderzimmers von Gustav geparkt war. Gustav glaubte fest daran, dass Werner damit genug Zeit hatte, den Wagen in die damalige Tschechoslowakei zu bringen und mit dem Zug wieder nach Hause zu kommen. Nicht lange nach dem Unfall zogen die Murers weg, niemand wusste wohin. Die Mutter war nun auch davon überzeugt, dass Gustavs Theorie über den Unfallhergang stimmte. Sie glaubte, dass die Murers sich schuldig fühlten, den Anblick ihres Mannes im Rollstuhl nicht ertragen konnten und daher die Flucht ergriffen. Vermutlich hatte Werner in seiner dümmlichen und grobschlächtigen Art eigenmächtig gehandelt. Doch letztlich wusste die ganze Familie davon, stellten sich vor den Missetäter, daher waren sie alle Mörder. Das sagte sie auch laut, obwohl ihr Mann doch lebte und gar nicht zu Tode gekommen war. Gustavs Vater hatte angegeben, das Auto nicht gesehen zu haben. Er hatte nur gespürt, dass sein Rad von hinten in die Höhe gerissen wurde. Dann war er ohnmächtig geworden. Seit Veras Verschwinden erfüllte Gustavs Mutter der Gedanke mit etwas Genugtuung, dass sie vielleicht gewaltsam zu Tode gekommen war, aber besser noch, wenn sie im horizontalen Gewerbe gelandet wäre. Damit habe sie lebenslange Schande über die ohnehin fragwürdige Familie gebracht. Willi wurde straffällig, schon mit vierzehn wurde er bei einem Einbruch erwischt. Diese Frau, die so böse und hinterhältig zu ihr war, habe nur zwei Verbrecher und eine Hure zur Welt bringen können, sagte die Mutter mit großer Befriedigung. Würde seine Mutter auch so reden, wenn sie wüsste, dass auch er ein Verbrecher, ja sogar ein Mörder, war?

Es war schon Mittwoch, als jemand aus dem Pflegeheim bei ihm anrief. Gustav ahnte, der Anruf konnte nichts Gutes bedeuten. Er erkannte sofort die Stimme der Stationsleiterin. Seine Mutter sei heute in die Psychiatrische Klinik verlegt worden, da sie nicht mehr zu schreien aufgehört hatte. Auch ein Beruhigungsmittel habe nur kurzfristig geholfen. Gustav fragte, was passiert sei. Aus heiterem Himmel würde sie doch nicht zu schreien beginnen. Frau Murer habe sich im Zimmer geirrt. Seine Mutter habe geschlafen, als Frau Murer in ihr Zimmer gefahren sei. Beide Damen seien erschrocken, die Frau Murer, weil vermeintlich eine andere Frau in ihrem Bett lag, und seine Mutter, weil sie sich einbildete, dass Frau Murer sie umbringen wolle. Seine Mutter habe behauptet, dass Frau Murer ein Messer bei sich gehabt hätte. Das stimme sogar, sie hatte sich kurz davor ein Messer geholt, um damit einen Apfel in Spalten zu schneiden. Gleich zur Beruhigung, es war nur ein kleines Plastikmesser, mit dem man so recht und schlecht einen Apfel teilen könne, mehr aber auch nicht. Jedenfalls habe das Schreien seiner Mutter nicht aufgehört, dadurch sei Frau Murer völlig verängstigt gewesen. Er könne sich nicht vorstellen, welchen Unruhe dieses anhaltende hysterische Schreien im gesamten Stockwerk verursacht hatte. Seine Mutter leide offensichtlich an Wahnvorstellungen, zusätzlich habe sie behauptet, dass der Sohn von Frau Murer ihren Mann auf dem Gewissen hat. Und jetzt wolle Frau Murer sich rächen, sie abmurksen. Seine Mutter verlangte, dass man ihre Kinder dringend verständigen müsse, denn auch sie wären in Gefahr. Die Söhne von Frau Murer würden ihren Kindern nach dem Leben trachten. Vielleicht war einer von ihnen schon in Teneriffa, um ihre geliebte Tochter über eine Klippe zu stoßen. All dies schrie sie heraus, nur unterbrochen von noch lauterem wortlosen Gebrüll. Jedenfalls, ihre Anschuldigungen haben nicht aufgehört. Der Arzt habe ihr zur Beruhigung Valium injiziert. Die Wirkung war gering, nur das Schreien wurde etwas leiser mit kleinen Pausen dazwischen. Daher sei ihm nichts anderes übriggeblieben, als sie in die Psychiatrie einzuweisen. Die Frage sei nur, wie es mit ihr weitergehen solle,

wenn sie wieder entlassen werden würde. Diese An-
fälle können jederzeit wieder passieren. Sie habe immerhin schon dreimal behauptet, dass sie von Frau
Murer attackiert worden wäre. Begonnen habe es mit
dem Kuchen, dann der Sturz und jetzt das angebliche
Attentat, daher seien sie auf der Station dafür, dass
seine Mutter in einem anderen Haus untergebracht
werde. Entscheiden müsste es die Heimleitung. Aber
so könne es nicht weitergehen, die anderen Bewohner
seien durch die Vorkommnisse auch verstört. Viele
der Pfleglinge bekämen nicht mehr alles mit, das
Schreien und Toben, der Aufruhr und das Gerenne
verängstige sie trotzdem zutiefst. Die Beschwerden
über seine Mutter waren massiv, Gustav kam gar
nicht zu Wort. Als die Stationsleiterin endlich eine
Pause machte, fragte er, warum man nicht die Frau
Murer woanders hin verlege. Sie sei erst kurz im Haus
und außerdem würde sie es wegen ihrer Demenz vermutlich gar nicht bemerken. Aber Frau Murer sei ko-
operativ und verhalte sich ruhig, entgegnete die Stationsleiterin. Natürlich irritierten auch sie die Eskapaden seiner Mutter. Ganz normal sei es aber auch
nicht, mit einem Messer bewaffnet in ein fremdes
Zimmer zu gehen, warf Gustav ein. Er bereute es sofort, denn die Stationsführerin geriet derart in Rage,
dass er nur noch auflegen konnte. Er rief in der psychiatrischen Abteilung des Krankenhauses, das ihm
die Stationsleiterin genannt hatte, an, um sich über
den Gesundheitszustand seiner Mutter zu erkundigen. Es dauerte, bis er zur Station verbunden wurde,

in der seine Mutter lag. Die Schwester, die das Telefon abhob, verband ihn weiter zur diensthabenden Ärztin. Ein Besuch habe im Moment keinen Sinn, da die Frau Mösa die meiste Zeit schlafe. Außerdem sollte man jede Aufregung für beide Seiten vermeiden. Sie werde mindestens zwei Wochen in diesem Zustand verbleiben. Dann könne man weitersehen. Gustav informierte Jakob mittels einer WhatsApp-Nachricht. Er hatte keine Lust, sich seine blöden Bemerkungen anzuhören oder mit ihm zu debattieren. Maria, die Schwester, hob nicht ab. Als seine Freundin nach Hause kam, fragte er sie, ob eine Psychiatrie einen Besuch verweigern dürfe, noch dazu dem Sohn der Patientin. Das komme darauf an, sagte sie. Wenn seine Mutter gerichtlich angehalten sei, müsse sie auf der Station verbleiben und die Ärzte könnten Maßnahmen setzen, die gesundheitlich gerechtfertigt wären, also auch ein generelles Besuchsverbot aussprechen.

Endlich erreichte er Jakob, seine herzlose Antwort war ein »Aha, sie ist selbst schuld.« So eine kalte Sau, dachte Gustav frustriert. Er nahm sich vor, den Kontakt zu seinem Bruder abzubrechen.

Ja, seine Mutter war tatsächlich für zwei Wochen gerichtlich angehalten. Auf seinem Handy fand er eine Sprachnachricht von Marias Mann, Rudi: »Lass Maria in Ruhe. Sie hat genug für eure Mutter getan. Jetzt seid einmal ihr dran.« Gustav konnte nicht glauben, dass es Maria recht war, nichts von dem Zustand ihrer Mutter zu erfahren. Ihr neuer Mann übte offensichtlich einen ziemlichen Druck auf sie aus. Aber sie würde sich früher oder später melden. Da war sich Gustav sicher.

Am Freitag rief er den Leiter des Pflegeheims an. Er musste auf seinen Rückruf warten. Irgendetwas musste Gustav unternehmen. Seine innere Unruhe verlangte nach einer Aktion. Seine Freundin hatte wieder Dienst und sie würde erst am frühen Abend nach Hause kommen. Er setzte sich ins Auto und fuhr in die Stadt seiner Kindheit. Es war sein Plan, einfach ins Pflegeheim zu gehen und den Leiter persönlich zu sprechen. Über die Stationsleiterin wollte er sich beschweren, besonders über ihre Bevorzugung von Frau Murer. Aufgrund der Vorgeschichte aus seiner Kindheit musste man verstehen, dass seine Mutter Angst vor Frau Murer hatte. Auf einmal tauchte sie im Zimmer seiner Mutter auf. Als seine Mutter aufwachte, musste der Schreck immens gewesen sein. Frau Murer hielt das Obstmesser in der rechten Hand. So hatte es die slowakische Pflegerin erzählt, die Gustav nach dem Streit mit der Stationsleiterin angerufen hatte. Sie war gut auf ihn zu sprechen, weil er ihr schon mehrmals etwas zugesteckt hatte, damit sie sich besonders um seine Mutter kümmerte. Die Pflegerin hatte ihn gebeten, die Sache mit dem Messer in der Hand für sich zu behalten. Aber wenn es Spitz auf Knopf ging, wenn seine Mutter wirklich aus dem Heim entfernt werden sollte, dann würde er diesen Trumpf ausspielen. Die Stationsleiterin hatte verschwiegen, wo das Messer sich genau befunden hatte. Sie habe nicht darauf geachtet, sagte sie später einmal. Jedenfalls sei es zu keinerlei Aggression von Frau Murer gekommen. Sie habe mit „Tsch-Lauten" versucht, die schreiende Mutter zu beruhigen. Während der Fahrt in die alte Heimat rief der Heimleiter zurück. Er habe erst in zwei Stunden für eine persönliche Vorsprache Zeit und dann auch nicht mehr als fünfzehn Minuten. Das werde reichen, sagte Gustav und dachte sich, dass er einfach nicht gehen würde, solange die Wiederaufnahme seiner Mutter im Heim nicht geklärt war. Wie konnte er die Wartezeit bis zum Gesprächstermin verkürzen? In weniger als vierzig Minuten würde er ankommen. Er könnte sich die aktuellen Gegebenheiten am Halterberg ansehen, kam ihm in den Sinn. Noch vor einem Tag hätte er sich mit Händen und Füßen gewehrt, jemals wieder zu diesem Schreckensort zurückzukehren. Seit dem Verschwinden Veras war er nur mehr einmal oben gewesen, um nach dem Seil zu suchen. Zuerst fuhr er zu den Gemeindebauten, in denen er so lange gelebt hatte. Erstaunt stellte er fest, dass sie abgerissen worden waren. Stattdessen standen Reihenhäuser dort, jedes mit einem winzigen Gartenanteil. Die Wohnung, in der er den Großteil seine Kindheit verbracht

hatte, gab es nicht mehr. Die verlorene Heimat erfüllte ihn mit einer tiefen Traurigkeit. Seine Mutter
hatte bis zur Aufnahme im Pflegeheim dort gelebt.
Hier hatte sie auch den Vater gepflegt, bis er sich, zur
Überraschung aller, im Klo erhängt hatte. Eine noch
heute schreckliche Vorstellung, dabei war er doch so
positiv geworden. Dieser Suizid war für die ganze Familie unerklärlich. Noch rätselhafter war, wie es ihm,
trotzdem er im Rollstuhl saß, gelungen war, ein Seil
über das Rohr, das knapp unterhalb der Decke frei
verlegt worden war, zu spannen. Er musste es wie ein
Lasso geworfen haben. Das Rohr war viel zu hoch, um
es aus dem Rollstuhl zu erreichen und wie hatte er es
auf die WC-Muschel geschafft? Erst später fand die
Mutter heraus, dass der Vater im Spital eine Diagnose
auf Bauchspeicheldrüsenkrebs erhalten hatte und es
der Familie verschwieg. Er musste die Ärzte gebeten
haben, nichts zur Mutter zu sagen. Der Arzt ver-
merkte den Suizid nicht im Totenschein, damit der
Vater kirchlich begraben werden konnte. Nach dem
Begräbnis ging es mit Gustavs Mutter bergab. Sie ver-
kraftete den Tod ihres Mannes nicht, begann zu trinken und stürzte im vermutlich betrunkenen Zustand
öfters in der Wohnung. Die Wohnung verließ sie zu
ihrer eigenen Sicherheit nur mehr mit einem Rollator. Bei einem dieser schlimmen Stürze zog sie sich
einen Oberschenkelhalsbruch zu. Im Spital stellten
sie dann fest, dass die Mutter an fortgeschrittener Osteoporose litt. Maria, die sich bisher um sie geküm-

mert hatte, veranlasste auch die Aufnahme der Mutter im Pflegeheim. Eine andere Möglichkeit gab es für die Familie nicht, keiner wollte oder konnte die Pflege der Mutter übernehmen. Daher wäre es unverantwortlich gewesen, die Mutter allein in der Wohnung zu lassen.

Und nun war der Gemeindebau, ein für ihn bedeutsamer Ort, Geschichte. Gustav schüttelte sich. Hier hatte er nichts mehr verloren, nichts erinnerte an diesem Ort an seine Kindheit. Er fuhr mit dem Auto zur Rückseite des Halterbergs. Man war bereits auf halber Höhe und der Anstieg war nicht so steil wie auf der anderen Seite von den ehemaligen Gemeindebauten. Rund um den Halterberg war viel gebaut worden. Anstatt einer einzelnen Scheune standen zwei mächtige Doppelhäuser. Die Grundstücke waren in den Abhang gebaut worden, alles sah fremd aus. Gustav versuchte sich erst zu orientieren. Er musste hinter die eingezäunten Grundstücke gelangen, um zur Höhle von damals aufsteigen zu können. Seiner Erinnerung nach lag sie vielleicht dreißig Meter oberhalb der Stützmauer, welche die Gebäude vor einer Hangrutschung bewahren sollte. Bei den Häusern war kein Durchkommen zur Anhöhe. Es gab aber noch einen, augenscheinlich wenig begangenen Weg, der linkerhand auf das Plateau des Halterbergs führte. Gleich zu Beginn des Wegs stand eine Informationstafel, die Gustav nicht kannte. Als Kind hatte er sich auch nie damit beschäftigt, wie der Halterberg in dieser ebenen Landschaft entstanden war. Auf der Tafel stand, dass der Hügel 1000 n.Chr. mit Körben aufgeschüttet worden war. Es war ein Rückzugsort gewesen, um den Menschen auf ihrer Flucht Verstecke zu bieten. Auf ihm waren Pfahlwände auf Holz zur Verteidigung errichtet worden. Die Höhlen, die Gustav gut kannte, wurden nicht erwähnt. Vielleicht dienten sie als Verbindung der Wehranlagen und waren später eingestürzt. Auch am Plateau hatte sich einiges verändert. Es gab kaum noch Gestrüpp. Der Abhang, wo sich der Eingang zur besagten Höhle befunden hatte, war mit Betonsteinen gegen ein Abrutschen befestigt worden. Die Höhle war verschwunden, wahrscheinlich war sie im Zuge der Befestigungsarbeiten des Hügels endgültig zugeschüttet worden. Zuerst die Wohnung, dann die Höhle, nichts davon existierte mehr, ihm blieb nur seine Erinnerung. Einige Meter unter der Hangbefestigung mussten Veras Überreste liegen, vielleicht nur noch ein paar Knochen. Selbst wenn man diese ausgrübe, würde man Vera nicht mehr identifizieren können. Womit sollte man die gefundene DNA auch vergleichen. Seine Tat würde für alle Zeiten unentdeckt bleiben. Gut, dass er niemand davon erzählt hatte, nicht einmal dem Therapeuten. Wenn er ein Geständnis ablegte, würde sich niemand dafür interessieren. Die Polizei würde abwinken und ihn für nicht zurechnungsfähig halten. Es konnte aber auch sein, dass die Hangbefestigung entfernt und nach Vera gegraben wurde. Gustav überlegte, wenn man ihren Schädel fände, konnte man vielleicht anhand ihres Gebisses feststellen, dass es sich um Vera handelte. Diese abstrusen Gedanken wischte Gustav schnell weg. Warum sollte er gestehen, sich damit belasten? Seinen Vater konnte er damit nicht mehr lebendig machen, seine Mutter würde es nicht glauben wollen. Und wenn doch, dann wäre er die Enttäuschung ihres Lebens. Sie würde sich derart kränken und schämen, es würde ihr das Herz brechen, dass sie entweder wirklich verrückt wurde oder an dem Schreck verstarb.

Vom Zimmer des Leiters des Pflegeheimes hatte man einen freien Blick auf den Turm der Stadtkirche. Das Zentrum der Stadt lag etwas höher als die ehemaligen Felder, auf denen das Haus errichtet worden war. Der Leiter war ein jugendlich wirkender Mann, der sich als Magister Rosner vorstellte. Er bot Gustav Kaffee und ein Stück Kuchen an. Gustav nahm nur den Kaffee, der leicht seifig schmeckte. Ob die Mutter auf dem Weg der Besserung sei, wollte Herr Rosner wissen. Gustav konnte nicht viel dazu sagen, da er keine neuere Information aus der Psychiatrie hatte. Er lenkte das Gespräch auf die Vorfälle im Heim, die seine Mutter aus der Bahn geworfen hatten. Er erzählte Herrn Rosner nur kurz die Vorgeschichte aus seiner Kindheit. Für längere Ausführungen nahm er sich keine Zeit. Es klang, als betete er eine Punkteliste herunter, um sie abhaken zu können. Herr Rosner unterbrach ihn schon bald. Man solle die Vergangenheit ruhen lassen, riet er und außerdem seien sie hier nicht für eine Aufarbeitung seiner Familiengeschichte zuständig. Es sei eine schwierige Situation mit seiner Mutter. Übrigens habe er nun veranlasst, dass man keiner verwirrten Bewohnerin ein Obstmesser mitgäbe, selbst wenn es nur aus Plastik wäre. Und das, obwohl es sicher sei, dass Frau Murer damit wirklich nur einen Apfel in Spalten schneiden wollte. Gustav erzählte, was ihm die Pflegerin berichtet hatte, erwähnte aber nicht die Person, von der er es erfahren hatte. Selbst wenn, sagte Herr Rosner, dann habe sie halt das Messer in der Hand gehalten. Daraus eine mögliche Aggression abzuleiten, sei sehr weit hergeholt. Wie auch immer es passiert war, er habe schon ein anderes Pflegeheim für Gustavs Mutter gefunden. Es läge sogar näher zu Wien und wäre damit für ihn leichter zu erreichen. Im ersten Reflex sprach sich Gustav dagegen aus. Sollte doch Frau Murer das Heim wechseln. Sie sei ohnehin erst kurz hier und noch nicht eingewöhnt. Herr Rosner sah auf die Uhr, sein nächster Termin habe schon vor einer Minute begonnen, betonte er. Gustav solle sich das neue Heim einmal ansehen. Er reichte ihm einen Zettel mit der Adresse und Telefonnummer eines Ansprechpartners. Vielleicht könne er die Rückfahrt mit der Besichtigung des Heimes verbinden. Er möge aber bitte vorher anrufen. Beim Verlassen des Heims ärgerte sich Gustav, dass es sich so abspeisen hatte lassen. Andererseits konnte das neue Heim auch eine Chance sein und er müsste nicht mehr so weit fahren.

Gustav parkte gegenüber der Kirche, die er seit seinem Ausscheiden aus dem Ministrantendienst nicht mehr betreten hatte. Die Begräbniszeremonie für seinen Vater hatte nicht in der Kirche, sondern in der Aufbahrungshalle beim Friedhof stattgefunden. Die Halle war lange nach seiner Zeit, als Ministrant in der Pfarre, errichtet worden. Früher war ihm nicht aufgefallen, wie schmucklos die in den fünfziger Jahren errichtete Kirche war. Nur ein kleiner Teil des ursprünglich spätromanischen Bauwerks war erhalten geblieben. Gustav fröstelte, als er das große Eingangstor hinter sich geschlossen hatte. Von den meterhohen Fenstern an der Südseite drang durch Glasmosaik gefiltertes Licht herein. Die etwas moderneren Mosaike wirkten grobschlächtig und willkürlich angeordnet. Die Farben, das Rot, Gelb und das Blau strahlten trotz des Lichteinfalls nicht. Er ging vor zum Altar, der im sich stark verjüngenden alten Teil der Kirche lag. Hinter oder auch neben diesem schwarzen Tisch, der auf einem ausladenden Sockel ruhte, hatte er viele Jahre gestanden. Vor einer gelblichen Wand im Hintergrund war ein mannshohes Kruzifix auf einem hölzernen Podest aufgebaut. Er setzte sich in die erste Bankreihe und schloss die Augen. Erinnerungen liefen wie kurze Filme in seinem Kopf ab. Er sah sich selbst, wie er bei den sich in die Länge ziehenden Hochämtern so unmerklich wie möglich von einem Bein auf das andere wippte. Gerne hätte er sich hingesetzt, da seine Beine vom langen Stehen müde wurden und die Füße zu schmerzen begannen. Bei Morgenmessen mit den immer gleichen Kirchgängern konnte er manchmal den Zwang zu gähnen kaum unterdrücken. An einen Besucher der Morgenmessen konnte er sich besonders gut erinnern. Der Mann trug derart dicke Brillen, dass man die Augen dahinter nicht mehr ausmachen konnte. Seine Unterlippe hing nach unten, den Schlapphut hielt er vor seinem Hosenschlitz, der – so raunten es die alten Frauen – immer offen war. Sie behaupteten, dass er nach Betreten der Kirche das Weihwasser aus dem Becken, vielleicht zur Stärkung seiner Männlichkeit, in seinen Hosenschlitz träufelte. Gustav hatte das nie mit eigenen Augen gesehen, glaubte es aber gerne. Der alte Mann hatte etwas Fremdes, Unheimliches an sich. Er blieb immer in den hinteren Reihen sitzen, beim Singen und Aufsagen der Fürbitten war er trotzdem der Lauteste.

Mit knapp vierzehn Jahren beendete Gustav seine Zeit als Ministrant. Er hatte Marx und Bakunin zu lesen begonnen, ließ sich von deren Theorien beeinflussen. Es lag doch auf der Hand, dass Religion das Opium für das Volk war. Warum sollte es einen Gott geben, wenn er zuließ, dass in Vietnam die Bevölkerung hingemetzelt wurde. Gustavs sexuelles Verlangen war schon ein Jahr davor erwacht. Er konnte sich dieser Wucht der Gefühle kaum erwehren. Wenn er sich selbst befriedigte, war das für die katholische Kirche eine Sünde. Sein Verstand sagte nein, das kann nicht sein, aber ein schlechtes Gewissen hatte er danach doch. Der entscheidende Auslöser für seinen Bruch mit der Kirche war die unheilvolle Begegnung mit Vera. Durfte er nach seiner Tat jemals wieder eine Kirche betreten und einer heiligen Messe beiwohnen? Von einem Ministranten wurde erwartet, dass er die Gebote achtete und regelmäßig beichtete. Er hatte schon lange nicht mehr die volle Wahrheit erzählt und nur kleine Sünden eingeräumt. Also hatte er auch nach einer Beichte ein schlechtes Gewissen und hatte damit zu leben gelernt. Zu beichten gehörte zum Leben eines Ministranten. Nach Veras Tod war alles anders. Es wäre geradezu lächerlich gewesen, durch die Beichte kleinerer Vergehen die Todsünde überdecken zu wollen. Seine Hinwendung zu kommunistischen Ideen war so gesehen nur eine Begleiterscheinung gewesen, der theoretische Überbau für seine selbst erzwungene Abkehr vom Glauben.

Er öffnete die Augen, denn er hatte Schritte gehört, die sich von hinten näherten. Als er sich umdrehte, war der Geistliche im schwarzen Talar schon sehr nahe. Er nickte Gustav zu und ging in die Richtung des Altars weiter. Dann drehte er sich um und fragte, ob Gustav noch beichten wolle. Die Beichtstunde sei zwar schon zu Ende, aber für ihn würde er eine Ausnahme machen. Warum fragte ihn der Geistliche danach? Sah man ihm an, dass er soeben über das Beichten nachgedacht hatte? Gustav verneinte. Er sei zufällig vorbeigekommen und habe sich an seine Zeit als Ministrant erinnert. Wann das gewesen sei, fragte der Geistliche. Vor ewigen Zeiten, sagte Gustav und lächelte ein wenig. Vor mehr als dreißig Jahren, ergänzte er. Es freue ihn, dass ein ehemaliger Ministrant an die Stätte seines Wirkens zurückkehre, er wünsche ihm Gottes Segen, sagte der Pfarrer und ging zur Tür der Sakristei. Gustav überlegte, wäre es nicht eine Gelegenheit gewesen, einem Menschen seine Geschichte anzuvertrauen? Er verwarf den Gedanken sofort. Warum sollte er es ausgerechnet bei einer Beichte erzählen? Er war schon mit neunzehn Jahren aus der Kirchengemeinschaft ausgetreten und hatte das katholische Brimborium stets abgelehnt.

Die nächste Überraschung erwartete ihn zu Hause. Schon im Vorzimmer fiel ihm ein fremder Koffer auf. Die Stimme seiner Schwester drang aus dem Wohnzimmer, wo sie sich mit seiner Freundin unterhielt. Das braungebrannte Gesicht seiner Schwester bildete einen starken Kontrast zu ihren hellblond gefärbten Haaren.

Warum er nicht abgehoben habe, fragte sie nach der Umarmung. Abgehoben? Gustav sah auf sein Handy, auf dem einige Anrufe von Maria aufschienen. Aus irgendeinem Grund hatte er auf lautlos gestellt. Zum Glück sei seine Freundin gerade nach Hause gekommen, als Maria mit dem Taxi vorgefahren war. Wie lange sie bleiben könne, fragte Gustav. So lange wie nötig, antwortete sie. Rudi sei stinksauer. Der solle sich erst einmal beruhigen. Wann man die Mutter besuchen könne, wollte sie wissen. Gustav erzählte von der gerichtlichen Anhaltung der Mutter und seinem Besuch beim Heimleiter. Maria kannte ihn gut, sie wollte selbst mit ihm reden, um sich einen Eindruck zu verschaffen und das Beste für die Mutter herauszuholen. Und auf der psychiatrischen Klinik kannte sie einen Oberarzt. Rudi war mit ihm beim gleichen Fußballverein gewesen, der Oberarzt als junger Spieler und Rudi als Funktionär. Mal sehen, was sich machen ließe. Sie werde argumentieren, dass sie schon bald nach Teneriffa zurückmüsse, sagte sie schelmisch.

Nach dem Abendessen, ausnahmsweise hatte seine Freundin gekocht, unterhielten sie sich über ihre Kindheit im Gemeindebau und den Problemen mit Frau Murer. Seine Schwester sah die damaligen Ereignisse weit weniger tragisch als Gustav. Ihre Erinnerungen an die gemeinsame Zeit zu Hause wichen stark von denen Gustavs ab. Sie glaubte auch nicht, dass der Vater vom Auto der Murers angefahren worden war. Wurde der Wagen nicht Jahre später in der Slowakei gefunden? Also damals war es noch die Tschechoslowakei. Gustav zuckte mit den Schultern. Ob er sich sicher sei, dass wirklich die Frau Murer mit dem Kübel nach ihm geschlagen hatte? Wer denn sonst, fragte Gustav. Die Mutter sei manchmal jähzornig gewesen. Dann wusste sie nicht mehr, was sie tat. Aber es sei nicht die Mutter gewesen, sondern die Frau Murer. Schon gut, sagte die Schwester. Sie habe keine Probleme mit den Murers gehabt, auch mit deren Kindern nicht. Besonders nett war Herr Murer. Er habe sie immer angelächelt, wenn sie sich begegneten. Aber hatte Maria nicht am Telefon gesagt, dass sie der Murer alles zutrauen würde? Seine Schwester hatte sich warm geredet. Und ihr gemeinsamer Vater sei auch viel netter gewesen, als Gustav immer behaupte, sagte sie. Sie hätten Ausflüge in den Friedhofswald gemacht, wo der Vater mit ihnen Räuber und Gendarm gespielt hätte. Außerdem habe er manchmal Schokolade nach Hause gebracht und an sie verteilt. Und er, Gustav, sei Mamas Liebling gewesen. Gustav wunderte sich, warum seine Schwester und er die Kindheit so unterschiedlich in Erinnerung hatten. Hatte sie vergessen, wie sie in der Pubertät behandelt worden war? Hatte sie verdrängt, dass der ach so nette Vater sie vor die Tür setzen wollte? Nicht nur einmal. Wusste sie nicht mehr, wie sehr sie beschimpft worden war? Sie hatte sich in die erste Ehe

gestürzt, um den Gemeinheiten ihrer Eltern zu ent-
kommen. Oder sah sie auch das anders? Seine Freundin meinte, dass er schon dazu neige, nur die negativen Dinge in Erinnerung zu behalten. Hatte sie recht
damit? Gustav widersprach heftig. Aber wie sei es im
letzten Urlaub gewesen, fragte sie. Ja, es habe Probleme mit dem Hotel gegeben, anfangs, dann habe sich
alles in Wohlgefallen aufgelöst. Und erinnere sie sich
nicht mehr an die Panne des Mietautos, drei Stunden
mussten sie warten, bis sie endlich abgeschleppt wurden. Sie denke gerne an die einsamen Strände, wo sie
nahezu alleine waren und nackt im Meer schwimmen
konnten, sagte seine Freundin. Maria lachte, so ist er,
mein lieber Bruder, sagte sie. Die schönen Dinge des
Lebens schütte er mit ein paar Unzulänglichkeiten zu.
Sie könnte jetzt auch mit Rudi hadern, weil er sich zu-
rückgesetzt fühle, wenn sie sich in dieser Ausnahme-
situation um die Mutter kümmern wolle. Aber der
Rudi habe viele gute Seiten. Hundert Prozent könne
man nicht haben. Seine Freundin sagte, dass man das
Glas halb voll oder halb leer sehen könne. Und wie
Gustav es üblicherweise sehe, wisse man. Gustav ärgerte sich, dass sich die beiden Frauen gegen ihn verbündeten. Er versuchte, Ruhe zu bewahren und gab
vor, noch etwas für einen Termin vorbereiten zu müssen. Eine Stärkung wäre genau das Richtige, im Arbeitszimmer schenkte er sich ein Glas Whiskey ein.
Sicher, er war kein optimistischer Mensch. Er sah
sich als Realist, der Dinge nicht schönredete, sondern

sich den Problemen, heutzutage sagte man Herausforderungen dazu, stellte und sie zu lösen versuchte. Die Schwester hatte aber sein eigenes Bild über seine Kindheit kurz ins Wanken gebracht. Täuschten ihn seine Erinnerungen? Hatte er die positiven Dinge, sofern es welche gab, vergessen? Waren die Eltern manchmal fürsorglich und liebevoll gewesen? Er glaubte es nicht. Die Geschichte mit dem Weihnachtsessen, zu dem Verwandte, er wusste nicht mehr welche, eingeladen worden waren, kam ihm in den Sinn. Vater hatte einen Tischgriller beim Versandhaus Quelle bestellt, bei diesem Anlass wurden Fleischstücke darauf gegrillt. Der verführerische Geruch, der Gustav das Wasser im Mund zusammenlaufen ließ, durchzog das Wohnzimmer, in dem die Kinder an einem Behelfstisch saßen und nicht ein Stück von dem duftenden Fleisch bekamen. Sie wurden mit den Beilagen abgespeist, Kartoffeln und Gemüse, weil das Fleisch teuer gewesen war und daher nur für die Eltern und die Gäste reichte. Er wollte seine Schwester morgen darauf ansprechen. Das kränkende Verhalten der Eltern konnte sie doch nicht vergessen haben. Und er erinnerte sich an die Wanderung zum Echo-Stadel, der in einem Tal in Mutters Heimat auf einer großen Wiese stand. Ihr Vater hatte wieder einmal schlechte Laune gehabt und mit seiner Frau gestritten. Er stieß die Kinder in den Rücken, wenn sie nicht mit geradem Oberkörper wanderten, manchmal so heftig, dass es richtig weh tat. Als der Vater einmal nicht dabei war, riefen alle drei zum Echo-Stadel hin:

»Wann ist Papa grantig? Montag, Dienstag, Mittwoch, Donnerstag, Freitag, Samstag, Sonntag. Immer!« Das Echo war wie eine Bestätigung des Gesagten gewesen. Es stachelte die Drei an, es wieder und wieder zu rufen. Nach dem vierten oder fünften Mal wollten Gustavs Geschwister nicht mehr rufen. Gustav aber hatte noch nicht aufhören wollen, verstummte aber kurz danach auch.

Kapitel 6

Obwohl Gustav die Volksschule mit einem Zeugnis
voller Einser beendete, entschieden seine Eltern, dass
er die Hauptschule und nicht das Gymnasium besuchen sollte. Nein, sie beschäftigten sich gar nicht mit
dieser Auswahlmöglichkeit. Es gab aus ihrer Sicht
keine Entscheidung zu treffen, das Gymnasium war
einfach kein Thema. Damals sah Gustav keine Be-
nachteiligung darin, wenngleich zwei seiner Schul-
freunde, die auch ministrierten, ins Gymnasium
wechselten. Einer war der Sohn des Zahnarztes und
der andere hatte einen Architekten als Vater. Zu dieser Gesellschaftsschicht gehörte Gustav nicht. Er
empfand es nicht als Makel, ein diffuses Gefühl, nicht
dazuzugehören, war für ihn aber schon spürbar. Die
Freunde waren gut gekleidet, Gustav sah man an seinem Äußeren seine Ärmlichkeit an. Die Schuljause
der Freunde war reichlich, zwei Weckerl mit Wurst
und Käse, eine Banane, im Winter auch eine Orange.
Gustav packte sein Rama-Brot, manchmal war es
auch ein Schmalzbrot, meistens nicht aus, weil er sich
dafür genierte. Auch der verschrumpelte Apfel blieb
in der Schultasche. Kinder wohlhabender Eltern gingen aufs Gymnasium, die Arbeiterkinder in die
Hauptschule. Das erschien Gustav nicht ungewöhnlich zu sein. Der Murer Willi ging auch zur Hauptschule, allerdings in den B-Zug, in dem die weniger
guten Schüler saßen. Gustav passte auf, dass er ihm

am Schulweg nicht begegnete oder ausreichend Abstand zu ihm hielt. Dem Willi konnte es jederzeit einfallen, ihn zu sekkieren. Vera war schon zwölf Jahre alt, ging in die 2B und schien sich nicht mehr für Gustav zu interessieren. Das erleichterte sein Leben ungemein. Man hielt sie jedoch für noch älter, sie kleidete sich wie eines der pubertierenden Mädchen und ihr Körper zeigte schon ansatzweise einen Busen. Ihre schwarzen Haare waren rot gefärbt, so wie es ihre Mutter trug.

Gustav war ein schmächtiger Junge. In der Volksschule spielte es keine große Rolle, dass er nicht so beweglich war wie die anderen Kinder und auch keinerlei Ausdauer hatte. Er bekam in Leibesübungen trotzdem ein „Sehr gut" ins Zeugnis. Der Turnlehrer in der Hauptschule war nicht so nachsichtig. Gustav konnte nicht einmal einen Purzelbaum, er rollte stets seitlich ab. Wieder hatte er das Gefühl im Visier zu sein, diesmal hatte es der Turnlehrer auf ihn abgesehen. Dieser verlangte von Gustav, eine Übung so lange zu versuchen, bis er sie endlich konnte. Gustav schaffte keine der Übungen, scheiterte immer wieder, sodass der Turnlehrer mit ihm eine Extrastunde nach dem regulären Unterricht ansetzte. In der Einzelstunde war er wenigstens nicht dem Gelächter der Klasse ausgesetzt. Nach Wochen der Quälerei gab der Turnlehrer auf. Im Halbjahreszeugnis bekam Gustav einen Dreier im Fach Leibesübungen. Dafür gehörte er in allen anderen Fächern zu den Besten seiner Klasse. In Deutsch wurden seine Aufsätze von der Lehrerin vorgelesen, was ihn sehr stolz machte. Er habe ein großes Talent, berichtete sie Gustavs Mutter am Elternsprechtag. Die erstaunte Mutter fragte, welches Talent die Lehrerin meine und als sie erfuhr, dass Gustav beim Schreiben von Geschichten sehr begabt sei, wusste sie nur wenig damit anzufangen. Sie hielt diese Begabung für nicht wichtig und es war für sie ausgeschlossen, dass Gustav ein Schriftsteller werden könnte. Warum sollte man einen derart brotlosen Beruf ergreifen, wenn man es überhaupt einen Beruf nennen konnte. Außerdem war Gustav erst zehn Jahre alt. Wie konnte man da von einem Schreibtalent sprechen? Außer den Aufsätzen für die Schule, schrieb er nichts, keine Gedichte, keine kleinen Geschichten. Anders war es beim Lesen. Nach wie vor lieh er sich Bücher aus der Bücherei, verschlang ein Buch nach dem anderen.

Gustavs Vater war oft krank, hatte er kein hohes Fieber, ging er trotzdem zur Arbeit. Er fürchtete, gekündigt zu werden, wenn er immer wieder fehlte. Die Mutter erzählte den Kindern, dass er für eine Prüfung lerne, mit der er eine neue Arbeit beim Finanzamt bekommen könnte, als unkündbarer Finanzbeamter. Dann müsste er nicht mehr im schlecht geheizten Innenraum der Tankstelle auf Kundschaft warten und wenn ein Auto vorfuhr, nicht hinaus in die Kälte. Es sei kein Wunder, dass er im Winter ständig verkühlt war. Aus der Stelle beim Finanzamt wurde nichts, er fiel bei der Prüfung durch, er war viel zu nervös. Zu Hause hatte er noch alles gewusst, das nützte aber nichts, wenn er das Wissen im richtigen Augenblick nicht abrufen konnte. Davon konnte man sich nichts kaufen. Die Mutter verbot den Kindern, über diese nicht bestandene Prüfung zu reden. Sie wünschte sich nichts sehnlicher, als dass ein Kind später einmal beim Finanzamt arbeiten würde. Das sei ein sicherer Job mit viel Prestige. Selbst wenn man krank werde, würde man als Beamter nicht entlassen werden. Maria sei zu dumm für diesen Job, war sie überzeugt. Und Jakob würde wohl ein Priester werden, so Gott wolle. Also war es Gustav, der diesen Traum der Mutter erfüllen sollte. Eine andere Möglichkeit eine gute Arbeit zu finden sei noch, bei der Gemeinde unterzukommen, als Sekretär zum Beispiel. Gustav solle es einmal besser haben als sein Vater, sagte sie verheißungsvoll. Ihm behagte diese Aussicht nicht sonderlich, auch wenn er keinen triftigen Grund dafür wusste. Es lag wohl daran, dass er sich von seiner Mutter nicht in irgendeinen Beruf zwingen lassen wollte. Von ihren Ideen hielt er schon damals wenig. Das lag wohl auch an den Erfahrungen bei Gericht.

Die Tage verflogen, die Wochen und die Monate. Mit dreizehn war Gustav der Einzige aus seinem Jahrgang, der immer noch Ministrant war. Er ging kaum noch zur Morgenmesse, seine anderen Dienste, also Begräbnisse, Hochzeiten und Taufen, suchte er nach dem möglichen Ertrag aus. Bei Hochzeiten und Taufen war man von der Geberlaune der Leute abhängig. In der Regel war Gustav mit der Höhe des Trinkgeldes zufrieden. Selten aber doch gab es auch welche, die gar nichts gaben. Das verdiente Geld zahlte er nicht mehr aufs Sparbuch ein, denn dieses wurde von der Mutter verwaltet. Er hatte ein neues Versteck in der Wohnung gefunden, wo er die Geldscheine sicher wähnte. Münzen wechselte er regelmäßig in Scheine um, damit der Platzbedarf für seine Ersparnisse möglichst klein und flach war. Gustav war sparsam, nach wie vor kaufte er kaum etwas mit dem verdienten Geld.

In diesem Lebensjahr regte sich seine Sexualität, immer öfter wachte Gustav mit einer Erektion auf. Es bereitete ihm Lust seinen Penis und auch seine Hoden zu berühren. Wenn er Vera sah, spürte er eine starke Erregung. Der Ansatz ihrer Brust war wegen des üblicherweise tiefen Ausschnitts gut sichtbar, der Busen nun voll ausgebildet. Ihre Röcke waren so kurz, dass man ihren Slip und ein wenig von ihren Pofalten sehen konnte. Die schwarzen Haare kontrastierten mit dem roten Lippenstift, den sie dick aufgetragen hatte. Meistens hatte sie Stöckelschuhe an und warf ihren Körper gerne in Pose. Die Leute tuschelten über sie. Sie habe keinen festen Freund, sei einmal mit dem, dann wieder mit einem anderen zusammen. Böse Zungen behaupten, für Geld würde sie jeden ranlassen. Gustavs Mutter gierte nach diesem Tratsch, um sich gehörig empören zu können. Wenn sie von Veras neuesten Eskapaden erzählte, verwendete sie nur mehr Wörter wie Nutte und Hure. Das vergönne sie Veras Mutter, sagte sie. Alle sollten auf die Murers zeigen und sich das Maul über sie zerreißen. Frau Murer ließ sich nichts anmerken. Sie war dick geworden, man hätte sie auch als besonders drall bezeichnen können. Mit erhobenem Kopf ging sie über die Straße, redete mit den Leuten, begrüßte überschwänglich gute Bekannte oder Freunde und lachte lautstark. Gustavs Mutter ärgerte sich über diese, ihrer Meinung nach, primitive Person. Der fehle jedes Schamgefühl, ein Gewissen habe sie auch nicht, sagte sie. Man möge sich nur daran erinnern, dass sie Gustav schwer verletzt hatte und es dann beim Prozess auf sie, ausgerechnet auf sie, schieben wollte.

Wenn Gustav Vera vom Wohnzimmer aus auf der Bank vor dem Gemeindebau sitzen sah, ging er danach aufs WC und onanierte. Aber nur, wenn er sich unbeobachtet fühlte. Sein ganzes Denken drehte sich um Vera. Er begann sie freundlich zu grüßen und suchte oft ihre Nähe. Wenn sie ihn fragte, was er von ihr wolle, lief er rot an und entfernte sich ein Stück.

Er träumte auch von ihr, das Ergebnis waren weißliche Flecken in seiner Pyjamahose, für die er sich schämte. Er hoffte, dass es die Mutter nicht bemerkte und wenn sie es doch bemerkte, dass sie ihn nicht darauf ansprach.

In der Schule griffen sich die Schüler gegenseitig an intimen Stellen an. Wie beiläufig gingen sie auf einen Mitschüler zu und fuhren diesem schnell mit der Hand in den Schritt. Manche quetschten die Hoden des Opfers so stark, sodass dieses vor Schmerzen aufschrie. Gustav blieb in den Pausen sitzen, um dem „Ausgreifen" am Schulhof zu entgehen. Trotz aller Vorsicht erwischte es auch ihn, als zwei Mitschüler sich verbündeten. Der eine kam von hinten zu Gustavs Sessel, auf dem er saß, und kippte diesen nach hinten. Der andere fasste Gustav fest in den Schritt. Das tat mitunter höllisch weh. Er selbst beteiligte sich nicht daran, auch weil er die Rache des Ausgegriffenen fürchtete und – das sah er als eigentliche Begründung – weil er ihnen intellektuell überlegen war. Sein einziger Schulfreund Gerhard, der in einem Nachbarort wohnte und eine Nickelbrille trug, interessierte sich so wie Gustav für Geschichte, Literatur und Philosophie. Ein großes Thema war für beide die Revolution in Russland, ein anderes die Judenverfolgung im dritten Reich. In der Bücherei, in der Gustav nun auch aushalf, suchte er nach Büchern zu diesen Themen und borgte sie aus, um sie gemeinsam mit seinem Freund Gerhard zu lesen. In dieser Zeit kam auch „das kleine rote schülerbuch" auf den Markt. Gerhards Bruder hatte ein Exemplar gekauft und überließ es seinem jüngeren Bruder. Gustav und er überlegten, welche Verletzungen der Autorität sie in die Tat umsetzen könnten. Würden sie sich trauen sitzen zu bleiben, wenn ein Lehrer die Klasse betrat? Würden sie sich gar trauen einen Lehrer zu duzen? Eigentlich kam nur der Geschichtslehrer in Frage. Er war jung und erlaubte Diskussionen während des Unterrichts. Das mit dem Sitzenbleiben ließen sie lieber, denn sie wollten sich nicht mit der gesamten Klasse gemein machen, die aus Jux und Tollerei ihrem Beispiel folgen würden, wenn sie merkten, dass ihnen nichts passierte. Gustav ging in der Pause zum Geschichtslehrer und zeigte ihm das rote Buch. Der Lehrer lachte. Er habe es auch gelesen, sagte er. Ob Gustav nun zu ihm „Du" sagen wolle? Gustav wurde verlegen, lief rot an. Er könne das ruhig machen, aber nicht vor der Klasse, sagte der Lehrer. Gerhard erwies sich als ausgesprochen feige. Er duzte nicht einmal den Geschichtslehrer. Dafür entdeckte er die Schriften das Lao-Tse und leitete daraus die Philosophie des Nicht-Wissens ab. Man müsse nicht wissen, wie ein Vogel bezeichnet wird, um sich an seinem Gesang zu erfreuen. Man müsse auch nicht wissen, welcher Maler ein bestimmtes Bild gemalt hat, um es schön zu finden. Es ging darum, sich nicht mit Wissen vollzustopfen, sondern mit Empfindungen und Erlebtem. Das Wissen überlagere das Empfinden. Es decke die Gefühlsebene zu. Angelerntes würde man früher oder später wieder vergessen, das tiefe Erlebnis bliebe dagegen immer erhalten. Anfangs gefielen Gustav diese Gedankengänge, er fand es gut, sich nur auf die Sinne zu fokussieren. Aber schon bald stellte er die These auf, dass man nicht miteinander reden könne, wenn man keine gemeinsamen Namen und Bezeichnungen zur Verfügung hätte. Außerdem gab es hunderttausend Themen, für die dieses Nur-Empfinden nicht funktionieren würde. Man denke nur an Geschichte. Wie solle man zum Beispiel den Holocaust erleben? Er war schon vorbei und würde sich hoffentlich nicht wiederholen. Gerhard argumentierte, man könnte in ein Konzentrationslager fahren und die Eindrücke auf sich wirken lassen. Ja, aber dazu müsse man den Namen des Konzentrationslagers kennen und müsse wissen, wo die Gaskammern im Lager angesiedelt waren. Er stritt sich mit Gerhard derart darüber, dass sie einige Wochen nichts miteinander redeten. Schon davor hatte Gustav seinem Freund das „kleine rote schülerbuch" abgekauft. Immer wieder las er die Stellen über Selbstbefriedigung. Auch Erwachsene, ja sogar Lehrer, würden onanieren, stand darin geschrieben. Gustav befriedigte sich mindestens zweimal täglich. Sein schlechtes Gewissen wurde ein wenig beruhigt, als er wusste, dass er nicht der Einzige war, dass auch Erwachsene sich selbst befriedigten. Wenn er sich im Bett befriedigte, am späten Abend oder auch am frühen Morgen, ließ er sein Sperma in eine gebrauchte Socke fließen, die er kurz davor über seinen Penis gestülpt hatte. Er ging davon aus, dass seine

Mutter die Socken vor dem Waschen nicht umstülpen würde. Es war nicht leicht, ungestört zu bleiben, um seinem starken Drang zu folgen. Abends im Bett musste er befürchten, von seiner Schwester gehört zu werden, wenn sie zu Hause war. Untertags war es die Toilette, in der er sich aber nicht zu lange aufhalten durfte, um nicht aufzufallen. Um beim Onanieren unentdeckt zu sein, entdeckte Gustav den Halterberg wieder für sich. Es gab dort das eine oder andere Versteck, von dem man Herannahende zumindest gut hören konnte. In der Arbeitstasche seines Vaters entdeckte er Hefte, in denen nackte Frauen mit großem Busen abgebildet waren. Eines davon behielt er und versteckte es, in einer Folie verpackt, am Halterberg. Sein Vater sprach nicht über das verschwundene Heft. Gustav hatte damit gerechnet, dass es seinem Vater peinlich wäre und er vielleicht auch gar nicht wusste, wo es entwendet worden war. Es konnte auch ein Kollege auf der Tankstelle gewesen sein. Beim Gedanken, dass sich auch sein Vater mit diesen Bildern aufgeilte, schauderte ihn.

So aufgeregt war Gustav noch nie. Er hatte ein Referat für den Geschichtsunterricht vorbereitet. In einem Buch über die Oktoberrevolution in Russland wurde auch die Rolle von Felix Dzierzynski, dem Chef der berüchtigten Geheimpolizei Tscheka beschrieben. Gustav wollte in seinem Referat dem bösen

Kommunismus, also die Tscheka und Stalin, dem guten Kommunismus, damit meinte er die Trotzkisten, gegenüberstellen. Er fand aber kaum Literatur dazu in der Bücherei. Der Geschichtslehrer lud ihn zu sich nach Hause ein, wo man gemeinsam nach Quellen suchen könne. Der Lehrer wohnte in einem schmucken Einfamilienhaus, ganz in der Nähe des viel später errichteten Pflegeheims. Schnell fanden sich zwei Bücher, die genug Stoff für das Referat boten. Der Lehrer ließ Gustav, der mit den Büchern in seinem Element war, eine Zeitlang allein, weil er anderes zu erledigen hatte. Gustav könne sich gerne in seiner Bücherwand umsehen. Er entdeckte ein Buch über Summerhill, eine antiautoritäre Schule in England. Der Autor A. S. Neil war auch Leiter der Schule. Schon im Vorwort schrieb er, dass sein pädagogischer Ansatz keineswegs antiautoritär sei. Den Begriff antiautoritär kannte Gustav vom „kleinen roten schülerbuch". Beim Weiterblättern entdeckte er ein Foto, auf dem ein nacktes Mädchen mit entwickelten Brüsten abgebildet war. Es stand aufrecht da, ohne ihre Scham zu bedecken. Sofort bekam Gustav eine Erektion. In diesem Moment ging die Tür auf und die Schwester des Lehrers trat ein. Sie trug eine enganliegende Sporthose und ein genauso körperbetontes T-Shirt. Er solle sich nicht stören lassen, sagte sie. Gustav hatte das Buch schnell zugeklappt. Sein Gesicht war feuerrot. Die Schwester lächelte ihn an und fragte, warum er sich für Summerhill interessiere. In seinem Alter sei das ungewöhnlich. Das sei Zufall, stotterte Gustav und zeigte auf die beiden Bücher über die russische Geschichte des zwanzigsten Jahrhunderts. Dafür sei er gekommen. Alle Achtung, sagte die Schwester. Sie fände Summerhill viel interessanter als den Kommunismus. Nachdem sie das Zimmer verlassen hatte, wagte Gustav nicht mehr, das Buch mit dem Foto des nackten Mädchens noch einmal durchzublättern. Beim Referat in der Geschichtsstunde fiel ihm das Foto wieder ein. Dadurch abgelenkt vergaß er den Text seines Vortrags für einige Sekunden und aus Verlegenheit wurde er rot. Die Mitschüler lachten über ihn.

Zum Ende des Schuljahrs hin fragte der Geschichtslehrer Gustav, ob er schon darüber nachgedacht habe, in welche Schule er weitergehen wolle. Gustav wusste es nicht, er hatte gar keine Überlegungen für seine Zukunft angestellt. Natürlich könne er anschließend ins Gymnasium wechseln, sagte der Lehrer. Den Niveauunterschied würde er rasch aufholen. Eine andere Möglichkeit wäre die Handelsakademie in Wien. Dazu müsse er aber eine Aufnahmeprüfung absolvieren. Der Gedanke, jeden Tag nach Wien in die Schule fahren zu müssen, erschreckte Gustav. Andererseits wäre es eine Chance, aus der Kleinstadt herauszukommen und die Punzierung, der Sohn des Tankwarts zu sein, hinter sich zu lassen. Er nahm sich vor, vom wahren Beruf seines Vaters nichts zu erzählen. Beim Finanzamt wäre der Vater beschäftigt, würde er sagen, ja, sein Vater arbeite beim Finanzamt. Bis zum Ende der vierten Klasse könnte er sich so viel Geld sparen, dass er sich eine ordentliche Garderobe kaufen konnte. Dazu musste er aber Ministrant bleiben. Dies war seine einzige Einkommensquelle. Als er seiner Mutter von den Vorschlägen des Lehrers erzählte, war sie alles andere als begeistert. Er möge in der vertrauten Umgebung bleiben und in die örtliche Handelsschule gehen, sagte sie. Dann könne er viel früher Geld verdienen und würde ihnen nicht mehr zur Last fallen. Mit der Handelsschule habe er eine Stelle beim Finanzamt fast schon in der Tasche, war sie sich sicher. Und wenn das nichts werde, dann könne er immer noch bei der Gemeinde einen Job bekommen. Schließlich habe der Vater das rote Parteibuch und zahle seit vielen Jahren brav seinen Mitgliedsbeitrag für die Partei. Das Geld hätten sie gut für andere Dinge brauchen können, aber sei's drum.

Im Sommer stiegen die Temperaturen auf über dreißig Grad. Das war für die damalige Zeit ungewöhnlich heiß. In einigen Betrieben, besonders aber bei den Behörden, wurden den Beschäftigten ab zweiunddreißig Grad Hitzeferien gewährt. In manchen Jahren gab es keinen einzigen freien Tag wegen zu großer Hitze. Eine Südströmung brachte die heiße Luft Afrikas nach Mitteleuropa, ein beharrliches Hoch lag über dem Land. Gustav war in den letzten Jahren kaum ins Schwimmbad gegangen. Er fühlte sich dort nicht wohl, zwar war er groß gewachsen, konnte allerdings keine ausgeprägten Muskeln zeigen. An seinem Körper war alles dünn und flach, der Brustkorb genauso wie der Hintern. Außerdem war er ein schlechter Schwimmer. In diesem Jahr wagte er es, getrieben von der Hitze, doch. Zwei Schulkollegen, die ihn nie hänselten, hatten ihn zum Schwimmen überredet. Sie saßen auf einer Decke und beobachteten die Mädchen, welche überwiegend eine gute Figur hatten, wenn sie an ihnen vorbeigingen oder sich auf ein Handtuch legten. Sie musterten diese eingehend. Einzelne der Mädchen sahen besonders gut aus, bei manchen bewunderten sie die große Brust. Viele Mädchen trugen einen knappen Bikini. Gustav war aufgewühlt, musste mitunter am Bauch liegen, was ihm gar nicht behagte, aber nur so konnte er seine Erektion verbergen. Besonders schlimm war es, wenn Vera in der Nähe war. Ihr Bikini war rot und saß knapper als die der anderen. Sie war zumeist mit älter aussehenden Burschen zusammen, mit denen sie auf ihrer Decke wild schmuste. Gustav fand Vera aufregend, mochte sie trotzdem nicht leiden, zu viel war passiert, zu gemein war sie in den letzten Jahren gewesen. Doch dieses negative Gefühl wurde von seinem Verlangen überdeckt. Daher hatte er begonnen, ihr freundlich zu begegnen, stieß allerdings auf spöttische Ablehnung. Fieberhaft überlegte er, wie er mit Vera ins Gespräch kommen könnte. Würde es sie beeindrucken, wenn er von seinen Kenntnissen in Geschichte und Philosophie erzählte? Er vermutete, es interessierte sie nicht. Vera hatte in der Hauptschule eine Klasse wiederholen müssen, und das im B-Zug. Im nächsten Schuljahr würde sie noch einmal die vierte Klasse absolvieren müssen, also die gleiche Schulstufe wie Gustav. Dazu hatte sie wenig Lust, sie würde eher türmen als weiter in die vertrottelte Schule zu gehen. Vielleicht sollte er Vera anbieten, ihr für die Schule zu helfen, natürlich ohne Bezahlung. Es würde ihm schon reichen, mit ihr in einem Raum zu sein. Vielleicht würden sie sich sogar näherkommen, vielleicht durfte er sie sogar küssen.

An einem Abend, die Hitze des Tages war noch nicht gewichen, saß sie auf der Bank vor dem Haus und rauchte. Gustav beobachtete sie vom Wohnzimmer aus. Die Gelegenheit erschien ihm günstig, was war schon dabei, wenn er auch hinausging und sich zu ihr gesellte? Allein bei dem Gedanken klopfte sein Herz so stark, dass er glaubte, man würde es hören können. Wie sollte er sie ansprechen, wie ihre Aufmerksamkeit auf sich lenken? Ihm fiel nichts ein. Vielleicht Floskeln wie ‚ganz schön heiß‘ oder ‚rauchst du schon lange?‘. Nein, das mit dem Rauchen war gar nicht gut. Sie würde sich möglicherweise angegriffen fühlen. Trotz aller Zweifel, trotz seiner weichen Knie und trotz des Schweißausbruchs, den er verspürte, zog es ihn nach draußen. Er wusch sich Gesicht und Oberkörper und zog ein buntes Hemd an. Als er aus der Haustür trat, sah sie kurz auf und nahm einen tiefen

Zug. Sie fragte ihn, ob er auch eine wolle. Gustav schüttelte heftig den Kopf. Ihm schmecke keine Zigarette, log er, dabei hatte er noch nie zu rauchen versucht. Sie zuckte mit den Schultern. Das sei okay, dann bliebe ihr mehr. Sie lachte und zeigte zwei Zahnlücken. Gustav war irritiert, ein offener Mund mit Zahnlücken sah nicht besonders gut aus. Aber wenn sie den Mund nicht weit öffnete, konnte man es nicht sehen. Oder man gewöhnte sich daran. Er könne sich ruhig zu ihr setzen, sagte sie. Er bliebe lieber stehen, antwortete Gustav. Er wechselte einen Meter von ihr entfernt von einem Bein auf das andere. Wieso er so zapple, fragte sie. Gustav blieb daraufhin ruhig stehen. Es fiel ihm sichtlich schwer, so nervös war er. Ob sie auch in die vierte Klasse komme, fragte er. Sie nickte und sah gelangweilt zu Boden. Die Zigarette dämpfte sie an der Bank aus und ließ den Stummel einfach fallen. Gustav hörte schon seine Mutter, wie sie wieder über Vera schimpfen würde, wenn sie morgen die Stummeln fand. Er hoffte, dass sie nicht aus dem Fenster schaute, denn dann würde er sofort in die Wohnung müssen. Wie könne er sich nur mit dieser Schlampe einlassen, würde sie ihn anschreien. Die Gefahr war gering, da sein Vater längst zu Hause war und sie beide einen Heimatfilm im Fernsehen schauten. Das Gerät hatten sie seit kurzem gekauft. Gustav konnte ziemlich sicher sein, dass sie keinen Blick vom Fernsehbild lassen würden.

Sie werde schon bald weg aus dieser langweiligen Stadt sein, sagte Vera. Sie pfeife auf die Schule. Keine zehn Pferde brächten sie noch dorthin. Aber was wolle sie stattdessen machen, fragte Gustav. Sie habe schon was, eine gutbezahlte Arbeit in Wien. Ob sie dann noch auf Besuch zu ihren Eltern käme, fragte er und fürchtete, dass er damit sein Interesse an ihr verraten würde. Keine Ahnung, sagte sie, das hänge von denen ab. Sie meint ihre Eltern, dachte Gustav. Doch die würden es nicht erlauben, war er sich sicher. Im Moment würden sie großen Druck machen, setzte Vera fort. Sie solle in die vierte Klasse gehen und dann als Friseurin arbeiten. Das sei ein Witz, denn erstens habe ihre Mutter auch nicht die Schule geschafft und zweitens habe sie keine Lust, anderen Leuten die Haare zu schneiden und zu föhnen. Gustav konnte sie verstehen. Worauf sie dann Lust habe, fragte er. Sie schaute ihm nun direkt ins Gesicht. Ganz schön keck sei er, sagte sie. Mit einem schnellen Griff zog sie ihn zu sich heran. Ihre Lippen waren an seinem Ohr. Gustav spürte den warmen Hauch aus ihrem Mund, er roch ihr Parfüm, ihre körperliche Nähe ließ ihn das Atmen vergessen, ihr Busen war nur Zentimeter von seinem Arm entfernt. Sein Penis wurde hart und pulsierte. Hoffentlich sah sie es nicht. Worauf er denn im Moment Lust habe, hauchte sie in sein Ohr. Er glaubte, kurz ihre Zunge gespürt zu haben. Ihre Hand berührte die Schwellung in seiner Hose. Sein kleiner Schwengel wisse, worauf er Lust habe, sagte sie. Gustavs Kopf war so heiß, dass er glaubte, verbrennen zu müssen. Sie ließ ihn los, und stieß ihn leicht zurück. Für zwanzig Schilling würde sie ihm ihre Muschi zeigen, sagte sie. Und für dreißig würde sie ihm einen herunterholen und er dürfe ihren Busen streicheln. Der feuchte Fleck auf Gustavs Hosenstall wurde größer. Vera zeigte darauf. Heute werden sie wohl nicht ins Geschäft kommen, sagte sie. Aber vielleicht morgen oder übermorgen. Sie lachte. Gustav stammelte eine Entschuldigung. Sie winkte ab. Das sei normal in seinem Alter, sagte sie. Die nächste Zigarette steckte in ihrem Mund. Er solle nach Hause gehen und sich umziehen, sagte sie und stieß den Rauch langsam aus.

Seine Eltern bemerkten nicht, dass er wieder zur Tür hereinkam. Zuvor hatte er im Badezimmer seine Unterhose und seine Hose ausgewaschen. Er zog sie wieder an. Nur so konnte er – ohne aufzufallen – die Kleidung mit ins Kinderzimmer nehmen, um sie dort zu trocknen. Seine Schwester war zum Glück noch nicht zu Hause. Er holte seine Ersparnisse aus dem Versteck und zählte das Geld. Es waren fast einhundertsiebzig Schilling. Aber auf dem Sparbuch hatte er mehrere hundert Schilling liegen. An dieses Geld kam er nicht so leicht heran, denn seine Mutter hatte das Sparbuch an sich genommen. Für dreißig Schilling musste er mindestens ein Monat ministrieren. Er verwarf den Gedanken, Vera zu bezahlen. Doch nur für kurze Zeit. Wie ein Bumerang kam das Verlangen wieder zurück. Er legte seine Hand an seinen Penis und stellte sich vor, dass es Veras Hand wäre. Wie groß würde der Unterschied sein? Es schauderte ihn. Nur, wenn er es so wie eben nicht zurückhalten konnte, hätte er für ein paar Sekunden dreißig Schilling ausgegeben. Wenn er sie traf, müsste er sich kurz davor selbst befriedigen, damit er es mit ihr länger aushielt. Irgendwann schlief er ein. Am nächsten Morgen war seine Pyjamahose wieder einmal feucht und weißliche Flecken waren zu sehen.

Kapitel 7

Schon am Tag nach ihrer Ankunft fuhr Gustav mit seiner Schwester zum Krankenhaus, in dessen psychiatrischer Station seine Mutter angehalten wurde. Maria hatte mit einem Anruf erreicht, dass sie auf Besuch kommen durften und auch einen Termin mit dem Oberarzt bekamen.

Während der Fahrt redete Maria nur von ihrem Haus auf Teneriffa. Ausufernd und voller Begeisterung. In Wahrheit war es das Haus ihres Mannes, aber so genau nahm sie das nicht. Er müsse bald einmal kommen. Dann werde er nicht mehr zurück nach Wien wollen, sagte sie. Gustav lachte. Ihr lieber Mann würde schon dafür sorgen, dass er nach wenigen Tagen wieder abreiste. Maria reagierte eingeschnappt. Warum er immer auf Rudi losgehe. Der biete ihr ein Leben, das sie sich davor nicht einmal im Traum vorstellen konnte. Er habe nichts gegen Rudi, sagte Gustav, der könne machen, was er wolle. Nur würde er darunter leiden, weil er sich nun ganz alleine um die gemeinsame Mutter kümmern müsse. Er solle nicht jammern, sagte Maria, sie sei jetzt da. Und außerdem habe sie all die Jahre davor allein für die Mutter gesorgt und sich nicht darüber beschwert. Vielleicht sollten sie gemeinsam Jakob besuchen und ihm ins Gewissen reden, schlug sie vor. Ohne mich, sagte Gustav. Jakob sei ein egoistisches und narzisstisches

Arschloch. Daran würde auch ein Besuch nichts ändern. Er habe vor, jeden Kontakt mit ihm abzubrechen. Seine Schwester schmunzelte. Darüber ärgerte sich Gustav und er sagte es ihr auch. Bellende Hunde würden nicht beißen, sagte sie. Und sie habe keine Lust, mit ihm zu streiten. Jetzt ginge es um die Mutter, daran müsse doch auch ihm etwas liegen.

Die Mutter schien sich gar nicht über den Besuch zu freuen. Sie lag apathisch im Bett und schaute ihre Kinder kaum an.

»Was ist los mit dir, liebe Mutter?«, fragte Gustav.
»Ich bin nur müde. Die geben mir Tabletten und Infusionen, die mich niederstrecken«, gab sie mit leiser Stimme zur Antwort.
Maria umarmte sie und tätschelte ihre Schulter.
»Jetzt wird bald alles gut«, sagte sie. »Wir werden mit dem Arzt reden, wann du wieder nach Hause kannst.«
»Ich kann nicht mehr ins Heim. Die haben mich rausgeschmissen.«
»Ich habe schon einen Termin mit dem Heimleiter. Wir werden alles in Ruhe besprechen.«
»Die Murer ist dort. Ich will nicht mehr zurück. Beim nächsten Mal bringt sie mich um.«
»Wo willst du dann hin?«, fragte Gustav.
»Zum Jakob. Der hat Platz, hat er selbst gesagt.«

»Liebe Mutter, der Jakob nimmt dich sicher nicht. Hat er sich in der letzten Zeit überhaupt mal gerührt?«

»Er hat gestern angerufen.«

Gustav schüttelte den Kopf. Er zwinkerte mit einem Auge zu Maria. Es gab nicht einmal ein Telefon im Raum. Das Handy hatte man der Mutter abgenommen.

»Wir schauen uns auf der Rückfahrt ein neues Heim an«, sagte Maria und blickte sich nach einer Teetasse um. »Magst du etwas trinken?«, fragte sie die Mutter. Die schüttelte den Kopf, obwohl ihre Lippen rissig und teilweise von einem weißlichen Belag überzogen waren.

»Was für ein Heim?«

»Es liegt näher bei Wien und soll sehr schön sein«, sagte Gustav. »Dann kann dich der Jakob auch öfter besuchen.«

»Der Jakob besucht mich sowieso oft«, sagte sie.

»Hör doch auf. Das denkst du dir nur aus«, sagte Gustav unwirsch.

Maria sah ihn missbilligend an. »Na, dann wird er noch öfter kommen können«, sagte sie beschwichtigend.

»Musst du die ganze Zeit im Bett liegen?«, fragte Gustav. Erst jetzt entdeckte er den Rollstuhl, der auf der Seite abgestellt war.

»Wenn sie so müde ist, die Arme«, sagte Maria und streichelte die Wange der Mutter.

»Die machen aus ihr eine behinderte Person, die nicht mehr gehen kann. Schau dir nur den Rollstuhl an.«

Die Mutter hatte die Augen geschlossen. Sie schien zu schlafen.

»Was machen wir jetzt?«, fragte Gustav.

»Mit dem Arzt reden. Erst wenn sie die Medikamente reduzieren, wird sie wieder aktiver sein können.«

»Sie verlernt das Gehen, du wirst sehen. Einmal im Rollstuhl, immer im Rollstuhl. Das ist bei alten Menschen so.«

»Übertreibe nicht. Wir sind hier, um ihre Lage zu verbessern.«

Maria sah auf die Uhr. Den Termin beim Arzt hatten sie erst in einer Stunde. Sie zog sich einen Sessel zum Bett. Das Lied, das sie leise summte, sollte die Mutter wohl beruhigen. Gustav dachte, dass sie ohnehin schliefe. Das Getue brächte rein gar nichts. Er deutete seiner Schwester, dass er nach draußen gehen wolle. Es beunruhigte ihm, dass seine Mutter seit gut zwei Wochen anscheinend keinen Fuß vor den anderen gesetzt hatte. Vor einiger Zeit hatte er einen Artikel gelesen, in dem berichtet wurde, dass man in Pflegeheimen die Patienten gerne in den Rollstuhl setzte, wenn sie mit dem Gehen Probleme hatten. Anstatt sie zu mobilisieren, wurden sie ruhiggestellt. Das war einfacher und sparte Personal. Im Bett liegen oder im Rollstuhl sitzen, so hatte man die Alten viel besser unter Kontrolle. Außerdem sank das Verletzungsrisiko und damit der Aufwand, den man nach Stürzen der Patienten hatte. Ihm war im Heim aufgefallen, dass immer mehr Patienten im Rollstuhl saßen. Seine Mutter war vor ihrem Sturz gut bei Fuß gewesen. Den Rollator verwendete sie nur, wenn ihr schwindlig war. Meistens reichte ein Stock oder seine Hand, wenn er auf Besuch war.

Gustav ging den Gang auf und ab. Immer wieder schaute er auf das Display seines Smartphones, keine neuen Nachrichten. Sollte er sich überwinden und Jakob anrufen? Er könnte auch zum möglichen neuen Heim kommen und dabei auch seine Schwester sehen. Wie so oft, schnappte der Anruf nach fünf oder sechsmal Läuten ab. Jakob wusste nicht einmal, dass Maria in Wien war. Das Beste war wohl, wenn Maria ihn direkt anrief. Vielleicht hatte sie mehr Glück.

Die Behandlung schlage gut an, sagte der Arzt. Bei der Gesprächstherapie zeige sich deutlich, dass die Wahnvorstellungen nachgelassen hätten. Frau Mösa rege sich auch nicht mehr so sehr auf, wenn man mit ihr über die Frau Murer spräche. Sie habe mehrfach versichert, dass sie sich nicht mehr von Frau Murer gefährdet fühle. Es mache ihm aber Sorgen, dass sie kaum etwas esse und auch nur minimale Mengen trinke. Die anfänglich verabreichten Infusionen mit Psychopharmaka habe man längst durch eine Glukoselösung ersetzt. Die Psychopharmaka bekäme sie seit einer Woche nur mehr als Tabletten. Die Dosis werde laufend reduziert. Gustav fragte, warum sie dann noch immer so müde sei. Es brauche seine Zeit, bis sie die hohen Dosen, die sie zu Anfang verabreicht bekam, verkraftet habe. In einer Woche würde es ihr schon viel besser gehen. Wie lange sie noch bleiben müsse, fragte Maria. Genau ließe sich das noch nicht sagen, aber er rechne, dass sie in zwei Wochen entlassen werden könne. Sie schauten anschließend noch bei Mutter vorbei, die aber immer noch schlief.

Das Pflegeheim, welches nur zehn Kilometer von der Wiener Stadtgrenze entfernt lag, war wesentlich größer als das derzeitige. Es war fünf Stockwerke hoch, die hellbraune Fassade war von vier Balkonreihen über die gesamte Länge geprägt. Die überraschend junge Stationsschwester führte sie zu einem freien Zimmer, das für die Mutter bereitstünde, wenn sie sich schnell entschließen würde. Es gäbe eine Warteliste. Man habe ihre Mutter nur eingeschoben, weil sich die beiden Heimleiter gut kennen würden und abgesprochen haben. Die Schwester klopfte an der Zimmertür und trat ein. Eine Frau mit schlohweißen Haaren saß in einem Lehnstuhl. Es war offensichtlich ein Zweibettzimmer. Die Mutter würde das nie akzeptieren, dachte Gustav. Ihm kam der abstruse Gedanke, dass man seine Mutter und Frau Murer gemeinsam in einem Zimmer unterbrächte. Maria stand bei der Balkontüre und sah hinaus. Ein sehr schöner Ausblick sei das, sagte sie. Die weißhaarige Frau fragte die Schwester, wer nun in ihr Zimmer kommen würde. Sie sollte schon reinlich sein und dürfe nicht schnarchen. Bei der letzten Mitbewohnerin, Gott hab sie selig, habe sie ständig damit zu tun gehabt, ihr Schnarchen abzustellen. Geräusche oder Worte halfen nur selten. Sie musste oft aufstehen und die Frau rütteln. Diese sei dann ungehalten gewesen und habe sich darüber beschwert, dass sie mehrere Male in einer Nacht aufgeweckt werde. Sie habe doch Ohropax bekommen, sagte die Schwester. Die vertrage sie nicht, davon bekäme sie Schmerzen in den Ohren.

Sie solle es vergessen, sagte Gustav zu Maria, die gemeint hatte, dass es ein schönes Heim sei. Die Mitbewohnerin habe einen guten Eindruck auf sie gemacht. Außerdem glaube sie, dass die Mutter nur wenig schnarche. Oder habe sich daran etwas geändert? Das Heim sei nichts für die Mutter, sagte Gustav entschieden. Sie würde nur in ein Einzelzimmer ziehen. Dann müsste man weitersuchen, sagte Maria. Aber die Chancen stünden schlecht. Bei den meisten Heimen gäbe es Wartelisten, so wie in diesem auch. Die Mama werde sich schon daran gewöhnen. Es habe auch Vorteile für sie. Sie sei dann weniger allein und hätte immer jemanden zum Plaudern. Sie solle es vergessen, sagte Gustav noch einmal, oder sie solle es der Mutter beibringen. In zwei Wochen sei sie längst in Teneriffa zurück, sagte Maria. Dann müsse sie es eben davor tun. Sie werde noch mit dem Heimleiter reden. Vielleicht könnte die Mutter in einen anderen Stock ziehen. Wo hauptsächlich Männer untergebracht sind, sagte Gustav. Außerdem gäbe es derzeit kein freies Zimmer. Er habe schon danach gefragt. Geht nicht, gibt's nicht, sagte Maria. Vielleicht habe Jakob eine Idee. Gustav prustete laut heraus. Nur zu, sagte er. Sie könne ihn jetzt gleich anrufen.

Marias Gespräch mit dem Heimleiter blieb ohne Ergebnis. Er könne im Moment nichts tun, sagte er. Aber vielleicht würde sich die Lage bald ändern. Daraufhin sagte Maria den Platz im neuen Pflegeheim zu. Sie habe mit Jakob gesprochen, der auch keine andere Möglichkeit sehe. Er werde die Mutter öfter besuchen, wenn sie im neuen Heim wäre, hatte er versprochen. Einen Tag vor ihrem Rückflug stattete Maria der Mutter noch einen Besuch ab. Es gehe ihr schon wesentlich besser, berichtete sie. Über das Zweibettzimmer im neuen Heim habe sie noch nicht mit ihr gesprochen. Das habe sie davor mit dem behandelnden Arzt so abgestimmt. Der Genesungsprozess solle nicht gestört werden, habe er gesagt.

Zwei Tage, bevor die Mutter aus der Psychiatrie entlassen werden sollte, erhielt Gustav einen Anruf vom Heimleiter. Es sei zwar eine traurige Nachricht, sagte dieser, aber für Gustav und seine Mutter eine gute. Frau Murer war in der Nacht überraschend gestorben. Man habe sie am Morgen tot im Bett aufgefunden. Vermutlich sei sie im Schlaf ins Jenseits hinübergeglitten. Bumm! Diese Neuigkeit saß. Gustav wollte es nicht glauben. Die Murer hatte ihm und seiner Mutter einen letzten Dienst erwiesen. Das war sicher nicht ihre Absicht gewesen. Er rief sofort auf der Station in der Psychiatrie an. Man brachte seiner Mutter ihr Handy. Das hätten sie ohnehin schon vorgehabt.

»Die Murer ist tot«, sagte Gustav.

»Ich glaub's nicht. Ich glaube es nicht«, sagte die Mutter. »Ist es wirklich wahr?«

»Der Heimleiter hat es mir vor fünf Minuten mitgeteilt.«

»Gott sei Dank war ich nicht im Heim.«

»Warum?«

»Sonst würden sie mich verdächtigen.«

»So ein Unsinn. Sie ist im Schlaf gestorben.«

»Ich hätte ihr ein Kissen auf den Mund drücken können.«

»Liebe Mutter, hör damit auf. Das ist pietätlos.«

»Warum? Ich hätte es wahrscheinlich getan, wenn sie mich weiterhin bedroht hätte.«

»Wenn du so weiterredest, wirst du noch länger in der Psychiatrie bleiben müssen«, sagte Gustav.

Plötzlich sah er Vera vor sich. Seiner Mutter machte er Vorwürfe, über einen möglichen – jetzt aber schon unmöglichen – Mord zu reden. Er hatte es aber wirklich getan. Er hatte Veras Leben ausgelöscht. Aus Wut, aus reiner Wut. Um die Schmach, die sie ihm angetan hatte, auszulöschen. Zumindest war es kein geplanter Mord gewesen. Es war im Affekt geschehen. Sie war sicher nicht sofort tot gewesen. Hatte er sie nicht sogar noch schreien gehört? Er hatte sie ihrem Schicksal überlassen. Vermutlich hatte sie große Schmerzen gehabt. Wie lange hatte es wohl noch gedauert, bis das Leben aus ihr gewichen war?

Ihre Schritte waren klein und unsicher. Sie hatte sich bei Gustav eingehängt, der sein Tempo kaum auf sie abstimmen konnte. Er musste stehenbleiben, wenn die Mutter sagte, dass sie nicht mehr weiterkönne.

»Soll ich doch einen Rollstuhl holen?«, fragte er sie gar nicht fürsorglich, sondern eher als Eigennutz. Mit dem Rollstuhl wäre es einfacher gewesen, sie zum Auto zu bringen.
»Nur eine kleine Pause brauche ich, nur eine klitzekleine Pause.«
»Freust du dich?«
»Ja, am meisten freut mich, dass unsere Station jetzt murerfrei ist.«
»Du vergreifst dich in deiner Wortwahl.«

»Warum? Sie ist nicht mehr auf der Station.«

»Du weißt, dass die Nazis judenfrei gesagt haben.«

»Die Murer ist, also war, keine Jüdin.«

»Schon gut. Du willst mich nicht verstehen.«

Schließlich schafften sie es zum Auto. Während der Fahrt sprachen sie kaum miteinander. Die Mutter summte die Melodie, die ihr Maria vorgesungen hatte, als sie auf Besuch waren und Mutter geschlafen hatte. Hatte sie gar nicht geschlafen, dachte Gustav. Oder hatte sie das Lied über das Unterbewusstsein aufgenommen? Im Heim gab es dann eine unangenehme Überraschung. In das Zimmer der Mutter war in der Zwischenzeit jemand anderer eingezogen. Nur das Zimmer von Frau Murer war frei und auch schon bezugsfertig.

»Das können die nicht mit mir machen«, sagte die Mutter. »Sie haben doch gewusst, dass ich zurückkomme.«

»Du hättest in ein anderes Heim übersiedeln sollen«, sagte Gustav.

»Ich kann nicht im Zimmer der Murer leben. Das kann ich nicht. Ihr Geist ist noch dort. Sie ist noch nicht einmal begraben.«

»Liebe Mutter. Halte dich zurück. Wenn du solche Dinge sagst, werden sie dich wieder loswerden wollen.«

»Dann will ich in das andere Heim.«

»Das wäre aber nur ein Bett in einem Zweibettzimmer gewesen. Ich habe es außerdem vorgestern abgesagt.«

»Ich kann nicht in das Zimmer. Das musst du doch verstehen.« Sie begann zu schluchzen und zu weinen. »Du weißt doch, wie sie war. Selbst ihr Geist verfolgt mich noch.«

»Übertreibe es nicht so, bitte.«

Die Stationsleiterin zeigte Verständnis. Aber was sollte sie tun. Gustav fragte vorsichtig, ob nicht die neue Bewohnerin in Frau Murers ehemaliges Zimmer ziehen könnte. Die Stationsleiterin sagte zu, mit ihr zu reden. Wenn sie einverstanden wäre, könnte man so vorgehen. Allerdings würde es einen Tag dauern, bis man den Umzug vollzogen und das Zimmer seiner Mutter wieder gereinigt hätte. Gustav durfte mit der neuen Bewohnerin sprechen. Er erklärte ihr ausführlich die Situation und bot ihr schlussendlich tausend Euro an, wenn sie zum Umzug bereit wäre. Sie konnte nicht widerstehen. Ihre Enkel würden den Großteil bekommen, sagte sie. Gustav fuhr mit der Mutter nach Wien. Wann wird endlich Ruhe sein, dachte er. War es die Strafe für den Mord an Vera, dass er sich alleine um die Mutter kümmern musste? So hatte er es noch nie gesehen. Vielleicht sollte er damit Buße tun. Er musste innerlich lachen. Du hast deine Zeit als Ministrant doch noch nicht überwunden, dachte er. Im letzten Moment fiel ihm ein, seine Freundin anzurufen und zu informieren. Sie sollte nicht überrascht

werden, wenn er mit der Mutter im Schlepptau an-
tanzte. Sie werde die Couch im Kabinett herrichten,
sagte sie. Ob die Mutter einen Wunsch für das Abendessen habe, wollte sie wissen. Da er über die Frei-
sprechanlage angerufen hatte, konnte die Mutter alles mithören. Ein Wiener Schnitzel, rief sie. Am
Abend ein Wiener Schnitzel, das gehe doch nicht,
wollte Gustav sie umstimmen. Die Freundin schlug
Nudeln in Gorgonzolasauce vor. Na ja, sagte die Mutter. Wenn es nichts anderes gibt, aber dann mit Gur-
kensalat. Das ließe sich machen, sagte die Freundin.
Am frühen Abend erhielt Gustav einen Anruf aus der
Station. Es würde sich morgen doch nicht ausgehen,
aber übermorgen ganz sicher. Gustav schnaubte. Er
musste morgen dringend ins Büro, seine Freundin
hatte den ganzen Tag Dienst. Wer sollte da auf Mutter
aufpassen? Ihm fiel niemand anderer als Jakob ein.
Gustavs Anruf bei ihm landete wie so oft im Nichts.
Eine Bekannte seiner Freundin konnte schließlich
einspringen, natürlich gegen Bezahlung.

Nach dem Abendessen war die Mutter in guter Stimmung. Sie wollte noch nicht ins Bett, obwohl sie im
Heim zu dieser Zeit manchmal schon schlief.

»Plaudern wir doch noch ein wenig«, schlug sie vor.
»Was denn? Ich bin müde und muss mich noch auf
morgen vorbereiten.«

»Warum nicht? Ich würde mich freuen«, sagte seine Freundin.

Sie machten es sich auf den Sofas im Wohnzimmer gemütlich. Gustavs Mutter durfte im Hochlehner sitzen und bekam eine Decke, da sie sich über die Kälte beklagte.

»Hat dir der Gustav erzählt, dass er in die Vera verliebt war. In die Vera Murer, die zum Glück verschwunden ist, sonst hätte er sie noch geheiratet.«

»Hör doch auf, Mutter. Das stimmt hinten und vorne nicht.«

»Und was stimmt dann?«, fragte die Freundin interessiert.

»Du weißt ja, wer die Murers waren, oder?«, setzte die Mutter fort.

»Ja, schon. Das waren eure Feinde. Und jetzt ist die Frau Murer in deinem Pflegeheim gestorben.«

»Genau. Keiner glaubt mir, dass sie mich umbringen wollte.«

»Erzähl doch lieber von der Zeit, als Gustav noch ein Kind war.«

»Ja. Vera hat schon mit dreizehn wie eine Prostituierte ausgesehen. Als sie fünfzehn war, sind Gustav die Augen herausgefallen, wenn er sie gesehen hat.«

»Schluss. Du hörst jetzt auf damit.«

»Sei doch nicht so grob«, sagte seine Freundin. »Es ist ja nichts dabei.«

»Und sie sind manchmal gemeinsam auf der Bank vor dem Haus gesessen.«

»Ja und? Das wird man wohl noch dürfen. Ich war halt nicht so voller Feindschaft wie du.«

»Und das ist alles?«, fragte die Freundin. »Haben sie sich auch geküsst?« Sie lachte.

»Direkt gesehen habe ich es nicht. Aber am Tag, an dem Vera verschwunden ist, war Gustav noch mit ihr am Halterberg.«

»Wirklich? Das hast du mir noch nie erzählt«, sagte die Freundin.

»Auch das stimmt nicht. Eine Frau hat Wochen nach dem Verschwinden ausgesagt, dass sie uns beide dort gesehen hat. Das hat sie sich aber eingebildet. Ich bin mit Vera ein kleines Stück gemeinsam gegangen. Sie ist dann auf den Halterberg und ich bin zum Weidenbach hinunter.«

»Ja, so hast du es gesagt. Und ich glaube dir auch«, sagte die Mutter.

»Dann ist es gut und wir wechseln das Thema.«

»Warum reagierst du so empfindlich?«, fragte seine Freundin. »Du bist so aufgeregt. Schau dir mal an, wie rot du im Gesicht bist.« setzte sie fort.

»Weil es mich ärgert, dass meine Mutter so blöd herumredet.«

»Hat dir die Vera jetzt gefallen oder nicht?«, fragte seine Freundin süffisant.

»Ich war damals dreizehn oder knapp vierzehn. Das spielt doch heute keine Rolle mehr.«

»Auf alle Fälle ist Vera spurlos verschwunden. Man hat gemunkelt, dass sie auf den Strich gehe. Doch etwas Konkretes ist nicht herausgekommen dabei. Niemand wusste genau, wo sie sich aufgehalten hat«, sagte die Mutter.

»Vielleicht ist sie einem Verbrechen zum Opfer gefallen«, warf die Freundin ein.

»Es wurde aber nie eine Leiche gefunden«, meinte die Mutter.

»Es gibt Verbrechen, wo das Opfer nie gefunden wird oder erst nach Jahrzehnten.«

»Hört doch auf«, sagte Gustav. »Mir hat sie einmal erzählt, dass sie ins Ausland gehen will. Ihre Eltern hat sie nicht mehr ertragen. Die vierte Klasse wollte sie nicht mehr wiederholen.«

»Schau, schau. Du weißt viel über sie. Interessant, dass sie dich so ins Vertrauen gezogen hat«, ätzte seine Freundin.

»Ich höre das auch zum ersten Mal«, sagte die Mutter. »In welches Land wollte sie denn?«

»Keine Ahnung. Mir reicht es jetzt endgültig. Gute Nacht.«

Gustav sprang verärgert auf und verzog sich ins Arbeitszimmer. Warum hatte er sich dazu hinreißen lassen, von Veras vagen Plänen, die wahrscheinlich nur eine Spinnerei waren, zu erzählen?

Warum war er nicht cool geblieben und hatte die Anspielungen seiner Mutter an sich abprallen lassen? Seine Freundin hatte ihres dazu beigetragen. Sie war ihm regelrecht in den Rücken gefallen. Es stimmte schon, er hatte diese Zeit aus seinen Erzählungen ausgespart. Aber wer erzählte schon gerne einer Frau, wie es ihm in der Pubertät mit der Sexualität ergangen war? Gut, dass er vor kurzem den Halterberg besucht und gesehen hatte, dass die Höhle unter einer Hangbefestigung verschwunden war. Veras Leiche würde nie gefunden werden. Ihre Mutter war nun gestorben. Jetzt konnten diese Jahre seiner Jugend wieder in den Hintergrund treten und am besten aus seinem Bewusstsein verschwinden. Das war ihm all die Jahre vor dem Erscheinen der Murer im Pflegeheim ganz gut gelungen. Glücklich ist, wer vergisst, was nicht mehr zu ändern ist. Aus welcher Operette war das? Er ärgerte sich, dass es ihm nicht einfiel und suchte danach im Internet. Ach, die Fledermaus. Klar, er war vor vielen Jahren mit seiner damaligen Freundin zu Neujahr in der Staatsoper gewesen und hatte die Operette dort gesehen.

Kapitel 8

Den gesamten Sommer blieb es ungewöhnlich warm. Die Gewitter nahmen zwar an Häufigkeit und Intensität zu, es blieb aber viel zu trocken, sodass die Bauern große Ernteausfälle befürchten mussten. Vera ließ sich nur selten blicken. Es schien so, als wäre sie tagelang nicht zu Hause gewesen. Gustav lag regelrecht auf der Lauer. Er verbrachte Stunden hinter dem Wohnzimmerfenster oder er wartete auf der Bank vor dem Haus. Auch mit seinem Fahrrad begab er sich auf Suche. Er fuhr die Bahnstraße und die Hauptstraße ab und schaute kurz in die wenigen Konditoreien und Gasthäuser hinein, die es damals gab. Einmal sah er sie am frühen Vormittag nach Hause kommen. Ihre Netzstrümpfe waren zerrissen und die Schminke in ihrem Gesicht begann sich aufzulösen. Unter dem rechten Auge hatte sich ein eingetrocknetes schwarzes Rinnsal gebildet. Gustav eilte zur Wohnungstür und sagte Hallo, als sie an ihm vorbeikam. Sie beachtete ihn nicht und ging weiter langsam und leicht wankend die Stiegen hinauf. Der Geruch nach Alkohol und einem billigen Parfüm blieb zurück. Aus dem ersten Stock hörte er die laute Stimme ihrer Mutter. Sie brauche gar nicht mehr nach Hause kommen. Wo sie sich schon wieder herumgetrieben habe. Sie solle sich schleichen und nie wiederkommen. Veras Aussehen und ihr Geruch stießen Gustav ab. Trotzdem blieb ein Verlangen nach ihr, auch nach dem Abgründigen, dem Sündigen und dem Schmutzigen, das sie verkörperte.

Er hatte nun immer abgezählte dreißig Schilling eingesteckt. Die Münzen hatte er beim Trafikanten in Scheine gewechselt, die er in die linke Hosentasche steckte. Allerdings war er sich nicht sicher, ob er Vera wirklich bezahlen wollte. Sie könnte es doch auch einfach so, ohne Bezahlung, tun, dachte er. In den folgenden Tagen war Vera vermehrt zu Hause und verbrachte auch Zeit auf der Bank, die in der zweiten Hälfte des Nachmittags im Schatten lag. Gustav gesellte sich zu ihr. Manchmal schickte sie ihn weg. Verzieh dich, sagte sie zu ihm. Sie könne ihn jetzt nicht brauchen, sie wolle allein sein. Hin und wieder begannen sie ein Gespräch, das ziellos dahin mäanderte. Gustav wollte nicht, dass es endete, daher sagte er was ihm gerade einfiel. Manchmal stockte er. Was könnte er nur sagen oder fragen, dachte er. Fragen nach dem Vater, den Vera liebte und schätzte, nach ihrem Lieblingsessen, nach dem Fernsehprogramm und vieles mehr quälten sich aus seinem Mund. Oder er erzählte vom Religionswahnsinnigen, der sich beim Betreten der Kirche misstrauisch umschaute und wenn er sich nicht beobachtet fühlte, das Weihwasser aus dem Becken in seine Hose träufelte, also direkt auf seinen Schwanz. Vera wollte wissen, ob er auch seine Unterhose beiseiteschob. Gustav nickte, er wollte die Geschichte größer machen, als sie war.

Gustav fragte sie auch, ob sie nun doch wieder in die vierte Klasse ginge. Es waren nur noch wenige Tage bis zum Beginn des neuen Schuljahres. Sie werde bald für immer verschwinden, antwortete Vera. Er werde schon sehen. Reich werde sie werden und dann mit einem Sportwagen vorfahren. Den Leuten würden die Augen herausfallen, auch ihrer Mutter und ihren Brüdern. Vermutlich werde es ein Porsche sein oder sogar ein Maserati. Gustav verspürte eine tiefe Traurigkeit, wenn Vera von ihrem baldigen Verschwinden erzählte. Nie wieder würde er sie sehen, nie wieder würde er eine tiefe Sehnsucht nach ihren Lippen, ihren Brüsten und ihren Schenkeln verspüren können. Er fragte sich, ob er die wenigen noch verbleibenden Gelegenheiten nützen sollte und Vera mit den verlangten dreißig Schilling bezahlt. Dann bezweifelte er wieder, ob sie ihr Vorhaben umsetzen würde. Wie sollte das auch funktionieren, dass sie spurlos verschwand. Man würde nach ihr suchen. Schließlich war sie noch minderjährig. Andererseits hatte er in der Wochenzeitung seines Vaters gelesen, dass nach einem fünfzehnjährigen Mädchen gesucht wurde, das seit einigen Wochen spurlos verschwunden war. Dazu war ein Foto des Mädchens abgebildet und es wurde um zweckdienliche Hinweise gebeten. Wenn Vera wirklich untertauchte, würde er auch ihr Foto in der Zeitung finden.

Die Schule hatte wieder begonnen und Vera war immer noch da. Gustav sah sie manchmal mit einem erwachsenen Mann auf der Straße gehen. Sie hatte sich bei ihm eingehängt. Ihre Kleidung war aufreizend, die Haare ruhten in hellblonden Locken auf ihren Schultern. In der Schule begegnete er ihr nie. Er hörte, dass sie nur selten dort auftauchte. An einem Abend saß sie wieder einmal auf der Bank. Gustav eilte hinaus. Sie lächelte ihn an. Bald sei es so weit, sagte sie und bedeutete ihm, neben ihr Platz zu nehmen. Ihre Beine hatte sie überschlagen. Sie trug rote Strümpfe. Gustav konnte den Blick nicht vom Saum ihres Minirocks abwenden, der nach oben geschoben war. Die Gendarmerie sei heute da gewesen, weil sie nicht in der Schule war. Es gäbe eine Schulpflicht, hätten die gesagt. Er solle sich vorstellen, sie hätten sie dann mit dem Einsatzfahrzeug in die Schule gefahren. Alles in allem waren die Männer nett. Ein junger Gendarm habe sogar einen Steifen bekommen. Das habe sie zum Lachen gebracht. Beim Aussteigen vor der Schule habe sie ihm ins Ohr geflüstert, dass er sich bei ihr melden solle. Sie würde gerne mit ihm ausgehen. Er müsse sich aber beeilen, denn schon bald werde sie nicht mehr in der Stadt sein. Sie nahm Gustavs Hand und legte sie auf ihren Schoß. Er ließ es geschehen. Seine Erregung war übermächtig. Soll ich mehr machen, hauchte sie. Er wisse ja, was sie für das wenige Geld für ihn tun würde. Nicht hier, flüsterte Gustav, nicht hier. Sie schob seine Hand wieder weg. Vielleicht am Halterberg, sagte sie. Aber nicht heute, denn es würde bald zu dunkel sein. Gustav nickte.

Die Vorstellung, mit Vera hinter einem Gebüsch am Halterberg zu liegen, ging ihm auch am nächsten Tag nicht aus dem Kopf. Die Englischlehrerin ermahnte ihn im Unterricht. Ob er denn schlafe, fragte sie. Er habe auf ihre Frage nicht reagiert. Gustav hatte sie nicht gehört. Als er aufstehen sollte, wurde er rot. Er hielt die Hände vor seinem Schritt und beantworte die Frage, die sie ihm noch einmal stellte. Er versuchte, die Gedanken an Vera zu verscheuchen. Einfach irgendetwas tun und sei es auch noch so sinnlos. So fing er einen Streit mit einem Mitschüler an, der ihm einige blaue Flecken einbrachte. Die Schmerzen taten ihm gut, lenkten ihn ab. Sie überdeckten sein Verlangen, seine innere Aufgeregtheit, seine Fixierung auf Vera. Er wünschte sich, dass sie gar nicht mehr da sein möge, dass es endlich vorbei sei mit seinem inneren Hecheln nach ihr. Die anderen Mädchen in der Schule würdigten ihn, aber auch seine Schulkollegen, keines Blicks. Die Gleichaltrigen waren zumeist noch nicht in der Pubertät, jedenfalls war es von außen nicht sichtbar. Die Wenigen, die es waren, verachteten die Milchgesichter. Sie wurden so genannt, weil noch keiner der Jungs auch nur den Anflug eines Bartwuchses hatte. Gustav war auch zu schüchtern, um ein Mädchen, das ihm gefiel, anzusprechen. Nur Vera beachtete ihn manchmal. Am

Nachhauseweg traf er sie. Heute sei es so weit. Er dürfe es aber niemandem sagen, sonst würde sie ihn umbringen. Sie habe bereits einen Rucksack am Halterberg versteckt. Ein Freund würde sie dort um vier abholen. Dann ins Auto und auf in die weite Welt. Endlich frei. Sie faltete die Hände. Endlich frei sein. Juhu. Sie sprang in die Luft. Dann umarmte sie Gustav und gab ihm einen Kuss auf die Wange. Schade, dass er sich nicht entscheiden konnte, sagte sie. Gerne wäre sie für ihn dagewesen. Aber jetzt sei es zu spät. Sie müsse sich zu Hause herrichten, ihr Freund sei anspruchsvoll. Er könne jede Frau haben, wenn er wollte. Aber er habe sich gerade sie ausgesucht. Nicht, weil sie die Schönste sei, sondern weil sie die Geilste und Versauteste sei.

Er habe etwas versäumt, sagte sie und schaute Gustav in die Augen. Hallo Kleiner, jetzt schau doch nicht so verzagt. Zum Schluss mache ich es dir noch aus Mitleid. Haha. Nein, das käme nun wirklich nicht in Frage. Der Zug sei ohnehin schon abgefahren. Gustav fragte sie, ob sie dem Freund vertraue. Erst kürzlich habe er in der Zeitung gelesen, dass eine junge Frau spurlos verschwunden und vermutlich das Opfer eines Verbrechens geworden sei. Vera lachte auf, sie kenne ihn schon seit zwei Monaten. Dann hätte er ihr auch schon früher etwas antun können. Wo sie in Zukunft leben werde? In seinem Haus natürlich. Dort habe sie sogar ein eigenes Zimmer. Kurz vor den Gemeindebauten wünschte Gustav ihr alles Gute und begann zu laufen. Zum Glück konnte sie nicht mehr sehen, wie Tränen aus seinen Augen traten. Zu Hause steckte er die dreißig Schilling in seine Sparbüchse. Er brauchte sie nun nicht mehr jeden Tag mit sich herumtragen. Seine Mutter fragte ihn, was los sei, er habe ganz nasse Augen. Gar nichts, gar nichts, versicherte er. Als er die aufgewärmten Eiernockerl auf dem Teller sah, wurde ihm plötzlich schlecht. Er rannte auf die Toilette und steckte seinen Mittelfinger in den Mund. Es kam aber nichts. Er täuschte das Geräusch des Erbrechens vor und betätigte zweimal die Spülung. Die Mutter rief aus der Küche, dass er Wasser sparen solle.

Seine Hausaufgaben konnte er nur in der Küche machen. Dort gab es den einzigen Tisch, der zum Schreiben zu gebrauchen war. Im Kinderzimmer stand nur ein niedriger Tisch. Gustav hätte dort nur schreiben können, wenn er sich auf den Boden gesetzt hätte. Ob sie nicht die Eiernockerl wegräumen könne, fragte er die Mutter, ihm sei immer noch schlecht. Sie verdächtigte ihn, dass er sich auf dem Schulweg etwas gekauft und in sich hineingeschlungen habe. Wenn er fertig sei und es ihm wieder besser ginge, solle er ihr beim Aufwaschen des Stiegenhauses helfen. Das Kreuzweh sei heute kaum auszuhalten.

Die einzige Uhr im Haus war in der Küche montiert. Sie tickte laut, als würde sie den Countdown zu Veras Abgang herunterzählen. Es war kurz vor drei, als Gustav mit den Aufgaben fertig war. Er hatte sich nur schwer konzentrieren können. Nun musste er seiner Mutter helfen. Er leerte das schmutzige Wasser in das Kanalgitter neben der Haustür, holte frisches Wasser und brachte den Kübel in das Stockwerk, wo seine Mutter gerade aufwusch. Er tat es wie in Trance. Fast wäre er mit dem vollen Kübel hingefallen, weil er über eine Stufe gestolpert war. Vielleicht könnte er Vera noch einmal sehen, dachte er. Wenn sie kurz vor vier den Halterberg hinaufging, könnte er zufällig auftauchen. Oder wäre es besser, sich gleich am Halterberg zu verstecken. Hinter dem dichten Gebüsch, wo sich die geheime Höhle befand. Aber was würde passieren, wenn ihn Veras Freund entdeckte? Alles, alles konnte dann passieren. Eine halbe Stunde vor sechzehn Uhr ging er hinaus, streifte hinter dem Haus herum und ließ den Aufstieg zum Halterberg nicht aus den Augen. Plötzlich fiel ihm ein, dass Vera eher von der anderen Seite auf den Halterberg gehen würde. Der Aufstieg war flacher und bequemer. Also lief er die Gasse hinauf, um zur Rückseite des Halterbergs zu kommen. Als er von der Gasse um die Ecke bog, sah er Vera vor sich. Sie drehte sich um, vermutlich weil sie sein Keuchen und seine Schritte gehört hatte. Er solle sich verziehen, sagte sie. Wenn ihr Freund käme, wäre es um Gustav geschehen. Sie blieb aber stehen und ließ ihn herankommen. Ob er die dreißig Schilling dabei habe, fragte sie ihn. Es würde sich schon noch ausgehen. Mehr als fünf Minuten würde sie nicht brauchen. Gustav schüttelte den Kopf, er wolle nur lebe wohl sagen. Süß sei das von ihm, sagte sie. Er sei der Einzige, von dem sie sich verabschieden könne. Niemand anderem habe sie davon erzählt. Sie umarmte ihn und öffnete den Mund. Er solle sie richtig küssen, von Mund zu Mund. Gustav spürte ihre Zunge auf seinen Lippen. Er solle schon aufmachen und seine Zunge in ihren Mund stecken. Gustav tat es. Zuerst vorsichtig, doch die Berührung ihrer Zunge berauschte ihn und er intensivierte auch sein Zungenspiel. Er spürte eine nie dagewesen Erektion. Sein gesamter Körper war erregt. Es reiche jetzt, sagte sie unvermittelt und drängte ihn mit den Händen weg. Das sei ihr Abschiedsgeschenk an ihn gewesen. Er solle sich jetzt lieber aus dem Staub machen. Sie meine es nur gut. Gustavs Beine zitterten. Warum hatte er die dreißig Schilling zu Hause gelassen? Jetzt, genau jetzt würde er all sein Geld geben, um sie weiter zu spüren, um zum Äußersten zu gehen. Vera war schon einige Schritte entfernt. Sie drehte sich noch einmal um und winkte ihm. Er solle nicht so brav bleiben, sagte sie. Spaß im Leben zu haben, darauf käme es an.

Gustav wagte es nicht, ihr nachzugehen. Er hatte keine Ahnung, wie spät es in der Zwischenzeit geworden war. Die Kirchenglocke schlug dreimal, also musste es eine viertel Stunde vor vier sein. Mit hängendem Kopf ging er zum Weidenbach hinunter. Dort hatte er ein selbst gebasteltes Raketenboot versteckt. Toni hatte ihm geholfen. Er hatte Unkrautsalz in der Drogerie gekauft, was nicht weiter aufgefallen war.

Jeder mit einem Garten konnte Unkrautsalz brauchen. Und den chemischen Stoff Wasserglas hatte er auch besorgt. Auch das war unverdächtig. Damit hatten sie Klopapierrollen gestrichen, damit diese der Hitze einige Sekunden standhielten. In die, auf einer Seite geschlossenen, Rollen füllten sie das Unkrautsalz. Die Rollen wurden auf eine Art Floß montiert. Wenn man das Salz dann entzündete, brannte es so stark, dass ein Rückstoß entstand und das Boot im Wasser nach vorne schoss. Nach einigen Sekunden war es vorbei. Mit Toni hatte er nichts ausgemacht, aber er hoffte, ihn dort zu treffen, um sich abzulenken, um Veras Abfahrt vorüberziehen zu lassen, ohne dass der Gedanke jede Sekunde in seinem Kopf pochte. Toni war nicht zu finden, auch das Boot nicht. Hatte es jemand entdeckt oder hatte es Toni an sich genommen? Gustav blieb am Ufer sitzen und wartete. Viel gab es nicht zu beobachten. Fische gab es nur wenige im Bach. Manchmal war ein Ölfilm auf der Wasseroberfläche zu sehen. Eine Libelle flog knapp an sein Gesicht heran und drehte dann bei. Das Quakgeräusch einer Kröte kam von rechts. Er schaute in die Richtung, jedoch war nichts zu sehen. Voller Unmut schlug er mit einem Stock auf die bewachsene Uferböschung ein, bis er vor Ermüdung den Stock fallen ließ. Er ging langsam zu den Gemeindebauten zurück. Die Kirchenglocke schlug fünfmal. Gustav wunderte sich, dass so viel Zeit vergangen war. Hatte er wirklich eine gute Stunde beim Weidenbach verbracht? Vera war längst weg. Er bog vor den Bauten ab und ging in

Richtung Halterberg, dem er sich wieder von hinten näherte. Was wollte er eigentlich noch hier? Vielleicht sollte er nach der Höhle sehen. Ob das Seil noch im Dickicht versteckt war? Ja, es war noch da. Er befestigte es am überhängenden Ast und ließ sich auf den Boden der Höhle hinunter. Vera, wo war sie wohl jetzt? Er ließ seine Hose hinunter und begann zu onanieren. Sein Keuchen wurde intensiver. Er stellte sich vor, dass er Vera wieder küsste. Dazu öffnete er den Mund und machte mit seiner Zunge, die er herausstreckte, kreisende Bewegungen. Es dauerte nicht lange, bis er kam. Er stieß einen kurzen Schrei aus, so intensiv war sein Orgasmus. Schritte kamen näher. Jetzt nur still sein. Bisher hatte noch niemand die Höhle entdeckt. Nichts deutete darauf hin. Er durfte sich nicht bewegen. Also zog er auch die Hose nicht hoch. Plötzlich stand Vera über ihm. Sie musste geweint haben. Unter ihren Augen hatten sich schwarze Schlieren gebildet. Das Schwein sei nicht gekommen, schluchzte sie. Aber er sei ein noch viel größeres Schwein, fügte sie hinzu. Eine richtige Sau, die im Dreck onanierte. Vera stellte sich breitbeinig hin. Gustav konnte ihren schwarzen Slip sehen. Sie schob ihn beiseite und urinierte auf Gustav. Da hast du's. Macht dich das noch geiler? Wenn du schon so eine Sau bist, sollst du auch danach riechen. Gustav hielt die Hände über den Kopf. Er schrie, dass sie aufhören solle. Als sie fertig war, spuckte sie noch mehrmals nach unten. Jetzt sei er ihr etwas schuldig, denn er habe jetzt ihre Möse gesehen. Die Möse für Mösa, die

Möse für Mösa. In Gustav stieg eine nie davor erlebte Wut auf. Innerhalb von zwei Sekunden war er trotz heruntergelassener Hose aus der Höhle draußen. Vera hatte sich bereits zwei Schritte entfernt. Im Sturz erwischte Gustav ihren rechten Knöchel und riss sie zu Boden. Voller Wut zog er sie zur Höhle, in die sie stürzte. Sie musste so perplex gewesen sein, dass ihr kein Laut entfuhr. Nach einigen Sekunden jammerte sie, dass ihr Fuß schmerze. Er solle ihr heraushelfen. Gustav zog seine Hose hoch und sah zu ihr hinunter. Den linken Arm könne sie nicht mehr bewegen, schluchzte sie, und auch den rechen Fuß nicht. An den Armen und im Gesicht waren Abschürfungen zu sehen. Sie sah erbärmlich aus. Die Nässe auf Gustavs Kleidung war nun auf seiner Haut zu spüren. Auch seine Haare waren feucht. So eine Sau ist sie, dachte er. Vera begann zu drohen. Wenn er ihr nicht half, würden ihn ihre Brüder umbringen. Sie würden ihn so lange quälen, bis er froh wäre, sterben zu dürfen. Wie in Trance zog Gustav das Seil ein. Sie bemerkte es zu spät und konnte es nicht mehr festhalten. Mit ihren Verletzungen wäre sie vielleicht gar nicht dazu imstande gewesen. Sie weinte und schluchzte. Sie versprach, alles für ihn zu tun, wenn er sie jetzt herauszöge. Hoch und heilig verspreche sie es. Beim Leben ihrer Mutter schwöre sie es. Gustav warf, was er finden konnte, auf sie. Äste, Lehmbrocken, Zweige. Mit einem kräftigen Ast grub er in den vom Gewitter der vergangenen Nacht feuchten Lehm.

Vera heulte und drohte. Sie verfluchte ihn und verlegte sich kurz darauf aufs Bitten. Gustav fiel ein, dass sie von einem Rucksack gesprochen hatte. Er ging zum Plateau hoch und fand ihn vor dem dichten Gebüsch liegen. Er warf ihn in die Höhle. Vera schrie auf. Ob er verrückt geworden sei. Dann begann sie wieder zu weinen, das sich in ein Heulen steigerte. Gustav befürchtete, dass jemand in der Nähe war und sie hören konnte. Wie besessen schuf er Lehmbrocken, dann auch Steine heran und warf sie in die Höhle. Plötzlich war es still. Er blickte nach unten und sah nur mehr Lehm, Zweige, Steine. Von Vera war nichts mehr zu sehen. Sie ist tot, dachte er. Dieser Gedanke wurde zu einem, seinen Körper lähmenden, Schrecken. Seine Schläfen pochten, seine Hände zitterten. Sein Magen verkrampfte sich zu einem schmerzenden Klumpen. Er spürte den Mageninhalt hochkommen und übergab sich in das Loch, in dem Vera begraben war. Was sollte er jetzt tun? Sie wieder auszuschaufeln, würde nichts bringen. Lebendig würde sie davon nicht mehr werden. Andererseits sah er sich außerstande, die Höhle zur Gänze zu füllen. Es fehlte noch mehr als ein Meter. Er war am Ende seiner Kräfte. Seine Kleidung war von oben bis unten völlig verschmutzt und roch nach Veras Urin. Irgendwie musste er sich in die Wohnung schleichen und seine schmutzige Hose und das Shirt zumindest grob reinigen. Auch seine Schuhe waren voll Lehm. Der Himmel wurde von Blitzen zerrissen, der Donner kam immer näher. Beim Abstieg spürte er schwere

Regentropfen. Er blieb stehen und genoss das Prasseln auf seinem Körper. Gott wollte ihn reinwaschen und gleich auch den üblen Geruch vertreiben. Als er die ersten Hagelkörner spürte, begann er nach Hause zu laufen. Er hielt die Hände vors Gesicht, um es zu schützen. Die Körner wurden schnell größer. Sie wurden zu mit großer Wucht ausgeführten Schlägen, wenn sie ihn trafen. Gott wollte ihn strafen. Er hatte sich einer Todsünde schuldig gemacht, vielleicht der schlimmsten sogar. Seine Mutter empfing ihn schon an der Wohnungstür. Endlich sei er da. Sie habe sich schon große Sorgen gemacht, sagte sie. Die Welt gehe unter. Es krachte in unmittelbarer Nähe. Und dann gleich noch einmal und noch einmal. Das Prasseln des Hagels erzeugte selbst in der Wohnung ein Geräusch, als stünde man hinter einem mächtigen Wasserfall, der auch noch Steine nach unten mitnahm. Seine Mutter ließ Wasser in die Badewanne ein. Gustav solle sich ausziehen und sich dann gründlich waschen. Er glitt in die Wanne und tauchte unter. So lange wie möglich versuchte er unten zu bleiben. Er hielt die Luft an und ließ sie nur ganz langsam entweichen. Vera war tot. Mausetot. Das heftige Unwetter würde die Spuren unkenntlich machen. Wenn sie nicht erschlagen oder erstickt worden war, würde sie jetzt ertrinken. Zwar gab es vom Höhlenboden eine enge Fortsetzung in die Mitte des Berges. Selbst wenn sie es geschafft hätte, sich dorthin zurückzuziehen, würde sie nun vom Wasser überrascht werden. Aber sie war doch plötzlich verstummt. Das hätte sie doch nicht getan, wenn noch Leben in ihr gewesen wäre. Gut, sie konnte ohnmächtig geworden sein. Möglicherweise hatte sie einer der Steine am Kopf getroffen. Aber selbst wenn. Spätestens jetzt wäre sie gestorben. Voller Schreck fiel ihm ein, dass er das Seil neben der Höhle vergessen hatte. Er musste es holen. Morgen, gleich in der Früh, noch bevor er zur Schule ging. Sie würden nach Vera suchen und wenn sie das Seil fänden, würden sie Verdacht schöpfen. Die Vorstellung, wieder auf den Berg zu müssen, versetzte ihn in Angst und Schrecken. Vielleicht würden sie schon auf ihn warten oder die Brüder würden ihn entdecken, wenn er das Seil an sich nahm. Es konnte auch sein, dass jemand das Seil entdeckt hatte und nun damit rechnete, dass der Besitzer es holen würde. Aber doch nicht schon morgen Früh. Die Eltern waren es gewohnt, dass Vera nicht jede Nacht nach Hause kam. Sie würden sich nur die üblichen Sorgen machen. Gustav konnte nicht einschlafen. Er lag in seinem Schweiß und glaubte, verbrennen zu müssen, danach fröstelte er so stark, dass es ihn schüttelte. Er wimmerte in seinen Polster, den er als Dämpfung benutzte. Seine Schwester, die spät nach Hause gekommen war, zischte zu ihm, dass er Ruhe geben solle. Gustav hielt sich den Mund zu. Das Gewitter war in einen sintflutartigen Regen übergegangen, ein lautes Prasseln auf Herrn Murers Wagen zeugte davon. Aber es donnerte schon lange nicht mehr. Erschöpft fiel Gustav in einen tiefen Schlaf, aus dem ihn seine Mutter riss. Sie rüttelte ihn. Was denn los sei, fragte sie. Er stünde sonst auch von allein auf. Wenn er sich nicht beeile, würde er zu spät zur Schule kommen. Dann bemerkte sie, dass Gustavs Kopfpolster komplett durchnässt war. Sie griff auf seine Stirn. Er habe hohes Fieber, sagte sie. Er müsse im Bett bleiben, aber davor müsse sie es neu überziehen. Und einen frischen Pyjama brauche er auch. Jede Energie war aus Gustav gewichen. Apathisch ließ er alles über sich ergehen. Die Mutter redete in einem fort. Das komme davon, weil er ins Gewitter gekommen war. Im Radio habe sie gehört, dass viele Unterführungen überflutet und nicht passierbar waren. Viele Bäche und Flüsse seien über das Ufer getreten. Die Feuerwehr komme nicht nach, das Wasser aus den überschwemmten Kellern zu pumpen. Zeitig am Morgen sei sie von Herrn Murers Jammern geweckt worden, der die Hagelschäden an seinem Wagen beklagt hatte. Die Plane, die er vorausschauend über das Auto gespannt hatte, konnte die Dellen, die die ungewöhnlich großen Hagelkörner verursacht hatten, nicht verhindern. Recht geschehe ihm, sagte sie zufrieden. Dieser Bagage wünsche sie nichts Gutes. Obwohl der Herr Murer noch der Netteste sei. Er sei freundlich und grüße sie jedenfalls immer. Gustav hörte sie aus immer größerer Entfernung, bis ihn schließlich nur mehr ein ständiges Pfeifen umgab. Er hielt sich die Ohren zu und bemerkte, dass das Pfeifen aus seinem Inneren kam. Er fiel wieder in einen, von heftigen Träumen durchfurchten Schlaf. Am nächsten Morgen fühlte er sich viel besser. Er stand auf und wollte sich für die

Schule fertig machen. Das Seil fiel ihm wieder ein. Spätestens heute musste er es holen. Seine Mutter verbot ihm aber, schon heute in die Schule zu gehen. Er habe über vierzig Grad Fieber gehabt. Daher müsse er noch einen Tag warten. Gustav saß im Wohnzimmer und blickte immer wieder zur Bank hinaus, die unbesetzt war. Diese Bank klagte ihn an. Vera war noch vor zwei Tagen dort gesessen, jetzt war sie im Lehm begraben. Er bekam schreckliche Angst, dass sie früher oder später gefunden wurde. Hatte er etwas übersehen, was ihn verraten konnte? Das Seil. Nur, wie sollten sie vom Seil auf ihn schließen. Sie konnten es in die Zeitung geben. Dann würde sich vielleicht Toni melden und aussagen, dass er und Gustav dieses Seil benutzt hatten. Er würde sie zur zugeschütteten Höhle führen. Und dann ergäbe eines das andere. Die Gendarmerie würde an der Wohnungstür läuten. Auch wenn er abstritt, etwas mit Veras Tod zu tun zu haben, sie würden nicht lockerlassen. Vielleicht hatte ihn und Vera auch jemand gesehen, als sie sich vor dem Halterberg heftig küssten. Er durfte nichts zugeben. Wenn jemand behauptete, ihn mit Vera gesehen zu haben, würde er es bestreiten. Das müsse eine Verwechslung sein, würde er sagen. Ein Alibi, wenn er nur ein Alibi hätte. Er dachte nach. Es gab niemand, den er um ein Alibi bitten konnte. Selbst wenn, damit würde er sich erst recht verdächtig machen.

Am nächsten Morgen verließ er schon früh die Wohnung. Seiner Mutter erzählte er, dass er vor dem Unterricht noch schauen wolle, was er in den letzten zwei Tagen versäumt hatte.

Auf direktem Weg zum Halterberg konnte er nicht. Es war zu rutschig und außerdem wollte er nicht von jemandem aus dem Gemeindebau gesehen werden. Er benutzte den Weg auf der Rückseite, den Weg, den Vera am letzten Tag ihres Lebens genommen hatte. Als er oben ankam, bemerkte er den Morast rund um die Höhle schon, wenn er durch das Gebüsch sah. Direkt in die Höhle konnte er nicht sehen. Vielleicht war das auch besser so. Aber ohne sich komplett schmutzig zu machen, konnte er nicht zum Seil. Er suchte mit seinen Augen den Bereich rund um die Höhle ab. Er glaubte, sich erinnern zu können, wo er das Seil hingelegt hatte. Eigentlich hingeworfen. Das Seil war aber nicht zu sehen. Er zwängte sich an einer zwei Meter von der Höhle entfernten Stelle durch das dort lichtere Gebüsch. Von dort hatte man einen Blick aus einer anderen Perspektive. Das Seil war nicht auffindbar. Es war weg. Gustav war überzeugt, dass es jemand an sich genommen hatte. Aber warum nur? Warum war bei diesen Bodenverhältnissen jemand dort hingegangen? Gestern musste es noch schlimmer gewesen sein. Die Kirchenglocke schlug dreimal. Er musste schleunigst zur Schule. Der Abstieg vom Halterberg erforderte Umsicht, damit seine Schuhe nicht völlig verdreckten.

In der ersten Stunde hatten sie Geschichte. Der Lehrer sah über Gustavs kleine Verspätung hinweg. In der Pause fragte er ihn, warum er so blass sei. Ach so, er sei krank gewesen. Was, über vierzig Grad Fieber habe er gehabt. Seine Mutter habe keinen Arzt gerufen? Am nächsten Tag sei das Fieber weg gewesen? Komisch, dass ein so hohes Fieber von einem Tag auf den anderen wieder verschwindet. Er empfehle ihm dringend, trotzdem zum Arzt zu gehen. Übrigens, der Schularzt sei heute im Haus. Er werde Gustav gleich hinbringen, sagte der Lehrer. Gustav wollte nicht, aber es blieb ihm nichts anderes übrig als mitzugehen. Hätte er sagen sollen, dass er das Fieber nur bekommen hatte, weil er für Veras Tod verantwortlich war? Der Arzt hörte ihn ab, klopfte auf seinem Rücken herum und sah ihm in den Rachen. Blutdruck, Fiebermessen, mehr könne er im Moment nicht tun, sagte er. Gustavs Puls war stark erhöht. Auch das leichte Zittern fiel dem Arzt auf. Als er Gustav darauf ansprach, trat Gustav der Schweiß auf die Stirn. Irgendetwas stimme nicht, sagte der Arzt. Aber mit seinen Untersuchungsmethoden könne er nicht feststellen, was ihm fehle. Er nahm ihm noch Blut ab, das er ins Labor schicken wollte. Zum Lehrer gewandt flüsterte er, dass er an etwas Psychisches glaube. Die Mutter solle mit ihm nach Wien fahren und ihn auf der Kinderpsychiatrie anschauen lassen. Gustav hatte alles gehört. Er begann zu weinen, würde ihn seine

Tat verrückt machen? Es sah so aus. Der Lehrer versuchte ihn zu beruhigen. Da die Eltern noch kein Telefon hatten, fuhr er Gustav nach Hause. Seine Mutter tat schuldbewusst. Ja, an einen Arzt habe sie auch gedacht. Sie habe nur ein wenig zuwarten wollen. Gustav sei in das starke Gewitter gekommen. Er habe einige blaue Flecken von den Hagelkörnern davongetragen.

Was heißt Körner, es waren Eiskugeln, die es vom Himmel geregnet habe. Der Lehrer richtete ihr die Empfehlung des Arztes aus. Er persönlich glaube aber, dass sie noch ein paar Tage zuwarten könne, bevor sie sich nach Wien aufmachte. Vielleicht bessere sich Gustavs Verfassung ja. Gustav bemühte sich, einen ruhigen Eindruck zu machen. Er bat den Lehrer, ihn wieder mit zur Schule zu nehmen. Nach einigem Hin und Her saß er neben dem Lehrer im Auto. Der fragte ihn, ob er Sport betreibe. Welchen Sport, fragte Gustav. Zum Beispiel Handball. Er spiele in der Handballmannschaft der Stadt. Es gäbe auch eine Jugendgruppe. Gustav könne schnuppern kommen. Gustav nickte. Er nahm sich vor, es zu tun. Wieder in der Schule, hatte er nur die Religionsstunde versäumt.

Nach einer Woche stand das Auto der Gendarmerie vor dem Haus. Die Gendarmen hielten sich fast eine

Stunde in der Wohnung der Murers auf. Danach läuteten sie bei Gustavs Familie. Seine Mutter, seine Schwester und er wurden gefragt, ob und wann sie Vera zuletzt gesehen hatten. Gustav sagte aus, dass er sie vor mehr als einer Woche auf der Parkbank vor dem Haus getroffen habe. Und habe er mit ihr gesprochen? Ja. Und was? Er könne sich nicht mehr genau erinnern, sagte Gustav. Wieder hatte er Schweiß auf der Stirn. Die Beamten bemerkten es nicht, jedenfalls sprachen sie ihn nicht darauf an. Seine Mutter freute sich, jetzt ist diese Schlampe endlich weg, da könne ihre Mutter noch so viel heulen. Es habe sich ja angekündigt. Zur Schule sei sie auch fast nie gegangen. Sie werde zu Gott beten, dass sie für immer weg sei. Gustav dachte, dass er seiner Mutter diesen Wunsch erfüllt hatte. Am liebsten hätte er es ihr gesagt. Er wusste aber auch, dass sie dann nur jammern und klagen würde und es nicht für sich behalten könnte. Sie würde es nicht absichtlich tun. Es sei ihr herausgerutscht, sagte sie manches Mal bei harmlosen Dingen, die sie aber nicht ausplaudern hatte wollen.

Gustav wurde noch einmal befragt, weil drei Frauen aus dem ersten Gemeindebau behaupteten, er sei Vera gefolgt. Und zwar genau an dem fraglichen Tag, nachdem sie nicht mehr gesehen worden war. Gustav gab zu, Vera nach dem Treffen bei der Bank vor dem Gemeindebau noch einmal in der Kellergasse gesehen zu haben. Sie sei aber weit vor ihm gewesen und er sei weiter zur Kirche gegangen. Warum er das nicht gleich erzählt habe? Vergessen. Er habe es vergessen. Eine Woche später wurde Gustav mit der Aussage einer anderen Frau konfrontiert. Sie behauptete, Vera und Gustav eng umschlungen beim Halterberg gesehen zu haben. Sie glaubte, dass sie sich sogar geküsst hatten. Genau dieses Detail machte die Aussage der Frau wenig glaubwürdig. Gustav bestritt, Vera nach dem Sichtkontakt in der Kellergasse noch einmal getroffen zu haben. Der Halterberg wurde durchkämmt. Dabei wurde das drei Meter lange Seil gefunden. Gustav befürchtete, dass die Gendarmerie einen Aufruf in der Zeitung machen könnte, wer dieses Seil schon einmal gesehen hätte. Dann würde sich Tonis Vater melden und dann und dann und dann. Es passierte aber nichts. Für die Murers war Gustav der einzige Anhaltspunkt. Er hatte Vera zuletzt gesehen, sie vielleicht sogar beim Halterberg getroffen. Veras Brüder waren wieder hinter ihm her. Gustav gelang es aber, nicht in ihre Nähe zu kommen. Sie schimpften aus der Entfernung und drohten ihm an, die Wahrheit aus ihm herauszuprügeln. Frau Murer zischte ihn an, er solle endlich sagen, was ihm Vera zuletzt gesagt hatte. Er wisse etwas, das spüre sie. Und dann kam der Unfall seines Vaters, von dem hier schon erzählt worden ist. Es war mehr als verdächtig, dass Herrn Murers Wagen am selben Tag als gestohlen gemeldet worden war. Am Fahrrad und am Unfallort fanden sich aber keine verwertbaren Spuren. Es half auch nichts, dass Werner, der ältere Bruders Veras, schon beim Fahren ohne Führerschein erwischt worden war, natürlich mit dem Auto des Vaters. Vater und Sohn hatten ein Alibi. Als besonders abstrus fanden es die Gendarmen, dass der unbekannte Fahrer absichtlich in Vaters Fahrrad gekracht sein sollte. Ein Moment der Unaufmerksamkeit genügte für einen Unfall dieser Art. Wenn es Herrn Murers Auto gewesen wäre, wofür nichts spräche, dann war es mit großer Wahrscheinlichkeit der Dieb gewesen, der den Unfall verursacht hatte. Sicher war er zu schnell unterwegs gewesen und hatte das Fahrrad zu spät bemerkt.

Der Vater musste viele Wochen im Spital bleiben. Es war schnell klar, dass er niemals wieder seine Beine gebrauchen werde können. Er würde den Rest seines Lebens im Rollstuhl verbringen müssen. Die Mutter war nach dem anfänglichen Schock fest davon überzeugt, dass es Werner war, der ihren Mann töten wollte, als Rache für Veras Verschwinden, mit dem sie nichts zu tun hatten. Sie war voller Rachepläne. Gustav befürchtete, dass sie eines Tages die Rache umsetzen würde, obwohl die Pläne allesamt nicht realistisch klangen. Er hatte jetzt nicht nur Vera auf dem Gewissen, sondern auch seinen Vater, wenn es wirklich stimmen sollte, dass es Werner gewesen war. Aber Werner hatte doch ein Alibi. Also. Für seinen Vater konnte er nichts dafür. Oder?

Kapitel 9

Den Tag nach Ankunft der Mutter in Gustavs Wohnung hatte sie hauptsächlich im Bett verbracht. Die Bekannte seiner Freundin hatte nicht viel zu tun, außer ein Mittagessen zu kochen und ab und zu nach seiner Mutter zu sehen. Am folgenden Morgen wurde Gustav von Klappergeräuschen, die aus der Küche kamen, geweckt. Seine Freundin kam aus der Dusche zurück und fragte ihn, was seine Mutter in der Küche mache. Gustav war noch schlaftrunken, er stand missmutig auf, um nachzusehen. Gestern hatte sie so getan, als könne sie sich kaum bewegen und heute hielt sie es nicht mehr im Bett aus und weckte alle auf.

Seine Freundin flüsterte in sein Ohr, dass sie im Spital frühstücken werde. Seiner Mutter wünsche sie einen guten Neustart im Pflegeheim und ihm so wenig Aufregung wie möglich. Es läge aber auch an ihm. Bleib einfach ruhig, was immer auch passiert. Diesen Satz kannte Gustav. Er hasste ihn. Seine Freundin hielt sich aus seinen Sorgen um die Mutter raus. Irgendwie konnte er es verstehen, aber enttäuscht war er schon auch. Die Schwester war wieder in Teneriffa bei ihrem Rudi und ließ sich die Sonne auf den immer praller werdenden Bauch scheinen. Jakob war ohnehin kaum vorhanden. Man konnte ihn vergessen.

Das Klappern in der Küche wurde lauter. Er hörte etwas auf den Boden fallen und gleich darauf ein „Scheiße" seiner Mutter.

»Was machst du da? Kannst du nicht einmal Ruhe geben?«
»Ich wollte uns ein Frühstück machen, obwohl mir das wirklich schwerfällt. Warte einmal, bis du so alt bist.«
Gustav sah die Scherben eines zerbrochenen Glases am Küchenboden und holte Besen und Schaufel.
»Setz dich bitte«, sagte Gustav mit fester Stimme.
»Scherben bringen Glück. Jetzt mach doch kein Theater um das zerbrochene Glas. Das hätte dir auch passieren können.«
»Ich mache kein Theater. Ich kehre nur die Scherben auf, damit du nicht auch noch hineintrittst, Mutter.«
»Schon wieder schlechte Stimmung.«
»Mutter, hör bitte auf. Du redest eine schlechte Stimmung herbei, die nicht von mir kommt.«
Er versuchte ein Lächeln, das zu einer Grimasse geriet, mit der er seine Zähne zeigte.
»Was hältst du von Butterbrot und Marmelade?«
»Ein weiches Ei hätte ich auch gerne.«
»Gut, auch ein weiches Ei für die Madame.«
»Ich bin keine Madame, sondern immer noch deine Mutter.«
Gustav seufzte.
»Schau, schon wieder die schlechte Stimmung.«

»Bitte?«

»Ich haben den Parmaschinken im Kühlschrank gesehen. Von dem hätte ich auch gerne zwei oder drei Scheiben.«

»Sehr gerne«, sagte Gustav. Er biss die Zähne zusammen. Nein, er dachte sich, er müsse die Zähne zusammenbeißen, damit er nicht zu schreien begänne. In Wahrheit presste er die Lippen aufeinander.

Kurz war es friedlich. Die Mutter schlürfte ihren Milchkaffee. Gustav presste Orangen aus.

»Ich glaube immer noch, dass es Werner war?«

»Was war?«

»Na, unseren lieben Vati zu Tode fahren.«

»Warum glaubst du das? Er hatte ein Alibi.«

»Du hättest dabei sein müssen, wie er mich angesehen hat, als er bei seiner Mutter im Pflegeheim war.«

»Wie denn?«

»Ich hatte das Gefühl, dass er mir etwas sagen wollte. Es täte ihm leid oder so etwas ähnliches.«

»Du phantasierst, Mutter.«

»Nein. Die Murer hat es auch bemerkt und ihm in die Rippen geboxt.«

»Liebe Mutter, gehen diese Geschichten schon wieder los. Du musst mir versprechen, dass ab jetzt Ruhe im Heim ist. Keine Beschwerden, keine falschen Verdächtigungen. Die sind ohnehin nicht besonders gut auf dich zu sprechen.«

Sie schluchzte.

»Du bist so gemein. Die Murer wollte mich umbringen und du fällst mir noch in den Rücken.«

»Hör sofort mit der Geschichte mit dem Umbringen auf. Das ist und war ein aufgelegter Blödsinn.«

»Ach so. Hätte ich der Gendarmerie erzählen sollen, dass du am Abend, als Vera verschwand, völlig aufgelöst nach Hause gekommen bist? Wo warst du denn? Hast du es mit ihr getrieben, bevor sie das Weite gesucht hat? Ich habe gesehen, wie sie dir auf der Bank in deinen Schritt gegriffen hat. Das habe ich auch nicht erzählt. Ich habe immer zu dir gehalten. Aber du?«

»Aus, aus, aus. Ich bringe dich noch ins Heim und dann soll sich Jakob um dich kümmern. Ich habe die Nase voll. Voll. Total voll. Das nächste Mal lasse ich dich auf der Psychiatrie und zahle der Frau in deinem früheren Zimmer keine tausend Euro, damit sie in das Zimmer von Frau Murer wechselt.«

»Was? Da hättest du besser mir die tausend Euro gegeben. Dann wäre ich auch in das Zimmer der alten Murer gezogen.«

Gustav sah sich dabei zu, wie ihm das Gespräch immer mehr entglitt. Es hatte keinen Sinn, mit seiner Mutter auf Augenhöhe zu sprechen. Er musste sich beruhigen, sie ins Heim bringen und dann eine Besuchspause einlegen. Die hatte er sich redlich verdient.

Sie hatten Wien bereits verlassen. Eine halbe Stunde würden sie noch brauchen, vielleicht einige Minuten weniger. Jedenfalls fuhr er viel zu schnell. Er hatte einige Termine auf heute verschieben müssen. Das Programm war dicht, Termin auf Termin. Hoffentlich machte die Mutter keine Schwierigkeiten im Heim. Mehr als fünfzehn Minuten durfte er dort nicht bleiben. Gustav ließ mit Absicht den Radio laut laufen. Er hoffte, damit ein Gespräch unterbinden zu können.

»Dein Vater ist sehr stolz auf dich gewesen, Gustav.«

»Weshalb denn?« Er verringerte die Lautstärke des Radios.

»Weil du schon vor der Schule lesen konntest.«

»Ach. Gezeigt hat er es aber nie.«

»Hör doch auf. Du bist immer so negativ.«

»Das habe ich von dir, Mutter.«

»Und später hat er gesagt, schau der Gustav ist ein erfolgreicher Unternehmer. Gut, dass wir ihn auf die Handelsakademie geschickt haben.«

»Jetzt hör bitte auf. Ihr wolltet mich in die Handelsschule stecken. So war das.«, stellte Gustav richtig.

»Warum redest du nur schlecht über deine Eltern? Wir haben nicht alles falsch gemacht.«

»Ist schon gut. Ihr habt es schwer gehabt.«

»Der Vati war ein Vorzugsschüler. Er hätte auch etwas werden können, wenn nicht der Krieg gekommen wäre. Die Intelligenz hast du von ihm geerbt.«

»Kann eh sein. Ich verstehe nur bis heute nicht, warum er nicht einmal den Führerschein geschafft hat. Weißt du es?«

»Er war halt so viel nervös.«

»Aber jeder kommt durch die Prüfung. Zum Beispiel Willi und Werner. Beide haben sie nur den B-Zug gemacht und trotzdem haben sie einen Führerschein.«

»Ich hab's auch nicht verstanden und ihm oft Vorwürfe gemacht. Das war falsch von mir. Wenn man ihn unter Druck gesetzt hat, ist er noch nervöser geworden.«, sagte die Mutter nachdenklich.

»Was hat das mit dem Führerschein zu tun?«

»Er ist kein zweites Mal mehr angetreten. Ich habe auf ihn eingeredet, jeden Abend. Aber er hat sich nicht mehr getraut, der Arme.«

»Vielleicht ist das eine Erklärung, warum er nach dem Unfall so positiv geworden ist. Keiner hat mehr etwas von ihm gewollt«, meinte Gustav.

»Wenn er sich nicht erhängt hätte, könnte er heute noch leben«, seufzte die Mutter.

»Hast du nicht erzählt, dass er Bauchspeicheldrüsenkrebs hatte?«

»Ich kann mich nicht mehr genau erinnern.«

»Hast du's vielleicht erfunden, um einen Grund für seinen Selbstmord zu haben?«, fragte Gustav nach.

»So ein Unsinn. Er hat so wenig geredet. Vielleicht wollte er mir ersparen, ihn weiter pflegen zu müssen.«

»Das kann ich mir vorstellen. Aber du hast es doch gern getan, oder?«

»Ja, schon. Bei ihm habe ich aber viel gejammert. Und manchmal war ich gar nicht nett zu ihm.«

»Das kann ich verstehen.«

Gustav wunderte sich über seinen Satz. An seiner Mutter gab es nichts zu verstehen. Sie war immer schon launenhaft gewesen. Das hatten die Kinder deutlich zu spüren bekommen. Seine Schwester würde es natürlich anders sehen, er war der Negative, er konnte sich kaum an etwas positives in seiner Kindheit erinnern.

Im Heim ging es sehr schnell. Die privaten Möbel der Mutter, die man in der Zwischenzeit in einem Lager verwahrt hatte, standen wieder an ihrem ursprünglichen Platz. Die Stationsleiterin gab sich herzlich und die Schwester mit dem slowakischen Akzent umarmte Gustavs Mutter und sagte, dass sie sich sehr freue, dass sie wieder zurück sei. Als sich Gustav verabschiedete, begann seine Mutter zu weinen.

»Warum bist du so hart geworden?«, fragte sie.
»Liebe Mutter, ich habe mich um alles gekümmert.«
»Alleine schon das ‚liebe Mutter'. Kannst du nicht Mama sagen?«
»Gut. Mama. Ich habe es wirklich eilig.«
»Geh nur. Neben dir erfriert man ja, so kalt bist du geworden.«

Gustav drehte sich ohne weiteres Wort um und ging zur Tür hinaus. Er spürte seinen Zorn hochsteigen. Wenn er geblieben wäre, hätte er mit ihr zu schreien begonnen. Jetzt war einmal Jakob an der Reihe. Noch am Gang tippte er ein SMS an ihn: »Mutter wieder im Heim. Sie hofft auf deinen Besuch.«

Direkt beim Stiegenabgang hing eine Parte. Es war die von Frau Murer. Werner, Willi und Vera wurden als trauernde Kinder angeführt. Vera? Warum Vera? Die war doch tot. Er las noch einmal. Es war keine Fata Morgana. Vera stand auf der Parte. Es musste ein Irrtum sein. Vielleicht hatte Werner in seiner Dummheit alle Kinder angegeben, auch die verschwundene Vera. Genau. So musste es gewesen sein. Für die Murers war Vera nicht tot, sondern lediglich verschwunden. Diese Erklärung beruhigte Gustav. Kurz hatte er das Bild vor sich gehabt, dass Vera wie ein Zombie aus der Höhle gestiegen war, komplett verschmutzt, mit Wunden und zerrissener Kleidung.

Erst am Abend fiel Gustav wieder die Parte ein. Er erzählte seiner Freundin, dass Vera als Angehörige angeführt wurde, obwohl sie seit langer Zeit spurlos verschwunden war. Wie er das wissen wolle, fragte seine Freundin. Sie könne längst wieder aufgetaucht sein und wenn sie auf der Parte stünde, dann wäre sie es auch. Warum er so fix glaube, dass sie für immer verschwunden sei. Oder vermute er, dass sie gestorben sei. Ich glaube es nicht nur, ich weiß es, dachte Gustav. Darüber durfte er nicht sprechen. Auf keinen Fall. Wenn er es genau wissen wolle, müsse er zum Begräbnis gehen, sagte seine Freundin. Dort würde er wohl auf Vera treffen. Das ist die einzige Möglichkeit, dachte Gustav. Nur so konnte er gewiss sein. Sie würde nur nicht am Begräbnis sein, weil sie am Halterberg zwei Meter unter einer Hangbefestigung lag. Theoretisch wäre es aber auch möglich, dass sie jemand befreit hatte, dass sie doch noch einen Funken Leben in sich getragen hatte, dass sie – wie er damals auch vermutete – nur ohnmächtig geworden war und daher für einige Zeit keinen Laut von sich gegeben hatte. Wenn sie aber befreit worden war, warum hatten sich dann die Brüder nicht an ihm gerächt? Warum wurde nach ihr gesucht? Gut, sie hatte vorgehabt, an diesem späten Nachmittag mit einem Freund unterzutauchen. Aber der Freund war nicht gekommen. Und bei diesem Gewitter, bei diesem Weltuntergang würde er auch nicht auf den Halterberg gegangen sein. Er musste annehmen, dass Vera längst wieder zu Hause war. Es gab damals keine Mobiltelefone, also konnte weder sie ihn noch er sie erreichen. Bei den Eltern konnte er schlecht anrufen. Oder doch? Er konnte unverfänglich fragen, ob Vera zu Hause war. Dann hätte die Mutter zu ihm gesagt, dass Vera noch unterwegs sei. Vielleicht hätte der Freund dann die Lokale nach ihr abgeklappert. Die Mutter hätte aber bei der Gendarmerie von dem Anruf erzählt. Oder hatte sie es in all der Aufregung vergessen? In der Nacht fiel ihm ein, dass er nicht wusste, wann und wo das Begräbnis stattfinden würde. Er musste noch einmal ins Heim, um die Parte zu sehen. Seine Mutter konnte er schlecht darum bitten. Sie würde fragen, warum er das wissen wolle. Er habe hoffentlich nicht die Absicht, zum Begräbnis der Murer zu gehen. Und wenn er eine Schwester bitten würde? Auch das würde eigenartig ankommen. Das Personal wusste zu gut, dass die beiden Familien verfeindet waren. Dafür hatte das Verhalten seiner Mutter gesorgt. Schlaf jetzt, sagte er zu sich, das sind alles Hirngespinste. Vera ist tot und wird es auch bleiben. Werner hat sie angegeben, weil sie nicht offiziell tot ist. Aus, basta. So einfach war das. Und obwohl es so klar schien, konnte er kaum schlafen. Den Tag verbrachte er in Trance. Wieder hatte er viele Termine. Es war seiner langjährigen Erfahrung geschuldet, dass seine partielle geistige Abwesenheit kaum auffiel. Als ihn eine Mitarbeiterin fragte, was mit ihm los sei, redete er sich auf starke Kopfschmerzen aus. Das käme von den Stirnhöhlen, sagte er. Darunter litt er immer wieder.

Am Sonntag hatte seine Freundin Dienst. Gustav fuhr gegen Mittag zum Pflegeheim. Er nahm sich vor, die Stiegen hinaufzugehen, mit dem Handy ein Foto von der Parte zu machen und gleich wieder zu verschwinden. Außer, er würde einer Pflegerin, die ihn kannte, begegnen. Dann müsste er entscheiden, ob er vorgab, die Mutter kurz zu besuchen oder dass er erzählte, er sei soeben bei ihr gewesen oder dass er anschließend wirklich zu ihr ging. Wenn ihn jemand sah, wie er die

Parte fotografierte, würde er gar nichts dazu sagen. Er war niemandem Rechenschaft schuldig. Um die Mittagszeit war die Wahrscheinlichkeit gering, jemandem zu begegnen. Fast alle waren beim Essen beziehungsweise damit beschäftigt, die Patienten beim Essen zu betreuen, sie zu füttern oder darauf zu achten, dass sie überhaupt etwas aßen. Kurz nach halbzwölf war die ideale Zeit. Um halbzwölf begann das Mittagessen für die Bewohner. Manchen wurde das Essen ins Zimmer gebracht. Das wäre zehn Minuten nach halbzwölf auch schon erledigt.

Gustav kam sich in der Eingangshalle wie ein Dieb vor. Er musste sich selbst bremsen, nicht zum Stiegenaufgang zu hasten und die Treppen hinaufzulaufen. Niemand war zu sehen. Er zückte sein Smartphone und fotografierte die Parte. Das Begräbnis war für den Dienstag in der Leichenhalle der Stadt angesetzt. Um 14 Uhr. Er wusste auswendig, dass er am Dienstag eine Geschäftsreise nach München geplant hatte. Diese musste er absagen. Sie war aber wichtig. Trotzdem. Vielleicht konnte er sie auf Mittwoch verlegen. Dann würde nur ein Tag Unterschied sein. Geschafft. Er verließ das Pflegeheim und ging zum Auto.

»Warum bist du auch heute da?«, hörte er von der Seite.»Die Mutter ist komisch. Sie hat mich angeheult, dass du böse auf sie wärst und sie nicht mehr besuchen würdest.«

Jakob, ausgerechnet heute kam er zu Besuch.

»Hallo Jakob. Mir hat sie erzählt, dass du sie verströstet hast.«
Er stieg aus und schüttelte dem Bruder die Hand.
»Gut schaust du aus«, sagte Gustav.
»Das kann man von dir leider nicht sagen. Du siehst wie deine eigene Leiche aus. Was ist los mit dir?«
»Zu viel Arbeit und ein Infekt.«
»Das hättest du gleich sagen können. Jetzt habe ich dir die Hand gegeben. Ich kann mir keine Erkältung leisten. Heute Abend haben wir ein Kammerkonzert.«
»Tut mir leid. Wasch dir halt die Hände gründlich.«
»Na ja. Wie geht es unserer Mutter?«
»Ganz gut. Ein wenig verwirrt ist sie.« Gustav wollte damit vorbauen, wenn Mutter behaupten würde, dass er sie nicht besucht habe. Jakob würde ihr aber ohnehin nicht glauben. Schließlich stand ihm Gustav auf dem Parkplatz vor dem Pflegeheim gegenüber. Was hätte Gustav sonst hier getan, wenn er nicht die Mutter besucht hatte?
»Zwei Freikarten für heute Abend, falls ihr mögt«, sagte Jakob und hielt sie Gustav mit ausgestrecktem Arm entgegen.
Gustav überlegte. Wenn er die Karten nicht annahm, musste er eine gute Ausrede haben.
»Wann beginnt das Konzert?«
»Um neunzehn Uhr.«

»Schade. Das geht sich für Hanna nicht aus.«

»Ach so. Ich weiß genau, dass du dich nur ausredest. Sag doch gleich, dass du kein Interesse hast.«

»Was soll das? Es ist so, wie ich es sage.«

»Schon gut. Schönen Tag noch.« Jakob drehte sich um und ging zum Eingang.

Zwei Stunden später rief ihn Jakob an. Gustav wusste den Grund dafür und überlegte kurz, ob er abheben sollte.

»Die Mutter sagt, du hast sie nicht besucht. Es ist daraus ein veritabler Streit entstanden.«

»Warum streitest du gleich mit ihr? Ich habe dir doch gesagt, dass sie einen verwirrten Eindruck gemacht hat.«

«Schon. Das Eigenartige ist nur, dass es mir eine Schwester danach bestätigt hat. Unsere liebe Mutter war zwei Stunden im Aufenthaltsraum, bevor sie zum Mittagessen gebracht worden ist.«

»Und?« Gustav wurde nervös.

»Die Schwester hat sie die ganze Zeit gesehen. Nur du bist nicht aufgetaucht.«

»Dann irrt sie sich.«

»Geh bitte. Du hast einfach kehrtgemacht, als du mich auf den Parkplatz einfahren gesehen hast.«

»Glaub doch, was du willst. Ich war eine Stunde bei unserer Mutter. Im Gegensatz zu ihr bin ich noch nicht verwirrt.«

»Ich habe mich anschließend entschuldigt. Sie ist so enttäuscht von dir. Du kommst zum Heim und besuchst sie nicht einmal.«

Gustav legte auf. Jakob rief wieder an. Gustav drückte ihn weg. Und dann noch einmal. Und noch einmal. Später meldete das Handy eine Nachricht, sie war von Jakob. Gustav löschte sie ungelesen. Als seine Freundin um 18 Uhr nach Hause kam, rief sie aus dem Vorzimmer, warum er Mutter nicht besucht habe. Sie wusste es, weil Jakob sie angerufen hatte. So eine Petze, dachte Gustav. Außerdem habe Jakob ihr erzählt, dass er Freikarten für das heutige Kammerkonzert abgelehnt habe. Er hätte sie doch abholen und das kleine Schwarze mitbringen können. Schade. Ein Konzert hätte ihr gutgetan. Auf der Station ginge es nämlich ziemlich hoch her. Die Musik hätte ihr sicher geholfen, zur Ruhe zu kommen. Jetzt sei es leider zu spät.

Kapitel 10

Des Geldes wegen wäre es klüger gewesen, auch noch in den Ferien ministrieren zu gehen. Es kostete Gustav viel Kraft, den Schein zu wahren, dass er mit Veras Verschwinden nichts zu tun hatte. Er konnte nicht auch noch so tun, als würde er an Gott glauben, als würde er zum ganzen Brimborium der Kirche stehen. Dem Pfarrer war zu Ohren gekommen, dass Gustav im Religionsunterricht über den Marxismus gesprochen hatte. Die Religion sei nur Opium für das Volk, habe er gesagt. Was nur los mit ihm sei, fragte der Pfarrer. Gustav sagte, dass er nicht mehr an Gott glauben könne. Einen Gott, der zuließe, dass Menschen verhungerten und dass Unschuldige in grausamen Kriegen hingeschlachtet wurden, könne es nicht geben. Er sei nur eine Erfindung des Klerus und des Adels gewesen, damit sie die Ärmsten unterdrücken konnten. Damit war seine Zeit als Ministrant nach sieben Jahren zu Ende.

Anfang Juni fuhr er mit der Schnellbahn nach Wien. Es war der Tag, an dem die Aufnahmeprüfung in der Handelsakademie stattfand. Die vielen Bewerber wurden auf mehrere Zimmer aufgeteilt und weit auseinandergesetzt. Gustav musste an seinen Vater denken, an seinen Vater, der immer zu nervös war, um eine Prüfung zu schaffen. Er war erst vor kurzem von der letzten Reha wieder nach Hause gekommen. Die Mutter hatte Gustav verboten, Vater von der Aufnahmeprüfung in die Handelsakademie zu erzählen. Es würde ihn zu sehr aufregen. Erst wenn Gustav wusste, dass er die Prüfung geschafft hatte, dürfe er es dem Vater sagen. Dann würde er sich sicher freuen. Gustav war nervös, so nervös, wie schon lange nicht mehr. Das war kein gutes Zeichen. Es konnte ihm wie seinem Vater ergehen, wenn er sich jetzt nicht zusammenriss. Auf dem Tisch lag ein Stapel voller Seiten, die mit Fragen gespickt waren. Wörter ergänzen, Rechtschreibfehler finden und korrigieren, Schlussrechnungen mit langen Textangaben, eine englische Übersetzung, Fragen zu den Ländern in Europa. Er hatte zwei Stunden Zeit. Neben der Tafel hing eine Uhr. Nach einer Stunde hatte Gustav erst ein Drittel der Fragen beantwortet. Er würde nie fertig werden, dachte er. Hastig begann er mit der nächsten Seite. Die Antworten fielen ihm immer schwerer. Selbst bei einfachen Fragen musste er lange überlegen. In seinem Kopf ging alles durcheinander. Seine Unsicherheit wuchs mit jeder neuen Frage. Er glaubte auch, Fragen von vorhergehenden Seiten falsch beantwortet zu haben und blätterte zurück. Ein großgewachsener Lehrer schaute ihm über die Schultern. Er hatte anscheinend bemerkt, dass Gustav immer unruhiger geworden war. Man müsse nicht alle Fragen beantworten, um die Prüfung zu bestehen, sagte er leise, um die anderen nicht zu stören. Etwa die Hälfte der Fragen genüge. Er sei doch gut im Plan, soweit er das sehe. Und bitte, nicht zurückblättern. Einfach weiter Frage für Frage bearbeiten, bis die Zeit um ist. Und nicht nervös werden.

Gustav fühlte sich erleichtert. Wenn nur die Hälfte der Fragen richtig beantwortet werden musste und er nach einer Stunde bereits ein Drittel beantwortet hatte, lag er ganz gut in der Zeit. Ich will nicht so wie mein Vater werden, dachte er. Als dann Schluss war, hatte er drei Viertel der Seiten abgearbeitet. Am Beginn der Ferien fuhr er wieder nach Wien. Die Ergebnisse der Aufnahmeprüfung waren hinter einer Glaswand ausgehängt. Gustav musste lange suchen, bis er seinen Namen fand. Ja! Er war aufgenommen. In Zukunft würde er jeden Tag nach Wien fahren. Seiner Mutter hatte er nichts vom Schulgeld erzählt. Das Ansuchen zur Befreiung musste sie aber unterschreiben. Das hatte aber noch bis zum Schulbeginn Zeit.

Gustav fiel ein Stein vom Herzen. Die Murers waren weg. Für immer. Solange sie noch ober ihm gewohnt hatten, fürchtete er, dass seine Tat ans Tageslicht käme. Wenn er Frau Murer begegnete, überfiel ihn ein schlechtes Gewissen. Er fürchtete, dass ihm ein Geständnis rausrutschen könnte, auch wenn er es nicht vorhatte. Es täte ihm so leid, würde er sagen. Er habe es nicht gewollt. Es sei ein Unfall gewesen. Vera habe ihn provoziert, sie habe ihn sogar angepinkelt. Gustav presste die Lippen fest aufeinander, wenn er an Frau Murer vorbeiging. Was für eine Erleichterung, als ein Umzugswagen vor der Haustür stand. Kisten und Möbel wurden aus dem ersten Stock heruntergetragen und in den Wagen geladen. Die Murers folgten mit ihrem gebrauchten Auto. Nach dem angeblichen Diebstahl des großen Fords in blau-metallisé folgte ein grauer Opel Kadett mit Rostflecken. Der Ford war vielleicht drei Jahre alt gewesen. Angeblich hatten die Murers kein Geld von der Versicherung bekommen. Es konnte aber auch eine Finte sein, um niemanden auf die Idee zu bringen, dass Werner das Auto unter der Hand verkauft haben könnte. Schon am Abend spazierte Gustav draußen herum, ohne befürchten zu müssen, irgendeinem Murer zu begegnen. Es war ein unbeschreibliches Gefühl. Er musste keine Angst mehr haben, dass einer der Murer Söhne oder sogar beide ihn beschimpfen oder mit Steinen bewerfen könnten. Vor allem aber brauchte er ab jetzt nicht mehr den vorwurfsvollen Blick von Frau Murer ertragen. Obwohl er nun nicht mehr befürchten musste, dass ihm die Murer Söhne auf den Halterberg folgen könnten, ging er trotzdem nicht hinauf. Das Seil war ohnehin schon von der Gendarmerie gefunden worden. Die zugeschüttete Höhle hätte ihn noch mehr an seine Tat erinnert. Wozu noch einmal zum Tatort zurückkehren? Er hatte gelesen, dass Täter einen inneren Drang hatten, den Ort ihres Verbrechens wieder aufzusuchen. Genau das wurde manchem zum Verhängnis. Die Gendarmerie hatte alles abgesucht. Es gab also nichts da oben, was ihn verraten konnte.

Außer er selbst, wenn er am Halterberg herumschlich und vielleicht sogar begann, Lehm aus der Höhle zu schaufeln.

Mit Beginn des ersten Schuljahres in der Wiener Handelsakademie wurde seine Freizeit knapp. Der tägliche Schulweg von fast eineinhalb Stunden, die vielen Hausaufgaben und das Lernen für Prüfungen und Schularbeiten kosteten Zeit. Er war froh darüber, beschäftigt zu sein und nicht viel zum Sinnieren über Vera zu kommen. Fast jeden Tag begegnete er auf dem Weg zur Schule einem hübschen Mädchen in der Schnellbahn. Sie hatte ein rundliches Gesicht mit einer samtenen Haut. Alles an ihr wirkte edel. Gustav musste sie immer wieder ansehen. Er wusste, dass sie es bemerken würde. Auch wenn er sich vornahm, in einem Buch zu lesen, hob er schon nach wenigen Sekunden den Kopf und beobachtete sie. Sie war völlig anders als Vera. Weder grell noch aufreizend gekleidet. Sie schien auch nicht geschminkt zu sein. Ihr halblanges Haar war von einem glanzvollen Braun, dass leicht ins Rötliche changierte. Manchmal begegneten sich ihre Blicke kurz. Zumeist war das Mädchen aber damit beschäftigt, in ein Heft zu schreiben oder in einem Lehrbuch zu lesen. Gustav wagte nicht, sie anzusprechen. Hin und wieder kamen sie nebeneinander zu stehen, wenn in den Stationen kurz vor Wien Erwachsene auf dem Weg zur Arbeit in den

Waggon strömten und die Schüler barsch aufforderten, ihren Sitzplatz für sie freizumachen. Anfangs stand das Mädchen noch auf, doch irgendwann blieb es sitzen und lächelte die Person an, die ihren Sitzplatz wollte. Die Erwachsenen lernten durch ihre Reaktion, sie gar nicht mehr zu fragen. Gustav nahm all seinen Mut zusammen und versuchte auch sitzenzubleiben. Doch er wurde beschimpft und ein Mann wollte ihn vom Sitz zerren. Die heutige Jugend habe keine Achtung mehr, sagte er. Die Hausaufgaben sollten sie zu Hause machen und auch zum Lernen sei es im Zug zu spät. Es sei nur eine Tarnung, damit sie sich beschäftigt zeigen konnten. Beim nächsten Mal bot ihm das Mädchen den Platz neben sich an. Gustav war nun jeden Morgen aufgeregt, ob er sie wieder treffen und wieder neben ihr sitzen würde. Das Mädchen hieß Carina. Gustav fand diesen Namen hinreißend. Es war der schönste Mädchenname, den er sich vorstellen konnte und passte auch perfekt zu ihr. Was war Vera dagegen für ein Name? Zu kurz, zu plump, zu vulgär. So gesehen hatte er perfekt zur Tochter der Murers gepasst. Carina und Gustav sprachen nicht viel miteinander. Er erfuhr, dass sie aus einem Nachbarort stammte und in ein Oberstufengymnasium in Wien ging. Sie war ein Jahr älter als er. Carina hatte im Zug immer etwas zu tun. Auch Gustav gewöhnte es sich an, während der Fahrt zu lernen. Er konnte sich nicht auf das Gelesene konzentrieren, wenn er Carinas Oberschenkel an seinem spürte oder sie mit ihrem Oberarm gegen seinen Oberarm drückte. Drücken war übertrieben, es war nicht mehr als eine Berührung, die aber ihre Wärme auf seine Haut übertrug. Er erzählte einem Schulfreund von der täglichen Begegnung mit Carina. Dieser lachte und sagte, man könne es quasi riechen, dass Gustav Hals über Kopf in Carina verliebt sei. Wenn er aber nur Hallo sagte und Schönen Tag oder Ciao, würde Carina nie bemerken, dass er sie schön fände und gerne mit ihr ausgehen wolle. Er solle sie fragen, ob sie nach der Schule Zeit für einen Kaffee habe oder – noch besser – er solle ihr eine schöne Blume, am besten eine rote Rose, schenken. Gustav kaufte am Vortag des nächsten Schultages eine rote Rose. Es war nicht leicht, diese vor seiner Mutter und der Schwester zu verstecken und sie am nächsten Morgen unbemerkt mitzunehmen. Es gelang nur teilweise. Die Schwester bemerkte die Rose in der Früh und fragte ihn, ob er verliebt sei. Wie lange er das Mädchen schon kenne? Was, mit der Rose wollte er zum ersten Mal zeigen, was er für sie empfand? Dafür sei eine rote Rose ungeeignet. Das sei ein viel zu starkes Symbol. Er solle ihr zunächst eröffnen, dass er sie möge. Und wenn sie sich nicht abwandte, konnte er ihr beim nächsten Mal die rote Rose geben. Gustav hatte aber die Rose schon gekauft. Sie sah auch bereits etwas mitgenommen aus. Er nahm die Rose in der Schultasche versteckt zum Zug mit und überlegte auf dem Weg dorthin, ihr zuerst zu sagen, dass er sie mochte und wenn sie ihn dann anlächelte, die Rose aus der Schultasche zu holen. Aber würde er überhaupt ein Wort herausbringen? Gustav befürchtete, feuerrot zu werden und unverständlich zu stammeln. Wenn sie ihm dann sagte, dass sie ihn nicht verstünde, würde er klein beigeben. Er würde murmeln, dass es nicht wichtig gewesen sei. Die Rose würde er nach dem Aussteigen in einen Abfallkübel werfen. Carina befand sich nicht im Waggon, in dem sie immer gesessen war. Als der Zug angefahren war, ging Gustav durch die Verbindungstüren in die anderen Waggons. In keinem fand er Carina. Vielleicht war sie krank, vielleicht war sie an diesem Tag mit einem früheren oder späteren Zug gefahren. Aber auch am nächsten Tag tauchte sie nicht auf. So ging das eine Woche und dann noch eine und noch eine. Gustavs Hoffnung, sie wiederzusehen, schwand. Er fuhr mit dem Rad in die Ortschaft, wo sie wohnte. Aber er hatte keine genaue Adresse. Der Ort war klein, aber doch nicht so klein, dass man von einem Punkt alle Häuser überblicken konnte. So viele Mädchen mit diesem Namen würde es in dieser Ortschaft nicht geben, dachte er. Er wagte es aber nicht, jemanden nach ihr zu fragen.

Ein Gendarm setzte sich in der Schnellbahn neben ihn. Er hatte die Türen, die bereits geschlossen waren, noch einmal aufgedrückt. Es waren noch viele Sitzplätze frei. Warum nahm er ausgerechnet neben Gustav Platz? Kurz vor der zweiten Station fragte der

Gendarm Gustav, ob er Gustav Mösa heiße. Und ob er Carina Winter kenne? Eine Carina kenne er schon. Der Gendarm zeigte ihm ein Foto. Ja, das war Carina, mit der er oft gemeinsam im Zug gefahren war. Ob er Carina auch woanders getroffen habe? Nein, nein. Warum er dann in Carinas Wohnort herumgefahren sei und länger gewartet habe. Keine Ahnung. Er habe sie finden wollen. Also doch? Wie bitte? Also habe er sie gefunden, oder? Nein, leider nicht. Bei der nächsten Station würden sie beide aussteigen, sagte der Gendarm. Er sei dringend verdächtig, Carina etwas angetan zu haben. Genauso, wie er Vera ermordet habe. Vera sei verschwunden. Keine Ahnung, wo sie sich aufhalten könnte, sagte Gustav. Am Halterberg sei Vera heute ausgegraben worden. Beim nächsten Halt zerrte ihn der Gendarm aus dem Zug. Andere riefen ihnen nach, dass es dem Rotzlöffel recht geschehe. Er sei nicht aufgestanden, wenn ihn Erwachsene darum gebeten hätten. Der Gendarm trieb Gustav vor sich her, bis sie vor einem Loch standen. Es war so tief wie ein offenes Grab. Gustav kannte diese Öffnungen nur zu gut aus seiner Zeit als Ministrant. Wenn er nicht sofort sage, wo Carina zu finden sei, werde er ihn in das Loch stoßen und dann mit Erde zuschütten. Der Gendarm zeigte auf den Aushub, der neben dem Grab lag. Schwarze Erde, teilweise mit Steinen versetzt. Gustav beteuerte, dass er nicht wisse, wo sich Carina aufhalte. Er wisse nichts von ihr, sei immer nur im Zug mit ihr gefahren. Mehr nicht. Er habe nicht einmal ihren Nachnamen gewusst und auch nicht ihre Wohnadresse. Er wollte den Stoß des Gendarmen abwehren, schlug aber unsanft am Grabesboden auf. Als er die Augen öffnete, lag er schweißgebadet neben seinem Bett. Jetzt verfolgt mich Vera schon in meinen Träumen, dachte Gustav.

Ähnliche Träume quälten ihn Nacht für Nacht. Wenn Carina als vermisst gemeldet war, würden sie ihn früher oder später zu den Verdächtigen zählen. Nicht, weil er regelmäßig mit ihr zur Schule gefahren war, sondern weil er schon bei der Suche nach Vera Murer aufgefallen war. Aufgefallen als Letzter, mit dem sie gesehen worden war. Hirngespinste. Abstruse Gedanken. Warum sollte Carina verschwunden sein? Und wie sollte die Gendarmerie erfahren, dass er mit ihr im Zug gefahren war? Viele Menschen fuhren jeden Tag mit dem Zug. Den meisten war es vermutlich nicht einmal aufgefallen, dass er regelmäßig neben Carina gesessen war. Trotzdem beunruhigte es Gustav, dass Carina nicht mehr mit diesem Morgenzug fuhr. Er hatte Vera in seiner Gedankenwelt weit nach hinten gedrängt. Mit dem plötzlichen Verschwinden von Carina tauchte Vera wieder auf und drängte sich in den Vordergrund.

Anfang Juni sah er ein junges Mädchen in der Schnellbahn, das Carina ähnlich sah. Dieses Mädchen war mager und trug langes, glattes Haar. Das braune Haar war stumpf und von einigen geflochtenen Strähnen mit eingearbeiteten Holzperlen durchsetzt. Carina hatte immer Jeans getragen. Dieses Mädchen trug ein langes Kleid mit einem Blumenmuster in Pastellfarben. Carina, fragte er und setzte sich ihr gegenüber. Sie runzelte die Stirn, die sich rasch wieder glättete. Gustav? Sie habe ihn nicht gleich erkannt. Das läge vielleicht daran, dass er viel längere Haare trage als damals. Sie habe sich aber auch verändert, sagte Gustav. Er sei aber froh, sie wiederzusehen. Sie sei ihm abgegangen. Wirklich? Ja, wirklich. An dem Tag, als sie zum ersten Mal nicht mehr im Zug war, habe er eine rote Rose mitgehabt. Die habe er ihr schenken wollen. Wirklich? Ja, er werde es gleich morgen nachholen. Sie werde doch auch morgen wieder im Zug sein. Ja, das habe sie vor. Gustav fragte sie nicht, warum sie so lange gefehlt hatte. Kurz vor Ende des Schuljahrs erzählte sie ihm, dass sie krank gewesen sei. Das Schuljahr werde sie wiederholen müssen, weil sie so lange gefehlt habe. Das Wichtigste sei doch, dass sie wieder gesund sei, sagte Gustav.

Kapitel 11

Es regnete. Genau betrachtet nieselte es, aber das schon seit gestern Abend. Gustav hatte als Ministrant viele Begräbnisse im Regen erlebt. Manchmal schüttete es sogar. Trotzdem war der Trauerzug von der Kirche zum entfernten Friedhof gezogen, mit der Blasmusikkapelle und den beiden Ministranten. Schon auf halbem Wege war man komplett durchnässt. Im Sommer war selbst das noch erträglich gewesen, im zeitigen Frühjahr, als noch schmutzige Schneereste am Straßenrand vom langen Winter erzählten oder im Herbst, wenn die Temperaturen manchmal schon gegen Null tendierten und ein eisiger Wind die Regentropfen vor sich hertrieb, wurde es zur Tortur. Dann gingen nur mehr wenige aus dem Stammpublikum, das bei jedem Begräbnis dabei war, hinterher. Gustav glaubte, dass manch alter Mensch nur deshalb auf so viele Begräbnisse ging, um sich auf das eigene vorzubereiten. Oder um mit jedem Tod im Bekanntenkreis zu triumphieren, dass man selbst noch einmal davongekommen war. Vielleicht war es aber ganz anders, als es sich Gustav als Ministrant gedacht hatte.

Nachdem die Aufbahrungshalle beim Friedhof gebaut worden war, entfiel der lange Weg von der Kirche zum Friedhof. Regenwetter war noch immer unangenehm. Eine Armee von Regenschirmen stand dann um das Grab herum. Wieder waren es die Ministranten, aber auch die Sargträger und Grabschaufler, die sich nicht unter den Schutz eines Schirms begeben konnten. Für die Ministranten waren die Regenschirme sogar ein Nachteil, denn von den Schirmen rann es auf sie herunter. Gustav konnte sich nicht mehr daran erinnern, heute sah er es aber aus der anderen Perspektive. Also konnte er doch Negatives aus der Kindheit vergessen, dachte er. Er war erst fünf Minuten vor Beginn der Begräbnisfeier am Friedhof angekommen. Alle hatten in der Halle Platz genommen. Er war der Letzte, der eintrat. Vorne links sah er fünf Personen sitzen, zwei Männer und drei Frauen. Wenn die Männer Werner und Willi waren, davon war auszugehen, saßen ihre Frauen direkt neben ihnen. Mit etwas Abstand saß eine weitere Frau, die Vera sein konnte. Sie trug hochtoupiertes blondes Haar, das wohl mit einer Unmenge an Haarspray in Form gehalten wurde. Wurden Frauen älter, nahm die Anzahl an Blondinen auf wundersame Weise wieder zu. So ließ sich graues und weißes Haar am besten kaschieren und auch der Nachwuchs blieb länger unentdeckt als bei dunkel gefärbtem Haar. Wie konnte es sein, dass Vera beim Begräbnis auftauchte? Oder war es doch eine andere, die da vorne saß? Es musste eine andere sein, vielleicht eine entfernte Verwandte, vielleicht eine Schwester von Frau

Murer. Aber dann wäre diese Schwester oder Verwandte doch auch auf der Parte gestanden. Die Gläubigen, nein, die Anwesenden, erhoben sich. Die ominöse Frau trug einen schwarzen Mantel, ganz normal und unauffällig. Begräbniskleidung halt. Bevor sie sich wieder niedersetzte, drehte sie sich um und blickte in die Richtung, in der Gustav stand. Sie war es. Das runde Gesicht, die roten Lippen, die kleine Nase. Das war Vera. Sie lebte. Es war ein Wunder. Sie hatte überlebt. Gustav erschrak und freute sich zugleich. Er war kein Mörder. Warum hatte er sich das all die Jahre eingebildet? Warum war er nicht auf den Halterberg gegangen und hatte nachgesehen? Wie viele Alpträume, wie viele dunkle Stunden, wie viele zerbrochene Beziehungen, wie viele Therapiestunden hätte er sich erspart? Sie lebte. Gut, dass er zum Begräbnis gekommen war. Jetzt wusste er es. Er blieb hinten stehen. Sein Blick ruhte auf Vera. Zweimal drehte sie sich noch um. Gustav glaubte, dass sie ihn erkannt hatte.

Was sollte er zu ihr sagen? Sich entschuldigen, um Verzeihung bitten? Nein, das würde er nicht tun. Wofür denn auch? Sie hatte ihn auf das Äußerste provoziert. Und sie lebte ja, sie hatte vermutlich ein gutes Leben gehabt. Möglicherweise hatte sie den Ereignissen am Halterberg nicht viel Bedeutung beigemessen, jedenfalls nicht auf Dauer. Irgendwann könnte sie darüber gelacht haben, besonders wenn sie erzählte, dass sie den dummen Gustav angepinkelt hatte. Natürlich war der wütend geworden. Aber es sei alles gut ausgegangen.

Sollte er sie ansprechen oder würde sie es tun? Wenn sich Vera nicht geändert hatte, würde sie einen verächtlichen Ton anschlagen. Warum schaust du so überrascht? Hast du geglaubt, du könntest mich umbringen? Gewollt hast du es jedenfalls. Wie geht's dir mit Frauen? Hast du eine Frau? Du bist allein da, warum überhaupt? Der Tod meiner Mutter geht dir doch am Arsch vorbei. Du bist neugierig gewesen, wolltest schauen, ob ich beim Begräbnis bin. Stimmt´s? All diese Gedanken gingen Gustav durch den Kopf.

Die Feier war zu Ende. Vera war zur Kommunion gegangen. Eine Frechheit, dachte Gustav. Nie gläubig gewesen, aber dann so tun als ob. Gut, er war auch nicht gläubig. Er sang und betete nicht mit und er ging natürlich auch nicht zur Kommunion. Beim Aufstehen an den dafür vorgesehen Stellen tat er mit, um nicht störend aufzufallen. Schon als junger Erwachsener hatte er aufgehört, über den Glauben zu schimpfen und beweisen zu wollen, was für ein Unsinn diese Geschichte von der Dreifaltigkeit und Jesus Tod am Kreuz war. Wie widersinnig es war, die Kommunion als Leib Christi zu bezeichnen. Später hatte er sich nicht mehr dazu geäußert. Als der immanente Missbrauch in der Kirche zum Thema geworden war, konnte er sich schon darüber aufregen. Daran könne man sehen, wie verlogen diese Religion sei, sagte er dann. Er musste aber zugeben, dass ihm selbst nie etwas passiert war und dass ihm persönlich nichts zu Ohren gekommen war. Seinen Bruder hatte er eine Zeitlang gelöchert, dass es im Knabenseminar Vorfälle gegeben haben müsse, dass er vermutlich selbst ein Opfer geworden war. Jakob machte aber nur vage Andeutungen. Gustav glaubte, dass es ihm viel zu peinlich war, darüber zu reden.

Er ging als Erster hinaus und stellte sich weit vom Ausgang weg. Die Leute würden in Richtung der Gräber gehen, also in die entgegengesetzte Richtung und er konnte mit Abstand folgen. Er bezweifelte, dass es etwas brächte, mit Vera zu reden. Das Beste war wohl, kurz vor dem Ende der Zeremonie am Grab, den Friedhof zu verlassen und nach Hause zu fahren. Nur, so würde er nie erfahren, wie sich Vera befreien konnte, was sie anschließend gemacht und wo und wie sie gelebt hatte. Würde sie ihm das überhaupt erzählen? Würden nicht eher ihre Brüder ihm entgegentreten und ihm sagen, er solle verschwinden. Ihre Mutter hätte nicht gewollt, dass er bei ihrem Begräbnis erscheine. Nach einigen Minuten setzte sich der Trauerzug in Bewegung. Die Musikkapelle spielte eine Abwandlung des Trauermarsches von Frederic Chopin. Ta Ta taram Ta Tatara Tararam. Gustav spürte die gleiche Ergriffenheit, die er schon als Ministrant erlebt hatte, wenn er diese Musik hörte. Er blieb gute zehn Meter hinter dem Trauerzug. Der Sarg wurde in das offene Grab gesenkt, die Angehörigen warfen mit einer kleinen Schaufel Erde in das Grab. Vera hatte noch eine rote Rose dabei, die sie als Letztes dem Grab überließ. Die rote Rose. Gustav hatte damals das Versäumte nachgeholt und Carina die rote Rose im Zug übergeben. Später hatten sie sich zwei- oder dreimal in einem Kaffeehaus in Wien getroffen. Sie plauderten und lachten miteinander. Zu mehr kam es aber nicht. Gustav versuchte zaghaft ihre Hand zu berühren, Carina zog die Hand zurück. Einmal drückte sie ihm einen Kuss auf die Wange. Und schon war sie weg.

Er hatte übersehen, dass sich die Trauergäste bereits zerstreuten. Zwei ältere Frauen, an die er sich erinnern konnte, gingen an ihm vorbei. Sie sahen ihn kurz an und tuschelten miteinander. Gustav wechselte zur nächsten Grabreihe, um die Menschen mit etwas Abstand vorbeigehen zu lassen. Werner und Willi kamen vorbei, dahinter ihre Frauen. Einige Meter dahinter folgte Vera. Gustav hob die Hand, als sie zu ihm schaute. Sie deutete ihm, zu ihr zu kommen. Er hob die Schultern und ließ sie wieder fallen. Warum das alles noch einmal aufrühren? Es konnte ihm egal sein, wie sie sich befreien hatte können und wie sie ihr weiteres Leben verbracht hatte. Es fiel ihm auf, dass Vera sehr klein war, so wie ihre Mutter. Er konnte sich nicht daran erinnern, dass sie als Fünfzehnjährige so klein gewesen war. Gut, er war danach noch ein gutes Stück gewachsen. Als sie auf ihn zuging, machte auch Gustav einige Schritte in ihre Richtung. Sie standen sich in einem Meter Entfernung gegenüber und gaben ein komisches Bild ab. Gustav war ungefähr ein Meter neunzig groß, sie war deutlich kleiner, er schätzte unter ein Meter sechzig. Jedenfalls musste er zu ihr nach unten sehen. Ihr Gesicht war stark geschminkt. Trotzdem sah man die Falten an den Augen und um den Mund. Der lange Mantel konnte nicht verbergen, dass sie einige Kilo zu viel hatte.

»Was machst du hier?«, begann sie.

»Was schon. Ich wollte sehen, ob du nur auf der Parte existierst oder in Wirklichkeit.«

»Hast du geglaubt, dass ich tot bin?«

»Nein, nein. Aber du warst verschwunden.«

»Und jetzt staunst du. Ich sehe es dir an.«

»Sollen wir uns nicht woanders treffen?«, fragte Gustav.

»Von mir aus. Ich lebe aber in Wien.«

»Ich auch.«

»Dann melde dich, falls du es dir nicht wieder anders überlegst.«

Sie tauschten die Telefonnummern aus. Gustav blieb noch lange stehen. Er ging zum Grab seines Vaters, in dem auch die Mutter eines Tages ruhen würde. Tot ist tot, dachte er. Was solle sein Vater davon haben, dass sein jüngster Sohn hier stand. Nichts. Absolut nichts. Er verstand Menschen nicht, die regelmäßig, manche sogar täglich, zum Grab der nahen Verwandten gingen. Gut, er verstand Gläubige auch nicht. Es waren aber auch Menschen darunter, die nie in die Kirche gingen, trotzdem aber glaubten, dass es den Toten half, wenn man sie regelmäßig besuchte. Sie taten es vor allem für sich selbst und schoben den Nutzen für die Verstorbenen vor, dachte Gustav. Er wartete noch ein wenig darauf, dass sich die Trauergäste zur Gänze verzogen. Würde er Vera anrufen? Warum nicht? Er war neugierig. Vielleicht würde sie ihm sogar verraten, wer seinen Vater niedergefahren hatte. Nein, so dumm war sie dann doch nicht. Vermutlich war die Fahrerflucht mit schwerer Körperverletzung längst verjährt. Vera würde nicht so weit denken. Er konnte sie aber darauf aufmerksam machen. Wenn er sich recht erinnerte, verjährten Straftaten nach zwanzig Jahren, selbst wenn sie mit einer mehr als zehnjährigen Freiheitsstrafe bedroht waren. Nur Mord verjährte nie. Wollte er es so genau wissen? Sein Vater war schon lange tot. Wozu alles noch einmal aufrühren und sich damit belasten? Er wunderte sich, dass die Erleichterung, Vera unbeschadet wiedergesehen zu haben, vollständig der Tatsache gewichen war, dass er kein Mörder war. Es ärgerte ihn vielmehr, dass er sich so viele Jahre damit belastet hatte, einer zu sein. Vielleicht war Vera schon bald wieder bei ihren Eltern aufgetaucht, nachdem diese umgezogen waren. Nur er hatte davon nichts mitbekommen. Aber reichte es nicht, dass er sie töten wollte, dass es vielleicht nur ein glücklicher Zufall war, überlebt zu haben? Alleine hatte sie es sicher nicht aus der Höhle geschafft. Es musste jemand gekommen sein, vielleicht schon während des Gewitters. Und Vera musste auf sich aufmerksam gemacht haben. So musste es gewesen sein. Glück. Zufall. Auch sein Glück, denn sonst wäre er ein Mörder gewesen. Gustav versuchte, seine sprunghaften Gedanken zu verscheuchen. Vielleicht war es eine Ablenkung, noch kurz seine Mutter zu besuchen. Sie würde sich freuen.

»So eine Überraschung. Heute ist doch weder Samstag noch Sonntag noch ein Feiertag«, sagte sie.
»Ich hatte in der Gegend zu tun.«
»Aha. Heute ist übrigens das Begräbnis von der Murer.«
»Ach so?«, gab sich Gustav ahnungslos.
»Hast du die Parte nicht gesehen, die gleich bei der Stiege hängt?«
»Ich habe nicht darauf geachtet.«
»Stell dir vor, da steht Vera auch drauf.«
»Na ja, sie ist ja nie für tot erklärt worden. Soweit ich das überhaupt weiß. Vielleicht ist sie längst wieder aufgetaucht. Wir haben von den Murers nichts mehr gehört, seit sie weggezogen sind.«

»Das stimmt nicht ganz. Vor einigen Jahren ist ein Zeitungsbericht erschienen, in dem der Fall noch einmal aufgegriffen worden ist«, sagte die Mutter.

»Davon hast du mir nie erzählt.« Gustav war erstaunt.

»Ich hatte es schnell wieder vergessen.«

»Vielleicht haben sie ihren Namen nur drauf geschrieben, ohne zu wissen, wo sie steckt.«

»Ich glaube, dass sie sich bei ihren Brüdern gemeldet hat.«

»Kann sein.«

»Im Zeitungsbericht wurde auch über dich geschrieben, ohne dass dein Name erwähnt worden ist.«

»Was haben sie geschrieben?«, fragte Gustav. Er spürte Nervosität aufsteigen. Aber warum nur, Vera lebte doch.

»Dass ein knapp Vierzehnjähriger aus der Nachbarschaft mit Vera gesehen worden ist. Kurz bevor sie verschwand.«

»Das ist nichts Neues.«

»Eh nicht. Aber es ist so viele Jahre her. Und dann auf einmal der Zeitungsbericht.«

»Wann war Jakob zuletzt bei dir?«

»Gestern. Er besucht mich sehr oft.«

»Hast du ihm vom Begräbnis erzählt?«

»Er hat sogar überlegt, hinzugehen, statt mir. Ich wüsste schon gerne, wie diese Bagage jetzt aussieht. Besonders Veras Aussehen. In dem Alter kann sie nicht mehr anschaffen gehen.«

Gustav musste schlucken. Das wäre peinlich gewesen, wenn sich Jakob beim Begräbnis sehen hätte lassen. Natürlich hätte er Gustav gefragt, warum er da sei. Im schlimmsten Fall hätte Gustav ihn nicht bemerkt und Jakob hätte beobachten können, wie er mit Vera gesprochen hatte.

»Und war er dort?«, fragte er scheinheilig.
»Ich weiß es nicht. Zuerst habe ich geglaubt, dass Jakob zur Tür hereinkommt.«
»Enttäuscht?«
»Nein gar nicht. Aber warum hast du behauptet, dass du mich am Sonntag besucht hast? Jakob hat dich am Parkplatz getroffen.«
»Das bildet sich Jakob ein. Ich war in Wien.«
»Eigenartig. Warum sollte Jakob dann behaupten, dass er dich gesehen hat und dass du ihm vom Besuch erzählt hast und jetzt wieder nach Wien fahren würdest.«
»Wie soll ich das wissen?«
»Jakob hat auch gesagt, dass du mich für verwirrt hältst.«
»Ich habe gar nichts zu ihm gesagt, weil ich ihn nicht getroffen habe.«
»Aber.«
»Schluss jetzt, Mutter. Dafür bin ich nicht gekommen.«

»Ich versteh auch nicht, was du beruflich in der Gegend zu tun haben könntest. Es gibt hier keine größeren Firmen, soweit ich weiß.«

»Wir arbeiten nicht nur für große Firmen.«

»Bei welcher Firma warst du?«

»Das ist doch egal. Sag lieber, wie es dir geht.«

»Nicht so gut. Am Sonntag wäre es fast zu einem Streit mit Jakob gekommen. Nur wegen dir.«

»Ich war nicht da.«

»Warum streitest du es ab? Der Jakob ist jedenfalls nicht verwirrt.«

»Ich gehe jetzt. Du hast die ganze Zeit damit vertan, Verdächtigungen auszusprechen.«

»Welche Verdächtigungen?«

»Mutter, wenn du willst, dass ich noch ein bisschen bleibe, viel Zeit habe ich eh nicht mehr, dann hören wir jetzt zu reden auf.«

»Wenn wir nichts reden, brauchst du auch nicht zu bleiben. Was habe ich dann davon?«

Gustav seufzte. Er bereute es, seine Mutter aufgesucht zu haben. Er sah auf die Uhr und tat überrascht.

»Oh, ich habe ganz vergessen, dass mein nächster Termin am anderen Ende von Wien ist. Das wird jetzt knapp.«

»Dann fahre einfach. Freude hast du mir jedenfalls keine gemacht.«

»Warum tust du jetzt beleidigt?«

»Fahr nur. Übrigens hat mich gestern Maria angerufen. Sie hat sich mit Rudi zerstritten und kommt nach Österreich zurück.«

»Hm. Bei mir hat sie sich noch nicht gemeldet. Mach's gut, liebe Mutter.«

»Wann kommst du wieder?« Ihre Augen waren feucht geworden.

»Weiß ich noch nicht. Ich melde mich.«

In den folgenden Tagen war Gustav fahrig und nachdenklich. Seine Freundin fragte ihn, wann das Begräbnis der Frau Murer jetzt sei. Er reagierte unwirsch darauf. Wie solle er das wissen? Es interessiere ihn auch nicht. Aber habe er nicht herausfinden wollen, ob Vera Murer wieder aufgetaucht war? Das sei ihm auch egal, sagte Gustav. Die beste Eigenschaft seiner Freundin war, dass sie ihn in Ruhe ließ, wenn er schlechte Laune hatte. Sie redete ihn nicht mehr an, reagierte aber auch nicht beleidigt. Gustav überlegte, ober er ihr nicht vom Begräbnis erzählen sollte, vom Wiedersehen mit Vera. Dass sie vereinbart hatten, sich zu treffen. Am liebsten hätte er ihr auch erzählt, dass er Vera fast getötet hatte, dass er nun keine Ahnung hatte, wie sie davongekommen war. Auf alle Fälle hatte sie überlebt. Wie würde seine Freundin reagieren? Sollte er auch vom starken sexuellen Verlangen nach Vera erzählen? Würde sie nicht schockiert sein, dass er sie mit Erde, Steinen und Geäst bedeckt in dem Loch zurückgelassen hatte? Ja, sie würde.

Manche Bekannte bezeichneten seine Freundin als Gutmensch. Sie engagierte sich bei einer sozialen Einrichtung und behandelte einmal in der Woche Menschen ohne Krankenversicherung. Oder würde sie es ihm nachsehen, weil er damals gerade mal in der Pubertät war? Gustav hatte das Gefühl, sein Kopf würde explodieren, ob all der Gedanken, die ihn quälten. Er musste mit jemandem reden. Zwei Tage nach dem Begräbnis rief er Vera an. Sie hob nicht ab. Gustav war frustriert. Vielleicht hatte sie es sich längst anders überlegt? Vielleicht hatten ihre Brüder auf sie eingeredet und ihr verboten, sich mit Gustav zu treffen. Hatte sie den Brüdern von den furchtbaren Vorfällen am Halterberg erzählt? Wenn ja, würden die vielleicht schon auf ihn lauern. Wenn man im Internet nach Gustav Mösa suchte, kam man schnell auf die Website seines Unternehmens. Dort war er mit einem Foto abgebildet. Die Brüder brauchten also nur vor dem Firmeneingang auf ihn zu warten, um ihm für das, was er Vera angetan hatte, eine Abreibung zu verpassen. Während des Abendessens mit seiner Freundin rief Vera zurück. Er reagierte erschrocken, hob aber ab. Schnell ging er aus dem Wohnzimmer. Er habe wenig Zeit, flüsterte er. Morgen um achtzehn Uhr im Café Vienna. Wo das sei? In der Engerthstraße. Gustav sagte zu. Seine Freundin fragte ihn, wer es gewesen sei. Seine Sekretärin, antwortete Gustav schnell und begann wieder zu essen. Warum sei er dann aus dem Zimmer gestürmt? Gestürmt? Er sei aus dem Zimmer gegangen, um sie nicht beim Essen zu stören. Das mache er doch sonst nie, sagte sie. Diesmal schon. Es hätte länger dauern können. Hat es aber nicht. Ob er nicht endlich sagen wolle, was los sei. Sie sei geduldig und normalerweise auch nicht eifersüchtig. Aber nun habe sie den Eindruck, er habe eine andere. Unsinn. Dann möge er erklären, warum er so schlecht gelaunt sei, kaum etwas spreche und dann aufgeregt mit dem Handy aus dem Zimmer stürme. Gar nichts. Es sei gar nichts. In der Firma gäbe es ein paar Probleme. Welche denn? Zu kompliziert, um es zu erklären. Ob sie einen Blick auf sein Handy werfen dürfe? Auf keinen Fall. Er habe zwar nichts zu verbergen, aber kontrollieren lasse er sich nicht. Wenn sie ihm nicht glaube, dann sei das ihr Problem. Gustav ging in sein Arbeitszimmer, nicht ohne die Tür zuzuknallen. Er schenkte sich ein Glas Whiskey ein. Die Flasche, die er im Arbeitszimmer geparkt hatte, war seine eiserne Reserve. Wenn er sich wegen eines Streits in sein Arbeitszimmer verzog, dann griff er auf den Whiskey zurück. Er konzentrierte sich auf den rauchigen Geschmack des Single Malts in seinem Mund. Sein Handy läutete. Er hatte es dummerweise im Wohnzimmer vergessen. Es war aber durch seinen Fingerabdruck gesperrt, sodass seine Freundin nicht nachsehen konnte, wer ihn zuletzt angerufen hatte. Sie klopfte an die Tür, deine Schwester, sagte sie kurz. Er habe schon gehört, sprach Gustav ins Telefon. Ja, sie könne einige Tage bei ihm übernachten. Hm, jetzt gleich? Na ja, er habe gerade einen kleinen Streit. Ob sie nicht für eine

Stunde in einem Lokal warten könne. Er würde sie dann abholen. Seine Freundin war nicht im Wohnzimmer. Er hörte Geräusche aus dem Schlafzimmer, in dem auch Licht brannte. Was sie da mache, fragte er, als er sie vor dem Einbauschrank stehen sah. Ein Koffer war schon zur Hälfte gefüllt. Seine Schwester werde bald kommen. Sie habe sich mit ihrem Mann komplett zerstritten und sei nun wieder in Wien. Das dürfte in der Familie liegen, sagte sie, ohne sich umzudrehen. Es treffe sich aber gut. In einer halben Stunde werde sie weg sein. Bitte nicht, sagte Gustav. Es tue ihm leid. Der Anruf sei von Vera gewesen. Er habe sie beim Begräbnis getroffen und mit ihr die Nummer getauscht. Und warum mache er daraus so ein Geheimnis. Warum habe er zuvor behauptet, dass er keine Ahnung habe, an welchem Tag das Begräbnis wäre und es ihn auch nicht interessiere. Er wisse es nicht. Es täte ihm leid, dass er sich so dumm verhalten hatte. Die Geschichten aus seiner Jugend würden ihn noch immer belasten. Dann solle er endlich darüber reden. Ja, morgen, sagte er. Versprochen. Vor der Schwester wolle er nichts erzählen. Sie würde ihn ständig korrigieren und behaupten, dass alles ganz anders gewesen sei. Seine Freundin drehte sich um. Tränen rollten über ihre Wangen. Sie werde trotzdem gehen. Er habe den Bogen überspannt. Wann sie zurückkäme? Das wisse sie noch nicht. Irgendwann, um sich die restlichen Sachen zu holen. Sie werde ihn doch deswegen nicht verlassen wollen. Das sei doch nur eine Lappalie. Für ihn vielleicht. Sie leide schon lange an seiner Sprachlosigkeit und seiner mürrischen Art. Er solle sich einmal überlegen, wodurch er sich noch von seinem Vater unterscheide, von dem er so abfällig gesprochen hatte.

Kapitel 12

Das Café Vienna war nordöstlich des Messegeländes gelegen, keine hundert Meter von der Donau entfernt. Gustav war noch nie in dieser Gegend gewesen. Sein Navi hatte ihn hierhergebracht. Die Fassade des Lokals schien zwischen einer Trafik und einem Sonnenstudio eingezwängt zu sein, so schmal war diese. Gustav parkte schräg gegenüber und beobachtete den Eingang durch den Rückspiegel. Er war zehn Minuten zu früh, wollte aber nicht im Lokal warten. Wenn Vera ins Lokal ginge, würde er auch aus dem Auto steigen. Die Engerthstraße machte in diesem Abschnitt einen sympathischen Eindruck. Alle paar Meter unterbrach eine grüne Insel mit einem hohen Baum die Parkplätze. Der Autoverkehr hielt sich in Grenzen. Zehn Minuten nach der vereinbarten Zeit war immer noch nichts von Vera zu sehen. Vielleicht hat sie mich versetzt, dachte Gustav. Oder einfach darauf vergessen. Fünf Minuten wollte er noch warten. Dann würde er Vera anrufen. Gustav legte noch einige Minuten drauf und wählte dann ihre Nummer. Sie hob sofort ab. Sie sei schon seit einer halben Stunde im Lokal, sagte sie.

Vera saß links hinten, wo das ohnehin spärlich beleuchtete Lokal am schummrigsten war. Ihre Haare waren wie beim Begräbnis hochtoupiert. Sie trug eine

rote Bluse mit einem tiefen Ausschnitt. Ihre dicken
Beine steckten in einer engen schwarzen Lederhose.

»Setz dich doch oder hast du Angst?«
»Warum sollte ich Angst haben?«
Sie lachte. »Es hat so eine Zeit gegeben.«
Gustav antwortete nicht. Er bestellte einen doppelten
Espresso. Sie hatte einen halbvollen Aperol Spritz vor
sich stehen.
»Danke, dass du für ein Treffen bereit bist«, sagte
Gustav. Ihm war nicht wohl zumute.
»Lassen wir das Förmliche. Was willst du wissen?«
»Wohnst du hier in der Nähe?«
»Im zweiten Stock dieses Hauses.«
»Dann hast du es nicht weit gehabt.«
»Hier ist mein zweites Wohnzimmer, wenn ich nicht
gerade arbeite.«
»Und was machst du?«
»Ach was. Reden wir von anderen Sachen.«
»Vom Halterberg?«

Sie nickte und nahm einen Schluck vom Aperol
Spritz.

Vera hatte schon eine Stunde auf Tom gewartet, der
sie mit nach Wien nehmen sollte. Warum sie ausgerechnet den Halterberg als Treffpunkt vereinbart hatten, wisse sie heute nicht mehr. Er musste seinen

Sportwagen unten parken und den Hügel hinauf gehen. Vielleicht war ein Grund, dass sie nicht allzu lange mit einem großen Rucksack entlang einer Straße warten wollte. Sie wollte nicht auffallen und auch nicht gesehen werden, wenn sie in einen gelben Sportwagen stieg. Jemand hätte sich die Autonummer merken können. Jedenfalls kam Tom nicht. Sie konnte ihn auch nicht anrufen. Handys waren noch nicht erfunden, nicht einmal in den USA. Als die Kirchenglocke fünfmal schlug, überlegte sie, nach Hause zu gehen. Tom konnte in der Zwischenzeit angerufen haben. Ihre Mutter aber würde fragen, wer es gewesen sei, und nicht lockerlassen. Vielleicht hatte sie sogar schon entdeckt, dass von Veras Kleidung einiges fehlte. Sie blieb also sitzen. Irgendwann musste Tom auftauchen. Er hatte es fest versprochen. Die letzte Zigarette hatte sie vor einer halben Stunde geraucht. Sie ärgerte sich über Tom. Ihr war langweilig und sie befürchtete, dass sie unverrichteter Dinge wieder nach Hause musste. Und am nächsten Tag zur Schule. Ein schrecklicher Gedanke. Tom hatte ihr versprochen, dass sie in seiner Bar arbeiten dürfe. Er wohnte im Stock darüber, wo für sie ein Zimmer bereitstand. Sie kannte die Bar und sie wusste auch, was sie zu tun hatte. Dann hörte sie ein Keuchen. Es wurde immer lauter. Und dann ein Schrei. Vera ging in die Richtung. Vom dichten Gestrüpp ließ sie sich nicht abhalten. Dann sah sie Gustav im über drei Meter tiefen Loch. Seine Hose war heruntergelassen. Er hielt seinen Schwanz noch in der Hand. Innerlich musste sie lachen. Jetzt hatte sie ihn in der Falle, den kleinen Wichser. So leicht würde er nicht davonkommen. An ihm wollte sie sich abreagieren. Wie es passieren konnte, dass er so schnell aus dem Loch heraußen war und sie von hinten zu Fall brachte, war ihr vollkommen unverständlich. Es kam wie eine Naturgewalt über sie. Nach dem Sturz in das Loch spürte sie im ersten Moment noch keine besonders starken Schmerzen. Das musste der Schock gewesen sein. Später wurde es fast unerträglich. Warum hatte sie das Seil übersehen, das zunächst noch erreichbar war. Wahrscheinlich hätte sie sich aber ohne Hilfe nicht herausziehen können. Als Gustav Lehm, Erdbrocken und Geäst auf sie zu werfen begann, erkannte sie den Ernst der Lage. Er wollte sie lebendig begraben. Er wollte ihr den Garaus machen. Sie drohte und flehte. Doch er machte immer weiter. Es wurde dunkel um sie, die Last wurde immer schwerer. Sie entdeckte den schmalen Gang, in den sie trotz der Schmerzen kroch, da sie fürchtete, vom Erdreich erdrückt zu werden oder zu ersticken. Dann musste sie ohnmächtig geworden sein. Als sie wieder aufwachte, hörte sie den Donner und den prasselnden Regen. Ein schmutziges, schnell ansteigendes Rinnsal suchte den Weg in den Gang. Aus dem Rinnsal wurde ein unterirdischer Bach, der bald die halbe Höhe des Ganges ausfüllte. Sie würde ertrinken oder im Schlamm ersticken. Vor Todesangst begann sie zu schreien. Ob Gustav noch da war, konnte sie nicht wissen. Vielleicht war er längst vor dem Gewitter geflüchtet. Sie hörte trotzdem nicht auf zu schreien. Schließlich glaubte sie, dass jemand versuchte, das Erdreich aus dem Loch zu schaffen. Gustav musste ein schlechtes Gewissen bekommen haben und trotz des Gewitters zurückgekommen sein. Bitte, bitte, schrie sie. Hol mich raus. Hol mich raus. Ich mache alles für dich. Dann wurde es wieder still. Sie hatte keine Kraft mehr, nicht einmal mehr zu schreien. Nur mehr winseln konnte sie. Umdrehen. Sie musste sich umdrehen, damit der Kopf nach oben schaute und nicht im schlammigen Wasser steckte, das immer höher stieg. Erst als sie neben dem Loch lag, kam sie wieder zu sich. Tom war doch noch gekommen. Er hatte eine Autopanne gehabt. Nachdem er zuerst versucht hatte, das Loch mit den bloßen Händen auszuschaufeln, und erkennen musste, dass er damit nicht weiterkam, war er zum Auto hinunter und kam mit einem Spaten zurück.

Keuchend saß er nun neben Vera auf dem vom Wasser vollgesoffenen Boden. Ausruhen ging aber nicht, denn die Hagelkörner wurden immer größer. Er schulterte Vera und brachte sie zum Auto. Dann musste er noch einmal hinauf, um den Rucksack und den Spaten zu holen. Er hatte seine Jacke über den Kopf gezogen, damit der Aufprall der Hagelkörner etwas gedämpft wurde. Die Dellen am Auto fielen ihm erst in Wien auf. Sie müsse das bezahlen, sagte er. Das Auto war innen komplett verdreckt. Dabei hatte der sintflutartige Regen einen Großteil des Schlamms bereits abgewaschen. Vera konnte auch am nächsten Tag nicht auftreten und auch den Arm nicht bewegen. Ein Spital kam nicht in Frage, da Vera dann wieder zu ihrer Familie zurückmüsste. Tom holte eine Frau, die den Knöchel und den Arm eincremte und bandagierte. Es dauerte zwei Wochen, bis das Ärgste überstanden war. Natürlich wollte Tom wissen, wer Vera das angetan hatte. Sie glaubte, dass Tom Gustav töten würde oder zumindest so schwer verletzen, dass Gustav den Rest seines Lebens die Folgen zu tragen hätte. Im Grunde wäre es Gustav recht geschehen. Er hatte sie umbringen wollen. Das war sonnenklar, trotzdem verriet sie seinen Namen nicht. Stattdessen erzählte sie, dass sie nicht wisse, wer sie von hinten in die Höhle gestoßen hatte. Durch den harten Aufprall sei sie in Ohnmacht gefallen und erst wieder durch das Gewitter aufgewacht. Es war ihr selbst ein Rätsel, warum sie Gustavs Namen nicht preisgab.

Sein Espresso war kalt geworden. Gustav hatte Vera gebannt zugehört. Welches Glück hatte er nur gehabt. Welches Glück. Er konnte es nicht fassen. Durch Zufall war Vera gerettet worden. Wäre Tom eine halbe Stunde später gekommen, konnte es zu spät gewesen sein. Ein Wunder auch, dass er Vera gehört hatte. Sie musste unglaublich laut geschrien haben. Wenn sie ohnmächtig geblieben oder wieder ohnmächtig geworden wäre, hätte dieser Tom sie sicher nicht gefunden. Und sie wäre gestorben. Und er hätte sie umgebracht. Das noch größere Wunder war aber, dass sie ihn nicht verraten hatte. Das hätte er Vera nie zugetraut. In ihr musste ein guter Kern stecken, eine gehörige Portion an Menschlichkeit.

»Es tut mir so leid«, sagte er. »Ich kann nur aus tiefstem Herzen um Verzeihung bitten.«

»Wie lange ist das jetzt her?«

»In etwa dreißig Jahre.«

»Das liegt ewig zurück. Schwamm darüber.« Vera lächelte.

»Mich beschäftigt es bis heute. Mit einem schlechten Gewissen zu leben, ist nicht einfach.«

»Bitte nicht mit der Mitleidstour. Zum Schluss muss ich dich noch bedauern.«

»Nein. So meine ich das nicht. Ich dachte nur, dass auch du lange damit gehadert hast.«

»Mir ist so viel in meinem Leben passiert. Tom hatte mich damals gerettet, mir danach aber umso mehr angetan. Er war der gewalttätigste Mensch, der mir in meinem Leben untergekommen ist. Zum Glück ist er von der Polizei erschossen worden.«

»Und hast du jetzt einen Mann?"«

»Tom war nicht mein Mann, er war mein Zuhälter. Ich lebe jetzt alleine und das ist gut so. Mir kommt kein Mann mehr ins Haus.« Sie lachte auf.

Gustav nickte verständnisvoll.

»Und warum lachst du?«, fragte er.

»Ach nichts. Reden wir lieber von dir. Bist du verheiratet?«

»Meine Freundin hat mich soeben verlassen.«

»Oh. Sie wird ihre Gründe haben, oder?«

»Jeder hat Gründe für das, was er tut.«

»Ja, eh. Geht mich auch nichts an.« Vera blickte zu Boden.

Sie bestellte sich noch einen Aperol Spritz und ein Paar Debreziner.

»Unglaublich, dass wir hier und heute zusammensitzen.«

»Warum?«

»Ich hätte dich um ein Haar umgebracht und du hättest es umgekehrt auch tun können, wenn du meinen Namen verraten hättest.«

»Ja. Es ist halt noch einmal gut gegangen.«

»Kann ich etwas tun?«

»Ich weiß nicht.«

»Brauchst du Geld?«

»Geld kann man immer brauchen. Aber lass es. Ich komme ganz gut zurecht.«

»Ich würde mich gerne bedanken.«

»Dann lade mich jetzt ein.«

»Natürlich. Das ist selbstverständlich. Aber gibt es sonst etwas, was ich tun kann?«

Vera trank ihr Glas aus und bestellte einen Campari Orange.

»Du bleibst bei Orange. Witzig.«

»Naja. Also. Ich habe eine Tochter. Die ist jetzt fünf-zehn.«

»Ja?« Gustav war verwundert.

»Ich habe sie als Baby weggegeben. Sie war zuerst bei Pflegeeltern. Später ist sie dann im Heim aufgewach-sen.«

»Hast du sie besucht?«

»Ehrlich gesagt wollte ich nichts mit ihr zu tun haben, bis sie zehn Jahre alt war. Aber dann hat sie sich ge-weigert, mich zu treffen. Ich wollte sie sogar aus dem Heim holen. Das hat das Jugendamt nicht erlaubt, weil ich keinen anständigen Beruf habe.«

»Fünfzehn. Also ist sie jetzt in dem Alter, wo du da-mals von zu Hause weg bist.«

»Das stimmt. Ich würde sie so gerne sehen und mit ihr reden.«

»Verstehe ich.«

»Könntest du vielleicht für mich ein gutes Wort ein-legen.«

»Was? Bei ihr?«

»Bei wem denn sonst?«

»Ich kann's versuchen. Nur, ob das hilft?«

»Geht sie noch zur Schule? Ja, in eine Handelsakade-mie. Insgeheim bin ich stolz auf sie.«

»In welche?«

»In Floridsdorf.«

»In die bin ich auch gegangen.«

»Dann weißt du ja, wo die Schule ist.«

»Hast du ein Foto von ihr dabei?«

Vera holte aus der Handtasche ein Kuvert.

»Da ist alles drinnen. Ein Foto von ihr und eines aus besseren Tagen von mir. Außerdem die Adresse und Telefonnummer vom Heim.«

»Okay. Puh. Hoffentlich mache ich es richtig. Soll ich über das Heim anfragen oder vor der Schule auf sie warten?«

»Keine Ahnung. Entscheide es selbst. Ich habe keine glückliche Hand bei so etwas.«

Gustav schaute das Foto an. Laura, so hieß Veras Tochter, sah ihrer Mutter sehr ähnlich. Das sah man auf den ersten Blick, obwohl das Bild grobkörnig war.

»Woher hast du das Foto?«

»Ich habe einen Freund gebeten, sie am Schulweg zu fotografieren.«

»Mit einem Teleobjektiv, nehme ich an. Warum hat er Laura nicht angesprochen?«

»Er hat es nicht so mit dem Reden.«

Gustav wollte sagen, dass auch er nicht der Wortgewandteste war, behielt es aber für sich. Er wollte es versuchen, obwohl er die Chancen gering einschätzte.

„Vienna Business School" stand in weißen Buchstaben auf braunem Hintergrund. Gustav musste bis zum Zaun gehen, um lesen zu können, dass darunter in brauner Schrift auf weißem Hintergrund „Handelsakademie und Handelsschule der Wiener Kaufmannschaft" geschrieben war. Die Tafel war am linken Teil des Gebäudes angebracht. Gustav schmunzelte. „Vienna Business School" klingt halt viel besser, dachte er. Zu seiner Zeit hatte man „HAK" und „Hasch" gesagt. Er nahm an, dass dies umgangssprachlich so geblieben war.

Seine Erinnerung an das Gebäude war verblasst. Hatte man den Bau nur renoviert und mit gelben Fassadenelementen behübscht oder war es ein kompletter Neubau? Es war kurz vor dreizehn Uhr. Bald würden die ersten Schüler herausströmen. Wenn die Unterrichtszeiten ähnlich wie früher waren, dann würde der größere Teil um vierzehn Uhr die Schule verlassen. Als der erste Schwung in die Franklinstraße strömte, merkte Gustav, wie schwierig es war, aus dieser großen Menge junger Menschen, die sich in unterschiedliche Richtungen zerstreute, eine einzelne Person zu identifizieren. Laura war nicht dabei. Jedenfalls hatte er sie nicht gesehen. Also musste er eine Stunde warten. Doch selbst das konnte vergeblich sein. Vielleicht war sie krank, vielleicht hatte sie schon um zwölf ausgehabt und würde später zum Nachmittagsunterricht zur Schule zurückkommen.

Er konnte sich an ein schmuddeliges Kaffeehaus erinnern, das fünf Minuten entfernt lag. Stattdessen fand er ein Lokal mit einer Glasfront vor. Es sah modern aus, auf der Tafel wurden selbstgemachte Limonaden und vegetarische Wraps angeboten. Obwohl es nicht besonders warm war, saßen viele Schüler auf den silberfarbenen Stühlen vor dem Lokal. Gustav ging nach innen und bestellte einen Wrap mit Spinat und Käse. Auch im Lokal waren fast nur Jugendliche. Er würde Veras Tochter vorschlagen, im Lokal zu reden. In der Früh hatte er genau überlegt, was er anziehen sollte, um seriös, aber nicht zu altmodisch rüberzukommen. Er hatte sich für Jeans, ein gestreiftes Hemd und ein modisches Sakko entschieden. Nun kam er sich etwas altbacken vor, wenn er seine Kleidung, mit der der Schüler verglich. Damals im Kaffeehaus hatte er nie gegessen. Das konnte er sich nicht leisten. Ältere Männer spielten Schach und erlaubten den Schülern hin und wieder, zu einer Partie anzutreten. Meistens verloren die Schüler, auch ihm gelang es nur einmal, zu gewinnen. Er sah auf die Uhr und bestellte einen kleinen Espresso. In zehn Minuten musste er wieder bei der Schule sein. Wie sollte er Laura ansprechen? Hallo, ich soll dir schöne Grüße von deiner Mutter ausrichten. Ganz schlecht. Vera durfte er nicht sofort erwähnen. Andererseits musste er ehrlich sein. Herumzudrücken und mit dem eigentlichen Anliegen erst spät herausrücken, würde auch nicht gut ankommen, glaubte er. Plötzlich hörte er Veras Stimme. Er drehte sich um und sah die junge Vera mit zwei Burschen ins Lokal kommen. Natürlich war es Laura und nicht Vera. Aber diese Stimme, diese Bewegungen, diese Haare und dieses Gesicht, wie ihre Mutter. Das Einzige, was sie von Vera als Fünfzehnjährige unterschied, war ihre Kleidung. Laura trug Jeans und einen weiten Pullover in unterschiedlichen Grautönen. Die drei setzten sich in Gustavs Blickfeld nieder. Das Mädchen unterhielt sich angeregt und lachte viel. Sie bestellte eine dieser selbstgemachten Limonaden. Sie ist die bessere Ausgabe von Vera, dachte er. Zum ersten Mal in seinem Leben fühlte er sich alt. Gustav hatte keine Kinder. Mit Jugendlichen hatte er seit seiner Schulzeit nichts mehr zu tun gehabt. In seiner Firma gab es auch keine Lehrlinge. Seine Angestellten kamen entweder von der HTL oder hatten studiert. Und jetzt sollte er den richtigen Ton treffen, eine Fünfzehnjährige mit einem heiklen Thema ansprechen. War es nicht besser zu warten, bis er alleine mit ihr reden konnte? Vor ihren Schulkollegen würde sie vielleicht ungehalten reagieren. Die Burschen konnten sich bemüßigt fühlen, Laura zur Seite zu stehen und ihm sagen, dass er sich verziehen solle. Andererseits würde sie vielleicht nicht so emotional reagieren, wenn sie nicht allein war. Wer wusste schon, ob sie den anderen erzählt hatte, dass sie keinen Kontakt zu ihrer Mutter hatte und vor allem auch keinen wollte? Gustav bestellte noch einen Espresso. Laura und ihre Freunde würden nicht lange bleiben, nahm er an. Vielleicht waren sie vor dem Nachmittagsunterricht hierhergekommen. Jetzt aber, er stand auf und ging zu Lauras Tisch. Am Weg dorthin dachte er noch einmal über seinen ersten Satz nach. Er hatte keine Ahnung, was er sagen wollte.

»Entschuldigung.« Alle drei sahen hoch.

»Sie erinnern mich frappant an eine junge Frau aus meiner Jugend. Sie war damals auch in ihrem Alter, schätze ich.«

»Ist das die neueste Anmache?«, fragte einer der Schulkollegen.

»Lass nur«, sagte Laura. »Geht bitte voraus. Ich komme nach.«

Als die Burschen gegangen waren, fragte Gustav, ob er sich setzen dürfe.

»Meine Mutter hat sie geschickt. Stimmt's?«

Gustav nickte. »Ja, wir waren Nachbarn. Als sie fünfzehn war, habe ich sie zuletzt gesehen.«

»Und jetzt wieder? Nach so langer Zeit.«

»Wir haben uns beim Begräbnis ihrer Großmutter getroffen.«

»Meine Mutter hat mir die Parte geschickt. Ich habe aber keinen Grund gesehen, dorthin zu gehen. Meine Großmutter habe ich nicht gekannt und meiner Mutter wollte ich nicht begegnen.«

»Warum nicht? Sie hat großes Interesse an Ihnen.«

»Kann sein. Ist halt ein bisschen spät. Finden Sie nicht auch?«

»Ich kann Sie gut verstehen. Wenn man von seiner Mutter weggegeben wird.«

»Was ist dann?«

»Ich glaube, dass es Wunden hinterlässt, die nicht leicht verheilen.«

»Die nie verheilen.«

»Das kann auch sein. Aber wollen Sie Ihr restliches Leben mit einer klaffenden Wunde verbringen?«

»Warum kommen gerade Sie?«

»Ich bin Ihrer Mutter zu großem Dank verpflichtet.«

»Warum, waren Sie ein Stammkunde?«, fragte sie süffisant.

»Nein, nein. Ich habe sie erst beim Begräbnis wiedergesehen.«

»Meine Mutter ist ein schlechter Mensch. Ich kann mir gar nicht vorstellen, dass sie irgendjemand etwas Gutes getan hat.«

»Im Grunde hat sie mir das Leben gerettet.«

Laura sah auf die Uhr.

»Ich komme zu spät.«

»Können wir uns wieder treffen?«

Sie überlegte.

»Ja. Die Geschichte interessiert mich. Morgen um vierzehn Uhr. Wieder hier.«

»Gut. Ich werde da sein. Das Getränk geht auf mich.«

Gustav gab ihr noch schnell seine Visitenkarte.

»Ist das Ihre Firma?«

»Ja. Fünfzig Prozent gehören mir.«

»Kann man bei Ihnen eine Ferialpraxis machen?«

»Du kannst gerne eine Bewerbung an mich schicken.«

»Und Ihre Entscheidung wird nicht davon abhängen, ob ich meine Mutter wiedersehen will?«

»Ganz sicher nicht.«

Wow. Gustav streckte die Faust aus. Ich hab's geschafft, dachte er. Die Chancen stünden nicht schlecht. Er freute sich so sehr, wie schon lange nicht mehr. Kurz überlegte er, ob er Vera einen Zwischenstand geben sollte. Nein, das wäre zu voreilig. Am Rückweg rief er seine Freundin an. Sie sei im Dienst und habe nur wenig Zeit. Er müsse ihr etwas Ungewöhnliches, etwas ungemein Erfreuliches erzählen. Ob sie heute Abend mit ihm essen wolle. Die Pause war länger, als es Gustav aushielt. Bitte, du fehlst mir. Sie sagte zu. Um 19 Uhr bei Giovanni.

Er würde alles in Ordnung bringen. All die Baustellen seines Lebens. Seine Beziehung, sein Verhältnis zur Mutter und auch mit Jakob wollte er ein amikales Gespräch führen. Aber war er nicht zu optimistisch? War er nur im Moment euphorisch, weil er glaubte, sich bei Vera revanchieren zu können? Nein, nein, nein. Dieser Tag ist der erste Tag vom Rest meines Lebens, sagte er laut. Er hatte es in der Hand, nur auf ihn kam es an. Selbst sein Vater hatte sich nach seinem Unfall gewandelt. Davor hatte keines seiner Kinder und vermutlich auch nicht seine Frau geglaubt, dass er jemals freundlich und jemandem zugetan sein könnte. Gustavs „Unfall" war die Begegnung mit Veras Tochter. Nein, eigentlich hatte es schon mit dem Gespräch mit Vera begonnen. Nur jetzt wurde es ihm erst bewusst. Er wollte sich der Fesseln seiner Kindheit entledigen. Ein für allemal. Wer so viel Glück gehabt hatte wie er, musste etwas zurückgeben. Gustav kam an einer Kirche vorbei. Nein, er würde nicht gläubig werden. Trotzdem ging er hinein und setzte sich in eine der hinteren Reihen. Wem sollte er danken? Nicht Gott, auf keinen Fall Gott. Der war nur eine Schimäre. Dem Schicksal? Dann wäre es nur Zufall gewesen. War es wirklich Zufall, dass ihn Vera nicht an ihren gewalttätigen Freund verraten hatte? Er glaubte es nicht. Es durfte nicht sein. Als Kind wollte er Schriftsteller werden, Geschichten erfinden, die Leser mit seinen Erzählungen faszinieren. Warum hatte er es später nie wieder versucht? Aber worüber sollte er schreiben? Sicher nicht über sein Leben. Selbst wenn er Namen und Orte änderte, würden sich Menschen, die er mochte, darin erkennen und gekränkt sein. Es würde ihm schon etwas einfallen. Er musste sich nur Zeit dafür geben.

Gustavs Freundin war spät dran. Das machte sie nervös. Auf der Fahrt zum Restaurant Giovanni dachte sie über das Telefonat mit Gustav nach. Er war so positiv gewesen. Seine Stimme hatte etwas Verheißendes an sich. Sollte sie ihm noch eine Chance geben? Einfach den Abend mit ihm verbringen, ergebnisoffen, wie man so schön sagte. Seine Ankündigungen hatten ihre Neugierde geweckt. Sie dachte nach, worum es gehen könnte. Ein Großauftrag für die Firma.

Nein, er musste wissen, dass sie damit nicht viel anfangen konnte. Letztendlich würde es bedeuten, dass er noch mehr arbeiten würde müssen. Dann fiel ihr ein, dass er mit seiner Jugendbekanntschaft Vera telefoniert hatte, bevor sie ausgezogen war. Letztendlich war das sogar der Auslöser für die Trennung gewesen, von der sie selbst jetzt noch nicht wusste, wie lange sie dauern sollte. Besonders anfangs war sie überzeugt davon, dass sie einen Schlussstrich ziehen sollte. Sie fühlte sich von Gustav permanent hinuntergezogen. Alles an seiner Kindheit war schlecht gewesen, der Vater ein verbittertes Scheusal und die Mutter eine wankelmütige Frau, die nicht einmal kochen konnte. Wenn er von seinem Vater erzählte, kamen ihr manche Wesenszüge bekannt vor. Gustav hatte auch etwas Mürrisches an sich. Und alle waren immer gegen ihn. Die Mutter eine einzige Belastung, sein Bruder ein kompletter Egoist und die Schwester schließlich auch, weil sie nach Teneriffa gezogen war und sich nicht mehr um die Mutter kümmern konnte. Sie selbst redete ihm zu viel und wenn sie still war, behauptete er, dass sie eingeschnappt sei. Auch beim Sex tat sich Gustav schwer. Sie durfte dabei nicht sprechen. Sie durfte ihm nicht zeigen, was ihr im Augenblick besondere Lust bereiten würde. Wenn sie es doch tat, dann hörte er auf und behauptete, sie hätte ihn rausgebracht. Es war nicht so, dass er sich nicht um sie bemühte. Es gelang ihm auch oft, sie zum Orgasmus zu bringen. Aber nur auf seine Weise. So wie er es sich vorstellte. Im Laufe der Zeit kam er nicht mehr zu einem Orgasmus. Wenn sie ihn fragte, was sie für ihn tun könnte, winkte er ab. Wenn man darüber reden musste, wäre es etwas Eingelerntes, etwas Angeschafftes, behauptete er. Natürlich hatte Gustav auch seine guten Seiten. Sie hatte in ihrem Leben schon schlechteren Sex gehabt, mit anderen Partnern. Und er war ein hervorragender Koch. Außerdem konnte er sehr witzig sein, na ja, eher ironisch als witzig. Oder mehr in die Richtung des englischen Humors. Was hatte ihn nur so positiv gestimmt? Er hatte wie verwandelt gewirkt. Als sie ins Restaurant eintrat, war es bereits fünfzehn Minuten nach sieben. Akademisches Viertel, dachte sie. Der Kellner nahm ihr den Mantel ab und brachte sie zum reservierten Tisch. Dieser war noch nicht besetzt. Gustav war noch nicht gekommen. Sie bestellte einen Bellini. Nach weiteren zehn Minuten rief sie ihn an. Gustav hob nicht ab. Hatte er sie versetzt? Sie trank den Bellini aus. Eine Frechheit, dachte sie. Da sie hungrig war, bestellte sie ein Vitello Tonnato. Nach einigen Bissen schob sie es weg und rief erneut an. Endlich. Er hob ab. Sie wurde von einer fremden Stimme gefragt, wer sie sei. Warum? Sie möge es bitte sagen. Seine Lebensgefährtin sei sie, seine Freundin. Und jetzt wolle sie wissen, was los sei. Er hätte eine traurige Nachricht zu überbringen, sagte der fremde Mann. Herr Gustav Mösa sei vor wenigen Minuten seinen Verletzungen erlegen. Warum Verletzungen? Er sei in ein Auto gelaufen. In ein Auto gelaufen? Das konnte nicht sein. Wo es passiert sei. Vor einer Kirche in Floridsdorf. Wenn sie gleich ins Spital käme, könnte sie ihn noch sehen. Die Schwester und den Bruder habe man schon verständigt. Ja, sie werde kommen. Das Gespräch war zu Ende. Tränen schossen aus ihren Augen. Floridsdorf, was hatte Gustav dort verloren? Warum hatte er nicht aufgepasst? In diesem Zustand konnte sie nicht fahren. Sie bestellte noch einen Bellini, den sie in einem Zug austrank. Der Kellner rief ein Taxi, das sie zum Krankenhaus brachte.

- Ende -

Bisher erschienen

Der falsche Held – Erzählungen aus Wien
(ISBN 978-3734522895)

Es muss brennen - Geschichten zu den Themen
Asyl und Culture Clash
(ISBN 978-1535183451)

Die Entführung des Rasputin - Roman
(ISBN 978-1548090272)

Spuren im Schnee – Kriminalroman (Die Frau
des Kommissars)
(ISBN 978-3745070415)

Die Wahrheit ist eine Wasserleiche – Kriminalroman (Die Frau des Kommissars)
(ISBN 978-3-99093-878-2)

Zeitfracht Medien GmbH
Ferdinand-Jühlke-Straße 7
99095 Erfurt, Deutschland
produktsicherheit@kolibri360.de